竹匠

慕十七 著

中国言实出版社

图书在版编目（CIP）数据

竹匠 / 慕十七著. -- 北京：中国言实出版社，
2024.10. -- ISBN 978-7-5171-4965-1
Ⅰ. I247.5
中国国家版本馆 CIP 数据核字第 2024Q34H25 号

竹匠

责任编辑：王蕙子
责任校对：佟贵兆

出版发行：中国言实出版社
　　地　　址：北京市朝阳区北苑路180号加利大厦5号楼105室
　　邮　　编：100101
　　编辑部：北京市海淀区花园北路35号院9号楼302室
　　邮　　编：100083
　　电　　话：010-64924853（总编室）　010-64924716（发行部）
　　网　　址：www.zgyscbs.cn　电子邮箱：zgyscbs@263.net

经　　销：新华书店
印　　刷：北京盛通印刷股份有限公司
版　　次：2025年1月第1版　2025年1月第1次印刷
规　　格：880毫米×1230毫米　1/32　9印张
字　　数：244千字

定　　价：58.00元
书　　号：ISBN 978-7-5171-4965-1

目录

第一章
初入小镇逢巧匠 / 001

第二章
经营有道店铺兴隆 / 017

第三章
滴水不漏显功夫 / 033

第四章
好友突至劝赛 / 049

第五章
宁桥初赛显峥嵘 / 065

第六章
箐语宁桥竞相争 / 081

第七章
竹里苏词出同门 / 095

第八章
争分夺秒决赛忙 / 109

第九章
顺利晋级声名传 / 123

第十章
杜家百年有故事 / 139

第十一章
比翼成双心意通 / 153

第十二章
初心不改苏师叔 / 167

第十三章
万岭箐竹故人泪洒 / 183

第十四章
答辩作业惊艳师长 / 199

第十五章
野有蔓草表露心迹 / 215

第十六章
技艺通天"泰山"认可 / 231

第十七章
市赛现场争锋不断 / 247

第十八章
佳绩频出未来可期 / 261

第一章

初入小镇逢巧匠

一

　　古老的青石板小道，沿街全是木头和竹子结构的房子，沾满着灰尘的青瓦屋檐以及乌黑的木柱房梁，不规整地排列在街道两旁。

　　许悠然不停按着手中的快门，一帧帧古色古风的画卷就这样定格在了她的相机里。拍完了整个主街道，许悠然在一座竹子结构建造的牌坊前，望着上面龙飞凤舞的三个字"竹海镇"入神。

　　大约过了两三分钟的样子，许悠然才收起相机，沿着街道缓缓前行，没有进入万岭箐景区的打算，找了两家看起来比较大的竹工艺品商店。除了一些常见的生活用品以及当地的土特产，也见到了不少的竹雕、竹编工艺品，可却没有找到当初惊艳了她许久的竹编扇。

　　记得刘老师说过，他当初就是在这里遇到的那把竹编扇。

　　从见到那把竹编扇开始，许悠然就喜欢上了这门工艺，就连毕业论文，也当仁不让地选择了这个主题。可都来了三天了，不但没有看到自己心仪的竹编制品，更别说那些传说中神乎其神的巧匠良工了。

许悠然有些失望，准备去青神、梁平看看，自贡也不错，听说那里的竹丝扇是竹扇工艺里的翘楚。不知不觉间走进了一条小巷，转角的地方出现了一个破旧的店铺，之所以称为破旧，是因为它整个墙体还是最古老的黄泥土墙，甚至连石灰都没有糊上一点。

一道带着沧桑感的厚重木门，木门上，工工整整地雕刻着五个红漆大字"杜氏竹器馆"。

许悠然眼睛一亮，笑着说道："没想到在这种地方，居然还能看到这么有型的瘦金体。"

她拿起相机，准备走近些，把那道木门给拍下来。

可才刚向前走了几步，便透过木门，看到了里面两排满是灰尘的货架，货架上稀稀散散地摆放着几十种类型不一的竹工艺品。

在货架下方的地上，还堆放着不少用竹子编制的常见生活用品。

可不管是货架上的工艺品，还是随意堆放在地上的生活用品，都让看的人觉得非常养眼，就连许悠然这样的竹编小白，也能一眼看出七八种不同的编织手法。惊讶的同时，许悠然小心翼翼地走了进去，目光移到了摆放在最上一层架子上的一只竹编飞鹤上。

虽然已经在竹海镇晃荡了一大圈，前前后后参观了十几家竹工艺品商铺，精致的竹编竹雕比比皆是，但却都没这只飞鹤看起来传神。

"老板，这只飞鹤怎么卖？"

店铺里并没有人，但却可以通过通道看到后面的天井，天井里一个穿着黑衣的男子正埋头片篾。

"架子上有价格，你自己看！"

冷峻的声音从里面传了过来，许悠然踮起脚尖才发现了那张早就被灰尘淹没了的标价签。

"一百零八。"

东西倒是完全值这个价格，对于许悠然来说也是能够接受的，但从小就被家里灌输了节约精神的许悠然，还是准备先讨价还价一番。

"老板,可以便宜一点吗?我非常喜欢这只飞鹤……"

"恕不还价。"

冷峻的声音直接打断了她的话,许悠然自嘲地笑了笑,讨价还价这个活儿,果然不是自己擅长的。

正准备掏钱买下,身后就传来了一个声音:"小姑娘,这个背篓怎么卖?"

许悠然回过头,看到了一个大腹便便的中年男人站在那里,手里拿着一个大约比温水壶稍微大一点的小背篓,等着许悠然回话。

许悠然回头看了一眼天井,发现天井里的人已经不见了,只得看了看放小背篓位置的标签。

"二十八。"

"二十八,怎么这么贵?"中年男人皱了皱眉头,脱口说道:"十五卖不卖?"

许悠然想起之前自己得到的那四个字:"恕不还价",却没有跟着重复。而是伸手指着他手中的小背篓说道:"这已经是良心价了,你看看这手工,这细篾,还有这种编法,你觉得你在这竹海镇还能找出第二家吗?这东西,可是人家用细篾一条一条织出来的,咱们先不说花费的时间,就是这一手技术那也值这个价不是?"

"而且这上面还是打磨过的,用的更是去了青的腊篾,拿回家放个十年八年,颜色都不会起变化,既可以当收藏品,又可以当艺术摆设。"

"小姑娘挺懂的,你能不能帮我选一件东西,送给我老丈人?"中年男子带着几分激动地问道。

"送岳父的礼物,当然得投其所好,请问你家岳父大人有没有什么特别的兴趣爱好?"

没办法,店里没有营业员,而眼前的大叔,显然已经把自己当成了营业员,许悠然只得尽职尽责地问道。

"退休老师,比较喜欢书法和画画。"中年男人想了想回道。

许悠然把货架上的其他作品都看了一遍，伸手从第二个架子上取出一个笔架。

"这个是用竹根雕的，带着一种天然的古朴气息，这上面雕了翠竹和青松，寓意和兆头都很讨人喜欢。价钱也不贵，只要三百二十五，你可以考虑一下。"

"三百二十五还不贵？"中年男子拿过笔架，虽然口里有些嫌弃价格，但心里却知道，这东西绝对会讨自家老丈人的喜欢。

"这价格比别家确实要贵些，但你可以出去看看，主街道那边就有不少的店面……"

"我做的东西，就值这个价钱！"

许悠然话还没有说完，一个肤色发黑的青年从天井里走了出来，一双眼睛就像是刚从雪地里面跑出来的野狼一样，狠狠地盯着许悠然。

发现气氛不对，中年男子连忙开口说道："那我再四处看看去。"把东西放下，转身一溜烟出了店铺。

许悠然看着眼前的男子，那凶狠的眼神仿佛下一刻就要将人生吞活剥一样，下意识地往后退了两步，想到他大约是听了自己的话误会了，连忙开口解释。

"我没有别的意思，就是刚刚看你不在，就主动帮你招呼了一下顾客……"

"帮我把顾客招呼去别的店？"男子怒气冲冲地说道。

"我刚话还没说完就被你给打断了，我其实是想说，那些店里的东西，都不如你家的精致……"

这本就是自己原本想要说的话，可现在这种情况再说出来，许悠然自己都有些不相信了。

"滚……别让我再看到你！"低沉的声音充满着愤怒，许悠然哪里还有别的想法，几乎是以八百米冲刺的速度跑出了杜氏竹艺馆。等回到主街上，置身于逐渐热闹的人群之中，才松了口气。

二

回头看了一眼那条小巷,想到里面的那些东西,自己都还没来得及好好打量观察就觉得亏得慌。

眼看着中午将近,准备先找个地方解决午饭。根据老妈给的旅游攻略,到景区吃饭的时候,一定要找人比较多的地方,这样安全才能得到保证。刚好前方有家面馆,还没到正午,就已经座无虚席。

许悠然准备点一份当地最有特色的燃面,可还没有走到店里,就听见了店老板的喝骂声。

"癫老头,不要老站在我店门口,赶快回家去吧!"

"我饿了,想吃碗抄手……"面馆门口,一个看起来有些邋遢的白发老人,正来回搓动着双手,眼巴巴地望着面店老板。

"顺便再来一碟花生米、二两小酒是吧?"店老板阴阳怪气地说道。白发老人点了点头,迈步就要往店里走。店老板却直接上前拦住他的去路:"你孙子说过了,你在外面赊的账,他一概不认。肚子饿了自己回家去,别让我们这些街坊为难。"

"可我就想吃个抄手,求求你了……"白发老人低声说道,眼眶也跟着红了起来。

"这个煮不了,你快回家去,别在这里影响我做生意。"可以明显看到店老板正在压制着火气,好声好气地进行着拒绝。

"我就想吃抄手,加麻加辣的抄手,就想吃你家的!"白发老人铁青着脸吼完，直接坐在了店门口的阶梯上。口里不断重复着这些话，声音还跟着越来越大，瞬间吸引来了不少看热闹的游客。店老板左右为难，只得好言相劝："要不你先回家，问问方知，他要是同意你过来吃抄手，我马上给你煮。"

"我不去，我就要现在吃……"白发老人就像是一个耍脾气的小孩，在石阶上打起滚来，一副不达目的不罢休的样子。

"老板，你就给他煮一碗吧！钱我来付。"许悠然实在看不下去了，走过去对店老板说道。

店老板看着她递过来的二十元钱，眉头微微地皱了皱，却没有伸手接下。而是语重心长地说道："小女娃，你不是咱们这里人，这就不是一碗抄手的事，这老头……他这里有问题。"店老板指了指自己的脑袋，继续小声说道："他是我们镇上有名的癫子，你可千万别被他给粘上了，他孙子脾气不好，咱们整个镇的街坊邻居都躲着他呢！"

"没事，我又不伤害他，只是请他吃碗抄手，我就不信，他家里还真能动手打我。倘若真的遇上了不讲道理的人，我拎包跑人就行。你只管煮，他这样一直在这里打滚撒泼，不但影响你的生意，也影响你们竹海镇的形象不是？"许悠然把钱塞在了店老板手中，弯腰扶起正在地上喋喋不休地喊着要吃抄手的老人。

"老人家，你先起来，我请你吃抄手，咱们先去找个位置坐好。"

"好！"白发老人听到有人愿意请他吃饭，高兴地直接翻身爬了起来，带着许悠然进了店里，找了一张空桌子坐下。"女娃娃，你都请我吃抄手了，不如再请我喝二两酒，只喝二两？"看着他眼巴巴地乞求着，许悠然笑道："是不是还得再来一碟花生米？"

"女娃娃真上道！"白发老人高兴地拍了拍手。许悠然只得找来店老板，让他送酒和花生米过来。店老板把酒杯重重地往白发老人面前一放："只能喝一杯，喝完之后赶快回家。"

许悠然有些不明白，抬头望着店老板，店老板冲着他摇了摇头苦笑道："这癫老头最喜欢喝酒，二两以内基本不会出问题。但要是超过了二两，就会在这街上挨家挨户地耍酒疯，你请他喝，就把他给看好了，可不能让他喝醉之后祸害我们。"

"好，只给他喝二两。"许悠然笑着应道。

"女娃娃，你心地好，老朽很喜欢你！"

许悠然无奈地笑了笑，白发老人端起酒，放在唇边喝了一小口，泪水却突然涌了出来。

许悠然正觉得莫名其妙时，白发老头直接伏在桌上，号啕大哭起来。这一哭，把整个店里的游客们和许悠然都吓得站了起来。店老板伸手拍了拍额头，冲着顾客们说道："这老人家这里有点问题，只要一喝酒，他就会哭上一场，没什么大事，大家继续吃吧！"许悠然这才放下心来，又重新坐了下去。

店老板煮了两大碗抄手端了过来，低声对她说道："你不用担心，他吃碗抄手肚子填饱就没事了。"

"好的，谢谢！"礼貌地道了声谢，许悠然把那碗看起来分量比较多的抄手，推到了白发老人面前。白发老人激动地拿起筷子，一边喝酒一边吃了起来。不过才两三分钟时间，一大碗抄手连着汤都跟着见了底。白发老人打了一个饱嗝，终于想起来看一眼许悠然了。

"你不饿吗？"

"你吃饱了吗？"

两人几乎是同时开口问道，接着又同时回答。

"我饱了。"

"我现在就吃。"

许悠然低头吃着碗中的抄手，白发老人却非常豪迈地开口说道："小丫头，看在你请我吃抄手的份上，我一会儿带你去我家，我家有好多好东西，你挑一件带回家玩。"

这是投桃报李？许悠然有些惊讶地看着眼前的白发老人说道："不用了，你要是吃完了就赶快回家，不要让家里人担心……"

三

　　许悠然话还没说完，白发老人抬头间脸上的笑容瞬间消失不见，只见他飞快地站了起来，大吼了一声："不好，狼仔子来了……"吼完后，几乎是以八百米冲刺的速度跑出了面馆。

　　许悠然正觉得奇怪，耳边就响起了一道清峻的声音："把你碗里的东西吃完！"顺着声音望去，就看见了之前在杜氏竹艺馆见到的那位黑脸男子正面无表情地站在自己桌前。

　　许悠然一对上他眼睛，吓得手中的筷子直接掉在了地上。

　　店老板发现了这边的动静，连忙放下手中的活儿冲了过来。"方知来了，你先不要生气，是杜伯想吃抄手，在我店门口打滚，因你有话在先，我不敢煮给他，这小女娃看到了，于心不忍就请他吃了一碗。这小女娃子也是好心，你可不能不讲……"

　　"帮我也煮一碗！"店老板的话还没说完，就被这黑面男给打断了。店老板还没有反应过来，黑面男就坐在了许悠然对面，见他没有动怒的样子，店老板连忙回到了灶台前，动手煮起了抄手。

　　许悠然早就见识了这人的脾气，没想到这么快又给遇上了，望着剩下的大半碗抄手，是吃也不是，不吃也不是。

　　黑面男从筷笼里取了双筷子出来递给她："赶快吃……"在他灼灼目光的逼视下，许悠然不得不伸手接了过来，埋头吃了起来。原本觉得味道不错的汤汁，在这一刻居然变得索然无味起来。

　　店老板又端了一碗抄手过来，放在了黑面男面前。许悠然偷偷地打量着他用餐的样子,哪怕在这格格不入的面店里,一碗普普通通的抄手,硬是被这个看起来粗鲁不堪的男人吃出了几分优雅的味道。

只见他不急不忙地吃完了抄手,抬头看了一眼正望着自己发呆的许悠然,开口说道:"把账结了,跟我走……"

店老板听他这么一说,立马找了零钱走了过来:"三碗抄手十二块,二两酒一块,一碟花生米五毛,这是找你的六块五。"

许悠然接过零钱,随手塞入兜里,却发现那黑面男子还站在店门口等着自己。带着几分祈求的目光望着店老板,店老板倒是个热心人,低声说道:"他刚刚没有发火,应该就不会发火了,方知虽然很凶,却不是二流子,他让你跟着他去,应该是找你有其他事情要说……"

"好,谢谢!"许悠然真不想跟他去,可想着他店里的那只飞鹤,倒觉得不如跟过去,想办法买下来,当成这次出行的纪念。就这样一人在前面走着,一人在后面跟着,前后距离拉了约三四米远的样子。

杜氏竹艺馆离面店本就没多远,三五分钟便到了。黑面男打开门上的锁,率先走了进去,等许悠然跟进来的时候,他已经伸手取下之前许悠然看好的那个飞鹤。转身直接塞在许悠然手里:"这个给你。"

"哦!"许悠然小心翼翼地捧着飞鹤,腾出一只手掏出钱袋,从里面取出了一百零八块递给他。

黑面男看着面前的钱,脸变得更黑了:"老头之前说过,让你到家里来随便选一件东西。刚刚你问过这只飞鹤的价,你应该喜欢它,拿走就是!"这是在帮他爷爷实现诺言?许悠然一手拿着飞鹤,一手拿着钱,正想着应不应该收下。一名打扮时尚的女人从外面走了进来,随手取下挂在墙上的一把竹扇,开口问道:"老板,这扇子啷个卖?"

"六十七。"黑面男头也不回地说道。

"六十七,一把竹子编的扇子卖这么贵,你以为你这是铁扇公主的芭蕉扇呀?相因点,说个卖价哈……"女人操着一口川普,却丝毫不掩饰眼里对扇子的喜爱。

"恕不还价。"还是这四个字,那女人直接把扇子扔在旁边的柜台上，转身出了大门，还不忘重重地啐了一口："什么态度嘛，好像只有你这儿才有扇子卖一样。"哎，许悠然默默地叹了口气，这尊黑面神还真有本事，硬是把上门的客人都给得罪光了。原本想着转身走人，可手里还抱着人家刚刚送的东西。来而不往非礼也，许悠然决定投桃报李，良言相劝："方知。"才刚开口喊出这个名字，就被那黑面男一眼吓得后退了一步。

"你不要介意啊……我是刚刚听那位面店的老板这样称呼你的。这个飞鹤我很喜欢，也是因为这个飞鹤，我想跟你多说几句话。"许悠然望着他的眼睛，发现并没有什么变化，这才继续试探性地问道："这店里的东西，都是你做的吗？"

"是又如何。"得到了回应，就如同得到了鼓励，许悠然看着他一脸傲娇的模样，想着自己接下来说的话应该不会很好听。准备先做些铺垫，围着货架边走边说道："你的手可真巧，我刚刚仔细看了一下，几乎竹编、竹雕、竹根雕各种种类都有，而且这些编织手法和纹路，都是我从没见过的，丝毫都不比那些名家差……"

"夸完了吗？说重点……"杜方知有些不耐烦地说道。许悠然偷偷地咬了咬下嘴唇，自己的小心思就这样被人给识破了，只得硬着头皮继续说道："你的技术真的很好，这些作品并不比竹工艺展会上的那些差，价格也算是极其便宜的啦。但你做生意的本事真的好差，差到我都要怀疑，你店里的这些东西，一年半载只怕都卖不出去一件……"

"你怎么知道？"杜方知不但没有生气，反而惊讶地开口问道。

许悠然非常满意他此刻虚心求教的态度，伸手指着面前的一排排货架说道："这货架上堆满了灰尘，至少有三个月没有清理了。如果有货品卖掉，货架上就会留下比较浅的印子，就如同你之前放飞鹤这个位置一样。"

"那我就不能补货上去？"杜方知有些不满地说道，语气里还透着几分单纯的气恼。

"如果重新补货上去，货品上灰尘的厚薄是会不一致的。"许悠然心细如发，直接把自己的推断给说了出来。

杜方知没好气地说道:"这么喜欢卖弄聪明,说得好像你会开店做生意一样?"

"不敢说会,但起码比你强……"

"口说无凭,有本事拿出证据来……"一轮对话下来,许悠然发现了杜方知原来只是一个长着黑面脸的纸老虎,让人看着怕,但只要开口多说几句,就会把原本的单纯全部显露出来。提着的一颗心也跟着放了下来,笑着说道:"你给我三个月时间,我帮你把货架上所有作品在适量加价的情况下全部卖出去。"

"不行。"杜方知直接了断地开口拒绝。

许悠然有些想不明白他为何拒绝得这么利落,开口问道:"为何?"

"我可没钱给你发工资!"

"我不要工资,吃住自行解决,卖出一个产品,按百分之十的提成给我。"

"百分之十,你又不用出力,动动嘴皮子就要分这么多,不干……"

"你到底会不会算账?就像你面前摆着的这把竹剑,你现在的标价是十八块,我可以把它卖到二十八块。就算是你分给我百分之十,那也要比你之前赚得多。不管卖出去还是卖不出去,最后亏本的都不会是你,你要是觉得不行,那我现在就走。"

许悠然故意摆出一副马上就要离开的样子,杜方知一个箭步将她拦住:"你这么好心,不会是另有所图吧?"说他单纯是真,看来智商还是没问题的,许悠然点了点头笑着说道:"当然是有条件的,如果你能答应我两个条件,相信咱们一定会合作愉快。"

"说。"

"第一点,这店交给我打理,那就是全权由我负责,你不能在一旁指手画脚。"

"好,第二点?"

"第二点,就是在咱们合作期间,你必须做到对我有问必答。"

四

看着他眸光微沉,许悠然连忙补上了一句:"不会有隐私问题,我问的都是竹工艺方面的问题,如果涉及家传绝学之类,你有权拒绝回答!"

"好,你准备什么时候上班?"

"现在就开始,你先把这店里所有作品的名字和制作流程,都跟我仔细讲一讲,方便我后期定价。"许悠然说完,将手中的飞鹤放回原位,从背包里取出纸和笔,一双眼睛灼灼地望着杜方知,等着他开口介绍。等了好一会儿时间,等来的却是这一句:"我……不会讲……"

许悠然虽然早就做好了心理建设,此刻还是有些微微失望。本就不该指望他能出口成章,毕竟是一个对着上帝们都能说出恕不讲价这种话的人。正想着要不自己摸索去,耳边却响起了那白发老人的声音:"我来,小女娃子你给我听好,记好,我家的东西可全是好东西。"

"爷爷。"杜方知低声喊道。

白发老人一把将他推开:"给我滚远点去,可不能让别人知道你是我杜觉的孙子,我这老脸都被你给丢尽了。"这一副威风凛凛的样子,和在面店里惊慌失措、落荒而逃的狼狈形成了鲜明对比。

"谢谢老爷子!"许悠然跟在他身后,走到大门口的一个货架前,看着他伸手拿起了一只瓷胎竹编花盘。

"做花瓶难,做花盘却更难,你别看这个花盘造型普通,这上面却用了一千二百五十六根细如发丝的篾丝编制而成。具体有多细呢?

一毫米的竹片，最多可以片出一百二十根篾丝。然而我家方知，现在才24岁，就已经练成了这门绝技……"杜觉说到这里，与有荣焉地笑了笑，继续说道："为了让这些篾丝变得更加柔软有韧劲，在寒冬腊月的时候，把片好了的篾丝，提前漆染上自己需要的颜色，放在盐水里卤煮上七八个小时，才能编制出来这样的花盘，就算是过个一两百年，都不会蛀虫发霉，更不会失去光泽。"

"这么厉害？"许悠然伸手触摸着这个满是灰尘的花盘，如果不是因为杜觉的解说，凭自己的视觉感官，根本就发现不了这件好东西。杜觉不厌其烦地介绍着货架上每件作品的编制方法和用意，许悠然手中的笔更是不停地做着记录。越到后面越是惊讶！这些灰扑扑的东西，如果不仔细去观察，没有专业的人从旁解说，作为一个外行，根本就没办法发现里面的精巧与制作不易。

天逐渐黑了下来，幽暗的电灯在这条小巷里面亮起。足足到了晚上七点，杜觉才把店里的所有商品全部给解说了一遍。许悠然坐在满是灰尘的柜台后面，厚厚的笔记本已经快写到了尾页。

"杜方知，我饿了……"杜觉冲着天井里高喊了一声，杜方知不急不缓地走了出来。

"时间不早了，我该打烊了……"许悠然这才发现，他居然在下逐客令。

"那我先走了，明天早上八点过来上班，记得早些开门！"许悠然笑道。杜方知往旁边一站，让出了一条过道，目送许悠然出了门，随手就将大门关上。第一次如此生动地看了关门送客的表演，许悠然忍不住回头，就听见屋里杜方知清俊的声音：

"总算是走了，终于可以吃饭了！"合着这么着急赶自己出门，是怕自己赖在他家里吃饭。

许悠然还是第一次碰到这么吝啬的男人，摇了摇头，往之前去过的那一家面店走去。解决完晚餐，回到旅馆，借着不太明亮的灯光，看着笔记本上记录的一件件竹器。许悠然才发现，对于竹工艺这一块，自己了解的实在是太少了。而那位看起来疯疯癫癫的杜老爷子，一言一语仿佛都另有深意,就像是一个大隐隐于巷的博学之士。看来这次是真的捡到宝了,有了这爷孙两人,毕业论文的内容方向算是确切敲定了。坚定了方向,许悠然早早就洗漱完毕上床睡觉,第二天一大早,简单地吃了份早餐,才不急不缓地往杜氏竹艺馆走去。

运气还算不错,刚刚走到门口,大门便打开了。杜方知手里还拿着关门的横栓,望着许悠然,眼睛里全是意外。

"早啊!杜老板。"女孩脸上洋溢着灿烂的笑容,清晨的曦阳就这样柔柔洒落在她的身上,让杜方知直接看呆了。"杜老板,才隔了一个晚上,你就不认识我了吗?"许悠然看着他发愣的表情,忍不住开口问道。

"你……真的过来上班了?"哪怕人已经站在了面前,杜方知依然觉得有些难以置信。

"小女子一诺千金,杜老板是想要反悔吗?"许悠然还真担心他现在反悔,直接越过他,进了店内,伸手摸了一把货架上那厚厚的灰尘,开口说道:"我需要扫把、鸡毛掸子、水和抹布,咱们先把卫生清洁整理好。"

"你……先等一下,我现在就去拿。"杜方知脸上依然没有多余的表情,但声音里却能让人听出一丝激动,只见他快速进了天井,不大一会儿就拿着扫把和鸡毛掸子走了出来。

许悠然先将货架上面的所有物品,一层一层地清理下来放在旁边的空地上。可最高的那一层,因为自己个子不够高的原因,只能踮起脚尖去取。杜方知一直站在一旁发呆,许悠然回头看了他一眼,没好气地说道:"你就不能过来帮帮忙吗?"

"好。"杜方知应了一声,这才走过去,学着她的样子清理起最上面一层的物品。等到货架上所有物品全部取下来后,许悠然把手中的扫把递给他:"把上面堆积的灰尘扫下来后,再打盆水过来。"

"好。"杜方知应了一声,不大一会儿工夫,店铺里就出现了这样一个景象:许悠然环抱着双手指挥着杜方知忙前忙后地收拾着。等把所有的货架全部清理干净,都已经是中午了,许悠然看了一眼满地的竹工艺品开口说道:"趁着现在太阳不错,把这些东西全部清洗一遍,再拿出去晾晒一下。"

"这里有很多东西,是不能用水清洗的,也不能放在阳光下暴晒,只能用半干的毛巾,轻轻擦拭,不然会伤上面的颜色和形态。"这还是杜方知今天说的最长的一句话。

"好吧!你来告诉我该怎么整理,咱们一起动手,尽量下午的时候能够正常营业。"许悠然确实不懂得如何维护,摆出一副虚心聆听的样子。杜方知又进屋去打了一盆干净的水出来,还专门拿了两条新毛巾,开始带着许悠然清洁起竹编上面的那些灰尘。因为怕伤到这些工艺品的表面,所以进度非常慢,等到那一句熟悉的"杜方知我饿了!"响起时,许悠然才发现已经过了中午十二点,看着还有一大半的作品没有清理,只得开口说道:"先去吃饭吧!下午再来继续。"

杜方知没有动,而是抬头望着许悠然,小声问道:"你……饿了吗?"

"饿了!"许悠然随口回道。

"要不……"许悠然看着万般纠结的杜方知,想到他昨天晚上的抠门表现,连忙开口说道:"算了,外面就有面馆,我随便出去吃点。"

"我跟你一起去,我要吃饺子,还有猪儿粑。"杜觉高兴地说道。

许悠然看着眼前激动莫名的杜爷爷,和低头擦拭着花篮的杜方知,想了想开口说道:"要不你继续在这里整理,我先带杜爷爷出去吃饭,一会儿给你打包一份带回来。"

杜方知抬头看了许悠然一眼,就在许悠然以为他要拒绝的时候,耳边居然响起了一个低沉的"好"字。许悠然发现自己又有一些看不清眼前这个人了,但却不影响她带着杜爷爷出了门。

正准备去昨天的那家面馆,杜爷爷却一把抓住了她:"许丫头,咱们可不可以不去吃面?我知道有家饭店,里面的竹荪汤味道特别好,你想不想去尝尝?"

"好啊!"许悠然开口应道,不忍拂了老爷子眼睛里的期待,跟着他顺着街道前行了大概有一千多米左右。

终于停在了一家名叫竹海饭馆的饭店前,饭店不大,只有两间门市的样子,但却干净整洁让人看一眼就觉得舒服。

"杜老头,你跑到我们家来干吗?"饭店的老板娘是一个大约四十来岁、打扮得非常时髦的妇女,走到门口拦住了他的去路:"现在正是大家吃饭的时候,你可不能来捣乱,小心一会儿我去找方知收拾你。"

"翠湖,我今天是来吃饭的,而且是方知同意的。"杜觉抬头挺胸带着几分得意的表情说道。

"方知同意的,你去把方知叫过来,上次你吃的那顿饭,都两年了还没结账,谁还敢放你进门呀!"那位叫翠湖的老板娘,咬牙切齿地说道。

杜觉有些不好意思地回过头,看了一眼许悠然,然后小声说道:"我们也不想欠账,等方知有钱了,他一定会给的。"

"那就等你们有钱了再过来,别到处欠债。"翠湖大声喊道。

第二章

经营有道店铺兴隆

一

这声吼显然把杜觉吓到了,只见他抓住许悠然的袖子小声说道:"我不吃饭了,我不吃饭了!"

许悠然从他们的交谈中,推算出了应该是老爷子以前在这里来吃饭,欠了饭店的钱还没还。又看了一眼,周围这些对着老爷子指指点点的店铺,显然,杜老爷子在这里是很不受人待见的。这种事情,本是轮不到自己出头,可现在杜老爷子跟自己是一路的,许悠然自然不愿看他被人欺负。"他欠你多少钱,我来替他还。"终于,这句话还是说出了口。

"小女娃子,看你不像是本地人,杜家的事情你就不要管了,你管不了的。"翠湖虽然对杜老爷子的态度有些差,但对许悠然,却又带着几分语重心长的劝告。

"我不管他们的事,今天我答应了老爷子,请他吃竹荪汤的,刚刚听你说,他要是不结清之前的欠账,你就不让他进门。可我承诺在前,又不能不遵守,就只能帮他把之前的账结了再请他吃饭。"

"小女娃子，你倒是一个心好的，可是杜家，你帮得了他们一时，你却帮不了他们一世。罢了！你执意要请他吃饭，那就先去吃吧！之前的账，让它挂在那里，等杜方知自己来结。"老板娘满是无奈地说道，许悠然对她升起了几分好感，带着杜觉走了进去。

因为是中午的原因，店里已经有十几桌满位了，翠湖把他们带到一张小桌子旁，拿出菜单递给了许悠然。

许悠然一眼就看到了店里的招牌菜竹荪汤，又另外点了两个小炒、一个凉菜。翠湖欲言又止地看了一眼许悠然，终于还是什么话都没说，直接拿着菜单进了厨房。上菜的速度很快，大约半个小时左右几乎全部上齐了，杜老爷子特别高兴，就着竹荪汤吃了好几碗大米饭。

许悠然看着面前狼吞虎咽的老人，心里又增添了不少疑惑。叫来了老板娘，让她另外炒了两个小菜，加一份汤，看着老爷子吃饭的样子，又多要了两份米饭，准备一会儿走的时候打包给杜方知带回去。看着桌上的光盘，以及老爷子意犹未尽的眼神，许悠然终于还是忍不住开口问道："杜爷爷吃饱了吗？"

"饱了……好久没这么饱过了！"杜觉打了一个饱嗝，忍不住把碗底剩下的那点汤端起来给全部喝完。许悠然去前台结了账，拎着手中的饭盒带着杜老爷子往回走。

等回了杜氏竹艺馆，杜方知已经把所有的竹工艺品全部清理干净了，正按照分门别类的方式，一一摆回了货架上。许悠然把手中的饭盒递给他："你先去吃饭吧！这里我来收拾。"杜方知来到了收银处的大桌前，打开袋子拿出盒饭，看着里面的菜，眼睛里出现了一丝诧异。回过头看了一眼正忙碌不停的许悠然，嘴巴动了动还是没有说出话来，低头吃着饭。杜老爷子站在他旁边高兴地说道："许丫头带我去竹海饭馆了！我喝了一大盆竹荪汤，实在是太好喝了。"

"你高兴就好！"杜方知淡淡地说了一句。等他不急不缓将饭吃完，这边的货架已经全部整理好了，把之前的标签价格全部撕掉，许悠然开始了重新定价。

虽然自己对这些工艺品的价值并不是很了解，但好在到了竹海镇这几天，各种各样的工艺品店自己都逛过了。再加上之前老爷子的一番介绍，每一件东西的心理价位也就给了出来。等把地上的垃圾清理干净，原本破旧的小店瞬间变得干净明亮起来，许悠然顿感成就满满。

再次走到了门口，看着面前这一条离主街道大约 20 米远的小巷，许悠然知道，杜氏竹艺馆生意不好，主要原因在杜方知做生意的态度，但还有一个原因就是，地理位置确实不行。

昨日如果不是自己心血来潮，根本就不可能走进这条小巷里来。可是要怎样才能把游客引进来呢！招牌？路标？

许悠然跑到了小巷的入口处，仔细打量了一下周围的情景，目光停留在了那一根根粗壮的路灯杆上。如果在这里做一个广告指示牌，会不会起到给游客们引路的作用呢？抬头打量了一下周围沿街的店铺，各种各样的广告牌，几乎可以让人看得眼花缭乱。也就是说，就算是在这路灯上面挂一个广告牌，其实也起不到多大的作用。

"你……出来干吗？"杜方知在店里等了好一会儿，都没有看到她回来，忍不住出门来找，就看到了她站在巷口发呆。

"你会做灯笼吗？"许悠然突然开口问道。

"会。"

"八角宫灯呢？"

"会。"

"从你家的店到这个巷口，大约有 20 米远左右，沿途有五根这样的路灯柱，所以我需要五个用竹子编制的灯笼。不但要精致大气美观，还必须得经得起日晒雨淋，让所有从这里经过的人，一眼就能看到它们的存在。"

"你的意思是，让我做灯笼挂在这路灯柱上？"杜方知有些不情愿地问道。

"是，你不要忘了昨日答应过我的，一切按照我说的去做。"许悠然不想跟他解释那么多，直接拿出他之前的承诺说话。

"我明白你的意思，你是想用灯笼把游客吸引到咱们店里来。"杜方知并不傻，相反反应还很快，想到这点后，脑子里立刻浮现出了大气精美的八角宫灯造型。

"如果你不想做灯笼，也可以用广告牌。"许悠然以为他是不想动手，连忙退而求其次地说道。

"就用灯笼吧！做五个这样的广告牌，那得花多少钱呀！"杜方知小声嘟囔了一句，却被许悠然听得清清楚楚，再次被他吝啬抠门的样子给打败了。

两人回到店里，杜方知直接把店门关上，对许悠然说道："你跟我进来。"许悠然虽然心有疑惑，还是跟在他身后进了天井，只见他从一个大的工具筐里拿出了一把超大号的柴刀。许悠然看着那散发着寒光的利刃，眼睛里面全是警惕，随手抓住了放在墙边的一根钢钎，故作镇定地开口问道："你想干什么？"

杜方知扬了扬手中的柴刀，看了一下上面的几个缺口："又该磨刀了！"

"我告诉你啊！你可不能乱来……"许悠然脑子里全是谋财害命的画面，紧握着手中钢钎，随时准备着跟眼前的人拼命。

"不是你说的要做灯笼吗？我得上山去挑几根好的竹子。"杜方知并没有怎么注意许悠然此刻脸上的表情，眼睛从头到尾就没有离开过柴刀上的缺口。

"砍竹子就砍竹子，你让我跟着进来干吗？"许悠然知道他拿刀的目的后，一颗忐忑不安的心总算是安定了下来。这能怪她误会吗？这家伙又是关门又是拿刀的，任谁看到都会觉得，他是想要违法犯罪好不？

"你不是想要了解竹编吗？了解竹编就得先了解竹子，我现在就带你上山去看竹子，不管要做什么物件，选材都是至关重要的。"杜方知就像是看白痴一样看了她一眼，拎着刀大步往后门方向走去，许悠然这才想起来昨天对他提过的要求，合着这人已经记在了心上。

二

　　跟着他出了后门，沿着一条弯弯曲曲的小路，穿过几条田坎，来到了一处满是翠竹的山坡下。

　　杜方知带着她走到一丛慈竹面前，指着面前的竹子说道："这个叫慈竹，是咱们四川比较常见的竹种，因为竹壁薄、秆环平，材质柔韧，劈篾性能良好，是咱们整个西南地区，生活竹制用品编制的首选材料。"

　　许悠然静静地听着他解说，这人明明不善言辞，可一说到竹子，不但头头是道，连眼睛都跟着亮了不少，显然是真的喜爱。不由得有些后悔，出门前没有把纸笔带上，只能尽量把他口中所说的特性用脑子给记下来。杜方知说完后，并没有给她多余的时间消化，而是直接走到了一棵楠竹面前。继续开口说道："这个也是比较常见的竹子之一，楠竹，材质坚硬强韧，纹理平直，不但劈篾性好，而且还适用于竹雕竹簧技艺，用途广泛，是飞禽走兽、花瓶果罐最佳选材之一。"

　　许悠然边听边记，最后还忍不住点了点头，脱口补了一句："它的冬笋，味道很好！"杜方知淡淡地瞄了她一眼，直接带着她去了山头的另一边，在靠近溪流的地方，一片看起来比较纤细的竹子出现在了许悠然眼前。

　　杜方知指着那一片竹子说道："这种竹子叫作水竹，又有人称它们为烟竹。它的分枝比较高，竹壁厚薄适中，节间呈圆筒形，质地既柔软又结实，纹路紧密，可以劈出最精细的篾丝，而且颜色纯净，是编制花纹图案的最好材料。"

许悠然点点头表示记下了，杜方知看了一下散落在周围其他品种的竹子，满是嫌弃地开口说道："这坡上只有这几种比较常见的竹子，你想要了解得更多，等有时间我带你去万岭箐。那里面有全世界所有的竹子种类，还有好几种是专门用于观赏的，像你们这样的女孩子，应该是最喜欢不过了。"

"好。"许悠然看着眼前这个自信满满的杜方知，这才有了几分本该属于他这个年龄段的少年意气。脸上的阴郁之气在这竹林之中消失得干干净净，他整个人都变得鲜活了不少。

"你站在这里不要乱动，我下去砍几根水竹。"杜方知说完，迅速地往下方走去，在那水竹丛中，选了几根他觉得比较适用的竹子，砍断之后直接拖到了许悠然面前。迅速除去枝桠，把剩下的竹干用一根树藤全部捆在了一起，这才不急不缓地对许悠然说道："我还要去砍根楠竹，你跟在我身后，小心脚下，不要摔着了。"

许悠然还是第一次走这样的山路，扶着旁边的树干，紧紧地跟在了杜方知的身后。只见他停在了一棵楠竹前，从上到下仔仔细细地打量了一遍，这才举起手中的柴刀，挨着跟部的位置用力地砍了起来。

许悠然就这么看着，碗口粗的竹子被他用了五六刀就给砍倒在地。见他干净利落地剪除着竹子上的枝桠，熟练得就像是早已经重复了千百遍一样。都说认真干活的男人看起来最帅，许悠然第一次觉得这话有道理。杜方知虽然生得黑了一些，但这种黑却是健康的古铜色，仔细打量了一下，就会发现他放松下来的五官精致得就像是被人用刀斧给雕刻出来的一样。看不出来，这家伙居然颜值不错，这要是进了学校，不知道会迷倒多少学姐学妹。

正想着入神，感觉到脖子忽然一沉，一股带着黏性的凉意瞬间席卷到了全身。感觉到脖子上被一个长长的东西给圈住了，许悠然正准备伸手把它拍掉，却听到了杜方知略显颤抖的声音："别动。"

一种不好的预感，在脑海里炸开，许悠然已经猜到了自己脖子上这东西的物种属性了。也知道自己此刻，确实不能随便动弹，只能不断地在心里做着自我建设："屏住呼吸，保持安静，你现在就是一棵树、一根竹子……"可以明显感觉到它在自己肩膀上蠕动，哪怕是此刻已经遍体生寒，许悠然依然不断地在脑海里对自己进行着催眠。只盼着这玩意儿能够自己离开，可是很显然，这东西不但没有离开，反而昂起了头，正冲着她耳朵的位置吐着信子。

许悠然看不到，感官却在这一刻变得特别地敏感，第一次觉得死亡离自己这么的近，恨不得一鼓作气直接伸手抓住它，把它从自己的肩上甩出去。终究还是没那个胆，相反还被吓得流出了眼泪。

"稳住别动……"杜方知的声音再次响了起来，就像是给许悠然吃了一颗定心丸一样，消除了她此刻不少的恐惧。只见他一步一步地靠近，那小心翼翼不敢弄出半点声响的样子，反而让许悠然原本忐忑不安的心慢慢平静了下来。这家伙整天都待在竹林里，他一定有办法处理好这玩意儿……

大概是因为杜方知脸上的镇定，让许悠然在这生死一刻间，决定相信他这一次。就在许悠然失神的那一霎那间，杜方知忽然冲她扑了过来。许悠然被扑倒在地，感觉到屁股狠狠地撞在了突出来的小石头上，疼得张开嘴巴，根本就发不出声音来。杜方知从她身上爬了起来，手上还抓着那条之前盘在她脖子上的罪魁祸首。

"能站起来吗？"杜方知带着几分嫌弃地开口问道。许悠然连忙从地上爬了起来，看着他手上青翠可爱、如同婴儿手臂大小的长蛇，眼睛里原本的恐惧，居然在一瞬间被惊艳给取代了。

只见她带着几分试探性地开口问道："竹叶青？"杜方知点了点头。

"它长得可真够漂亮的，颜色就像书里写的那样鲜艳，就是不知道可不可以拿回家养起来？"许悠然试探性地伸出手指，轻轻地触碰了一下竹叶青那已经被杜方知拑制住了的脑袋，激动地开口问道。

"它刚从高处掉下来的，并没有反应过来你是个人，要是我的动作稍微慢一点，你此刻就见阎王了。"杜方知提着手上的蛇，往前方走了数十步，这才将它放下，看着它窜入竹林之中不见，这才回到原地继续之前没有做完的工作。

"既然是毒蛇，那为何还要放它走？"许悠然当然知道竹叶青是毒蛇，但却阻止不了自己喜欢它的颜值啊！原本以为杜方知会将它打死，没想到这家伙居然给放生了。

"它是有毒，但人不主动去招惹它，一般情况下它也不会主动伤人。"把水竹和楠竹全部绑在了一起，杜方知毫不费力地将它们扛在了肩上，往山下走去。

有了之前的变故，许悠然哪里还敢在竹林里久待，连忙追着他的脚步一同回了杜氏竹艺馆。"那个……杜老板，刚刚谢谢你啊！"这算不算是救命之恩呢？就这样说一句谢谢，会不会显得有些敷衍？许悠然还在纠结这个问题，杜方知突然开口问道："你是不是很喜欢那条竹叶青？"

"我就图它长得漂亮，可一想到我差点命丧它口，再怎么样我也不敢去喜欢它呀！"

"嗯！你出去看店吧！三天之内，我会做好五个八角宫灯的。"杜方知说完，便拿起工具锯竹。许悠然想要留在现场，看他的制作过程，可也知道，自己现在的工作是一名售货员，只得走到前面，打开大门，开启了自己正式的营业生涯。大概是位置偏僻的原因，许悠然把今天看到的三种竹子，以及了解到的特性全部登记在了笔记本上后，店里都没有出现一个客人。

原本信心满满想要大展身手，这才一个多小时，许悠然就觉得斗志全无。拿出双肩包里的稿笺，准备先试着动笔写写论文，才刚写了两行字，就看见了有人走了进来。

三

许悠然激动地站了起来，准备用最高规格迎接这位贵客，却直接被一个浑厚的女高音吓了一跳。

"杜方知，你上个月从我店里拿的那两把面，现在是不是该结账了？"许悠然就像是被人在大冬天泼了一盆冷水一样，千辛万苦等人上门，居然是来要债的？

"杜方知，赶快拿钱，我还要回去看店呢！"催促的声音再次响起，许悠然看着杜方知从里面走了出来，黑沉的脸上都快要滴出水来了。

"我今天没钱，等改天有钱了，我会给你送过去的！"

"上次说好的今天还钱，你一个大男人，怎么可以言而无信？我不管，你今天必须得把那面钱给结了。"女人怒气冲冲地吼道，杜方知却毫不在意，冷冷地开口说道："我说没钱就是没钱，有钱自然会还你，不过就是几块钱，我用得着赖账吗？"

"你是用不着赖账，咱们这整个镇上，谁不知道你杜家祖孙最会赖账了。你现在走出去看看，这整条街上的街坊邻居，谁还愿意赊东西给你们，我也是见了鬼了，心地善良才赊了面给你，这才多长时间，你就直接跟老娘来个翻脸不认人呀！"那女人的声音很大，吼得周围的邻居全部都跑过来围观。

许悠然原本不打算管的，可看了一眼门口，好像有几个游客打扮的人站在外面观望，顿时来了精神。满面笑容地走了过去："各位是来竹海镇旅游的吗？我们家的竹编制品可是这整个镇上手艺最好的，你们要不要进来看看？"那几名游客目光都停留在那位破口大骂的女人身上，显然是专程过来看热闹的。

许悠然可不想放过这几个过门而不入的贵客，冲着他们微微一笑："那你们先稍等一下，我把这里的事情处理好了，再请你们进来参观。"话一说完，许悠然就走到了那女人面前，微笑着开口喊道："大婶，杜老板欠了你多少钱？"

"上个月7号，在我店里拿了两把面，总共六块钱。"女人倒也不含糊，直接把时间地点和欠款全部都给说了个清楚。许悠然从兜里掏出了六块零钱递给她，笑着说道："他欠的钱，我帮他给了，外面都是游客，大婶可不可以……"许悠然的意思很明显，这女人倒也好说话，要到了账，脸上也多出了一份笑容："好说好说，都是开门做生意的，咱们谁也不要为难谁。"

目送她离开后，许悠然正想着去请那几位游客进门，杜方知却黑着一张脸冲着她说了一句："让你多管闲事！"便转身大步回到了天井里，继续忙碌着之前手上的活。

围观的邻居看着这边好戏已经散场，也就各自回家做自己的事去了。那几名游客却依然停在门外，显然是在纠结要不要进来看看。许悠然满脸微笑地上前，接连说了好几声欢迎光临，那些游客这才顺势走进了店里。原本站在门口是为了看热闹的，可后来发现这居然是一家店，但因为隔的距离比较远，里面的东西看得并不真切，再加上店铺看起来比较破旧的原因，这些游客显然并不怎么看好这里面会有好东西。可进来后，那货架上陈列的一个个物件，直接让他们都移不开眼睛来。

原本杜方知的东西就做得不错，甚至当初在尘埃堆积的情况下，许悠然都能一眼识货，更何况现在，经过清洁整理之后，这一件件竹编制品，就像是重新焕发了生机一样。

"这小背篓看起来不错，咱们给小虎小龙一人买一个。"一个年轻女孩一只手拿着一个小背篓高兴地说道。一个年纪年龄稍长的男人走了过来，看了一眼点了点头，回过头开口问道："这小背篓怎么卖的？"

许悠然看得出,他们确实是有心想买,也不虚抬价格,直接把自己的卖价给说了出来:"二十八一个!"

"可以便宜点吗?我记得外面的商店里,好像才二十五一个。"中年男人笑着问道。很显然,他们已经在竹海镇上逛了很久了,之所以进店,不是为了寻找便宜,就是想要货比三家。

"这个没办法,你可以先看看我们这小竹篓的手艺,你别看这东西小,在编织上却特别地讲究技巧,像这样的小竹篓,没有个半天工夫根本就做不出来。我相信你也是有眼光的人,在这竹海镇上应该也看过不少这样的作品了吧?你稍微比较一下就知道,制作手艺之间的差别,我们虽然店小,但做出来的却全是精品。"许悠然不卑不亢,却直接避开了讨价还价这一环节。杜方知停下了手中的活,静静地听着外面许悠然说话的声音,原本眼睛里面的一丝不耐烦,逐渐消失不见。

"手艺确实不错,给我来五个吧!"中年男人也是个识货的人,不再做纠结,十分爽快地说道。许悠然还想着跟他继续在价格上纠缠一番,没想到他居然这么快就放弃了讨价还价。虽说一下可以卖出去五个,许悠然不但不觉得高兴反而还一脸为难,小声说道:"这位先生,实在是不好意思,咱们店里只剩下这两个小背篓了。"

"可是我家里有五个孩子,两个根本就不够啊!"中年男人皱着眉头说道。

"可不可以告诉我一下,你家五个孩子的年龄和性别,或许我们店里还有更适合他们的东西呢!"许悠然脑子倒是转得快,买东西送人,自然要结合对方的情况去送,中年男人之所以准备买五个一样的小背篓,目的是为了图个方便,并不是其他东西不可以代替。

"两个男孩是对双胞胎,今年六岁,还有三个女孩,分别是……"中年男子稍微停顿了一下,问其旁边的女孩:"阿月,你大姨和三姨家的表妹,都多少岁了?"

"小燕七岁,雪儿九岁,付付四岁。"那位叫阿月的女孩想了想开口回道。

"既然另外三位是女孩,那这事情就比较好办了,先生你可以把这两个小背篓送给那对双胞胎兄弟。另外三位小姑娘,你要不看看这种小花篮。"许悠然从货架上取下了一个带着梅花图案的小花篮递到了中年男人手中。

"爸,这小花篮真漂亮,我也要一个。"阿月忽然从他手上抢了过去,高兴地说道。

"好,那就给我来四个小花篮,两个小背篓,总共多少钱?"中年男人现在连价都没问了,直接掏出钱包准备付钱。

"爸,你只管给小的买礼物,爷爷呢!下个月可是爷爷的六十大寿,不如就在这店里挑个好东西送给他。"阿月看着货架上琳琅满目的竹编工艺品,看样子一时半会儿是舍不得离开了。

"好,那你来挑,你觉得你爷爷会喜欢什么东西?"

"这个我当然知道了,爷爷喜欢烟斗,上一次看张爷爷拿了一个罗汉竹烟斗,可把爷爷给羡慕坏了!"

阿月说完后,突然回过头冲着许悠然问道:"姐,你们这里有烟斗吗?"

"有啊!"烟斗属于小物件,并没有摆放在货架上,上午收拾的时候,许悠然把这些小物件全部放进了一个竹筐里。然而这个竹筐就在柜台上,只见她从里面翻找了一下,取了一个全身透着翠绿的烟斗出来。

"漂亮,这可比张爷爷家的那个漂亮多了。"阿月伸手接了过来,开口问道:"这个怎么卖?"

"十二。"

"这么便宜?爸,这个烟斗我买了,就当是我送给爷爷的礼物,你要送礼物,自己挑个贵的去。"阿月高兴地说完,直接从兜里掏出了钱,递给了许悠然。

"这么漂亮的东西,怎么会卖得这么便宜?"

"这个工艺并不复杂，只需要挑选好合适的竹材，简单地做一下雕刻和拼接就可以了。"

"哦，那你给我爸推荐一个精致一些的，你们家的东西价格还是蛮良心的。"什么叫良心，足足比外面的商场贵了一小半，中年男人忍不住在心里吐槽了一句。但还是很高兴继续打量起货架上的其他竹工艺品来，哪怕知道它的价格普遍偏高，但就觉得这里的东西特别地能够入眼，这大概就是传说中的眼缘吧！

"既然是贺寿的礼物，咱们可以选择传统一些的，就像这个寿星根雕，寓意就很不错！"许悠然指着墙上挂着的一只老寿星根雕，开口推荐起来。

"还真的是形神俱在，这玩意儿真的是用竹根雕出来的，大师作啊！"阿月大惊小怪地吼着，把其他几名游客的目光都吸引了过来。

"这个老寿星，怎么卖的？"中年男子眼中透露出心动，这东西送给老爷子，挂在墙上那也是一个不错的摆件。

"二百八十八，如果你们诚心想要，看在你们买了这么多东西的份上，可以给你们少二十块。"许悠然在价格上，根本就不用和杜方知商议，因为她所有的定价，都比之前杜方知的定价要高上一些。

"好，你把这些东西都打包，总共多少钱！"中年男子特别爽快，许悠然取下墙上的寿星根雕，又拿出了四个小竹篮和两个小背篓，发现店里连打包的包装袋都没有。眉头微微地皱了皱，看了一眼旁边空置着简易竹筐，直接拿了一个过来，把这些东西给放了进去。中年男子付了钱，抱着这一筐东西高兴地带着女儿离开了。

"小姑娘，刚刚的小花篮，你店里还有吗？"刚才跟着他们一起进来的游客，纷纷围着许悠然询问了起来。许悠然从柜台下拿出了最后一个小花篮笑着说道："只剩最后一个啦，你们要吗？"

"一个不够，你能不能想办法再去找两个出来。"

"这个还真没办法，我们家的东西，全是我们老板自己做的，因为不是批量生产，数量都比较少，你可以看看其他东西，或许还有比小花篮更合适的呢？"进门就是客，东西不够，那就尽量往别的产品上凑，这是作为一名销售人员最起码的工作素养。

"好，我再看看其他的。"围着的游客们又纷纷散了开去，有没找到自己心仪的东西而悄然出了店门的，也有被货架上的各种作品吸引得迈不动脚的。

许悠然悄悄地打量着他们，默默地从他们的眼神里分析出他们此刻的购买欲，然后再进行介绍推销。"这个花瓶不错，里面的瓷胎是景德镇的吗？"那名站在瓷胎花瓶前打扮时髦的女人，脱口问了这么一句。

许悠然微微笑了笑："不是，这只是普通的瓷胎，以我们店现在的实力，还用不起景德镇陶瓷做胎。"时髦女人眼中闪过一丝失望，手指却带着几分嫌弃地覆盖在了花瓶上面那一根根棱角分明的细篾上。

"也是，像你们这种小店，怎么会有好的瓷器，逛着也没意思。"时髦女人尖酸刻薄地说了一通，重重地踩着高跟鞋出了店门，其他跟着她一起进来的几名顾客，也跟在她身后陆陆续续出了门。

许悠然想要开口挽留，又实在想不出什么说辞，看着店里仅剩下的一位顾客，连忙打起精神，准备好好接待一番。那客人双手捧着一只竹编兔子，开口问道："这小兔子怎么卖？"

"六十八。"许悠然含笑回道。

"这么贵，能不能少点！"许悠然并不急着跟他讨价还价，正准备开口介绍一下这一只竹编兔子的工艺，那顾客却直接开口说道："六十六块怎样？我女儿是六月六出生的，又刚好属兔，我觉得这兔子的眼睛和她的眼睛有几分相似，我想她一定会很喜欢的。"

"好……吧！"原本准备跟他唇枪舌剑一番的许悠然，就这样直接被破了功，看着顾客高兴地捧着小兔子出了门，那小心翼翼的样子，就像是捧着一件心爱的宝贝一样。

"杜老板，你这里有空本子吗？我需要做账。"许悠然看着手上刚刚收到的钱，准备做一个流水账目，免得以后出现差错。杜方知从里面走了出来，从柜台下方的抽屉里拿了一个本子放在了许悠然面前。居然是账本？许悠然有些意外地看着他，却发现杜方知的脸上出现了一丝羞红。

"看什么看！"发现许悠然此刻的眼睛正停在自己脸上，杜方知又羞又怒地开口斥道。

"你居然准备得有账本？"许悠然终于还是忍不住问出了口。

"这是以前刚开店的时候准备的，后面生意一直不好，一个月最多也就能够走一两单，也就没有心思记账了，你说你有本事把这店给做好，那这账本就给你用了。"说完后，直接转身准备离开，许悠然连忙开口喊道："你先等一下，你在外面还有多少欠债没还？"

"与你无关。"许悠然实在是不想再跟他继续沟通下去，这人的态度完全算得上是瞬息万变。

她冷冷地吼了一句："你以为我想多管闲事，我只是不希望像今天下午这种上门要债的事情再次发生。你之前可是答应过我的，这个店交给我来全权管理，所有有可能影响到店里经营的事情，我都要提前做好防范。"

杜方知顿了顿身子，并没有回答她的话，而是迅速走进了天井。

就在许悠然以为他不愿意理睬自己的时候，一个看起来有些年头的作业本出现在了她面前的桌上。杜方知打开作业本，往后翻了好几页才停下来，许悠然看了一下上面的内容，才发现上面的正是他欠的外债账目，每一笔都写得端端正正清清楚楚。许悠然抬头看了他一眼，再次觉得这人并没有多大的缺点，不过只是不擅长表达而已。他如此认真地记录着这些账目，虽然是写在纸上的，可从笔锋上看却如同刻在了他的心上一样，可见他并不是外面的人所说的那种喜欢赖账的人，那么就只有一种可能，他真的只是经济困难。

第三章
滴水不漏显功夫

一

　　许悠然算了一下上面的总数，欠下得并不多，总共加起来不到两百块钱，不由得松了口气。把刚刚收到的钱，直接递给了他说道："这是我刚刚卖货的钱，两只小背篓、四个小花篮、一个烟斗、一个老寿星竹雕，还有一只竹编兔，总共是四百八十一块，现在全部交账给你，麻烦你在这账本上签个字。"

　　许悠然说话间，已经把卖出去的商品一一登记在了账册上，为了能够更加明确资金的去向，把钱交在了杜方知手上后，当场提醒他签字。

　　杜方知拿着手上厚厚的一叠钞票，看着货架上空出来的位置，第一次真真正正地正视了许悠然的能力。只见他拿了四百块整钱，又把那八十一块零钱放回了许悠然面前的桌上，轻声吐出了四个字："找零备用。"

　　人已经拿起了桌上的作业本，匆匆地出了店门，许悠然知道，他这是挨家挨户上门还债去了。

　　许悠然把空出来的货架补上，看了一下时间，都快五点半了，又开始收拾整理店铺里的卫生。等把所有的东西都收拾整理好，准备出门的时候，杜方知拎着一袋子凉菜从门外走了进来。

"晚上留下吃饭！"

"……"许悠然有些意外地望着他，这啬男转性了，这才一天时间居然会主动留自己吃饭了。

"不用了，我还是出去吃吧！"许悠然把他的相请当成客气，收拾好双肩包就准备离开。

"今天生意不错，我专门买了猪耳朵，你吃完饭再走吧！"杜方知再次出声相请。

"是啊！中午是你请我们吃饭的，晚上该轮到我们请你了，来而不往非礼也，这可是我们杜家的规矩。方知出门之前就已经做好饭了，你吃完再走，又耽搁不了多长时间！"杜觉从屋里走了出来开口劝道。

许悠然不好拒绝，跟着他们一起进了天井，挨着厨房的隔壁，有一间看起来比较空旷的屋子。屋子里，一张用竹篾块拼接而成的饭桌，四张看起来有些年头的竹藤椅。

杜方知让许悠然入座，自己则进了厨房，不大一会儿工夫，端了一个大竹盆出来，竹盆里大大小小装着十几个煮熟了的红薯。

杜方知把已经凉拌好的猪耳朵装入盘中，放在了桌子中间。杜觉拿来了几双筷子，高兴地招呼着许悠然："许丫头，吃饭。"

"这就是晚饭？"许悠然不是不喜欢吃红薯，是从来没有想过，拿它来当主食。

"对啊！我和方知，每天晚上都是这样吃的，今天很好啦！还有猪耳朵，这是赵三娘家的吧！闻着味道我就知道了。"杜觉高兴得不得了，一手拿着红薯，一手持着筷子，吃得津津有味起来。

许悠然只能入乡随俗，心里却又生起了别的疑问，这杜家祖孙，到底过的是什么日子？

"今天的钱有多余的，明天我去买袋米回来。"杜方知随口说道。

"终于可以吃上米饭了,实在是太好了!"杜觉吞下口中的红薯,高兴地喊着。

许悠然静静地听着他们说话,吃完一个红薯后站了起来开口说道:"我吃饱了,先回旅馆休息,明天你们早点开门。"站起身来往外走去,杜方知连忙拦住她说道:"你先等等,我给你个东西。"许悠然站在原处,见他大步往天井走去,从一个堆放杂物的竹筐里,拎出了一条碧青色的长蛇,抬眼望去,还可以看到那长蛇挣扎着摇了几下尾巴。

许悠然吓得直接往后退了两步,尖叫着说道:"你不是把它放走了,怎么又把它给捉回来了?"

"你……不是说喜欢吗?"杜方知把玩着手中的青蛇,蛇头摇摇晃晃间,还可以看见它嘴巴里长长的信子,像是下一刻就要咬人一样。

"我只是喜欢它长得好看,我可没说过要养它,这家伙这么毒,你还是拿远一点吧!"许悠然再次后退了两步,急切地喊道,纵然心里爱极了这青翠欲滴的颜色,可也很清楚,越鲜艳的东西越毒。

"你放心,这蛇儿不用你养,也不会咬你。"杜方知十分难得地笑了笑,一个箭步跨到了许悠然面前,直接将她逼到了墙角下,把手中的青蛇放入她手中,眼睛里还带着一丝说不清道不明的期待。一样的清凉透骨,却带着和上午触摸到青蛇的感觉完全不一样。

许悠然惊讶地盯着手中的青蛇,才发现,它居然只是一个竹编作品。在昏暗的光线下,简直可以说得上是以假乱真。竹节分明的地方看起来就像是一块块鳞片,因为整个身躯,都是采用如同发丝的细篾编织而成。就一个尾巴的收尾,至少都用了四五种不同的编法,只要轻轻抖上一抖,尾巴就可以自己活动起来。稍微扁平的头部,眼睛采用的是比较常见的穿插编法的方式,不仔细去看,还以为是长在里面的一样。整个躯干纤细又柔韧,青翠欲滴的颜色,就像是春雨过后的竹叶,还卷带着淡淡的山林气息,简直和今天上午在山上遇到的那条竹叶青一模一样,甚至连尺寸大小都没有多大的变化。

"你今天一整天,都在编这个?"许悠然压下心里的喜不自胜,却也瞬间清醒了过来,想着他不是应该先把八角宫灯给做好吗?

"可还喜欢?"

"喜欢,可你现在不是应该……"

"两天之内,保证完成。"杜方知猜出了她想要说什么,直接截断了她的话语,回到了里面的餐桌前。

"这蛇编得真漂亮,一定能卖个好价钱。"

"这是送给你的,上次的那只飞鹤,我见你放回了货架,应该不是很喜欢。"杜方知淡淡地开口说道,许悠然却觉得有些惭愧,并不是不喜欢,之所以放回货架上,是想等离开的时候再取走,哪里想到会引来这样的误会。"上午,见你夸它长得漂亮,却又不敢碰触它,临时起意做一个送你。"杜方知怕她不接受,忍不住多说了几句解释。

"好,谢谢!"这份礼物,可比那飞鹤要有诚意多了,双手捧着青蛇,这可是独一份,不能用价值来衡量的。再三表示谢意后,许悠然正准备离开,却鬼使神差地回头看了一眼那桌子上的红薯。

末了还是忍不住开口说道:"我会做饭,如果你们不介意的话,咱们可以一起开火,伙食费平摊。"不等他们回答,许悠然就拎着双肩包离开了杜氏竹艺馆。回到暂住的旅馆,许悠然依然舍不得放下手中的竹叶青,可以这样任意地把玩有毒生物排行榜上最厉害的青蛇,许悠然忍不住感慨,杜方知的手艺完全可以用神乎其神来形容。实在是喜欢得不得了,晚上睡觉,都是把这蛇儿放在枕边的。

二

早上随便买了点吃的，许悠然就来到了杜氏竹艺馆，杜方知像是提前预知到她的到来一样，等她刚走到门口就打开了大门。

"早啊，杜老板！"许悠然高兴地打着招呼，低头钻进店里，把双肩包放下，正准备做一下打扫工作。杜方知却低声说道："你跟我来！"许悠然跟在他身后进了天井，在并不是特别明亮的灯光下，看到了地上摆着的两个八角宫灯。

"这么快？"许悠然惊讶地拎起一个灯笼，仔细打量着上面的编织手法，越看越觉得精致漂亮。为了让灯笼看起来更加好看，他还用了一部分五彩的油漆篾，直接在肚子的位置上，编出了五个若隐若现的大字，杜氏竹艺馆。

"我去买几条带有流苏的绢条，在上面写上咱们的店名，挂在这八个角上，一定会吸引很多游客进门的。"

"嗯！"杜方知淡淡地应了一声，算是赞同。

许悠然看了一下他疲倦的样子，忍不住开口问道："你昨天晚上，不会一晚上都没睡吧？"

"嗯！"回答她的还是这个嗯字。

"其实也没那么着急，你用不着这样熬夜。"

"熬习惯了！"杜方知说完突然抬起头望着她开口问道："你真的会做饭？"许悠然点了点头，杜方知眼睛里出现了一丝喜悦开口说道：

"那以后你负责买菜做饭！所有的花销全部记在账本里，咱们一个月算一次账。生活水平的好与差，和你的业务能力挂钩，若是花费太多，你营业得又太少，发不了你工资，你也不能怪我。"虽说有了昨日的开门红，但杜方知还是有些担心往后的生活，毕竟这个店他已经开了好几年了，不能说半死不活，几乎可以用了无生意来形容了。

"好，你先进屋休息，我去厨房看一下缺些什么东西，一会儿就去把它补齐，保证你们今天中午，就能吃上我做的饭了。"许悠然高兴地说完，一头钻进了厨房，没有想象中的灰尘满天，小小的厨房居然被这么一个大男人收拾得干干净净。只是里面的灶台，让许悠然愣了愣，她开口问道："这就是你们专门用来做饭的柴火灶？"

"嗯，你不会用吗？"杜方知带着几分意外地问道。

"这个……"别说会不会用了，就是见也是第一次见到，许悠然沉吟了片刻，才继续开口说道："虽然说没有用过，但也听别人说过，使用起来应该不会很难？"

"你们是用燃气做饭的吗？"杜方知突然开口问道。

"是的，不过听说柴火做的饭味道很好吃，等一会儿我来试试，应该不会很难。"许悠然不是知难而退的人，迅速地研究了一下使用方法，才继续检查起厨房里的其他用具。大多数的工具基本上都是竹子编制的，虽然看起来简单，但又别具风格。唯一意料之外，又仿佛是意料之中的，就是整个灶台除了盐，几乎找不到第二种调料，甚至连油都没有。看着橱柜下一格里，堆着的满满一橱柜红薯，以及上面空着的橱柜里剩下的半把面，许悠然实在没办法去想象，这祖孙二人平时过的是什么日子，难不成真的是靠红薯度日？忽然之间仿佛明白了这人之前不留自己吃晚饭，恐怕也是因为怕被自己发现，他们唯一的主食就是红薯。

在心里计算了一下眼下急需的物品，许悠然拿着杜方知递给她的钥匙，不等杜方知进屋休息，自己就出了店门，顺手将大门关上。之前在镇上转过几圈，知道菜市场在哪个位置，顺着街道往前走去。路过竹海饭馆的时候，饭馆的老板娘拉着一个小推车显然也正准备出门买菜。"是你啊妹子！这是准备去买菜吗？咱们正好一起。"老板娘笑着喊道。

许悠然点了点头，跟在她身旁，老板娘忽然开口问道："听说方知店里请了个营业员，不会就是你吧？"

"是。"

"听说昨天你帮他卖了不少东西，他拿着钱和账本，把欠咱们街坊邻居所有的债，全部都还清了！这么多年来，我还是第一次看到这么高兴的方知。"老板娘说完后，幽幽地叹了口气，又自顾自地继续说道："这孩子当真可怜，十二三岁的时候，他爸妈发生意外先后去世了。杜老头一个人把他拉扯长大，也确实怪不容易的，可也正是因为这份不容易，直接把这孩子的前程都给毁了！"

"前程？"许悠然并不想去探究别人的过往，可杜方知的事情，这一刻她却想多了解一些。

"可不就是前程吗？这孩子当年读书的时候，成绩在咱们整个镇上都是有名的好。所有人都以为，他一定会考上一个很好的大学，可就在他上高三的那年，杜老头就像是疯了一样，强行要他休学。去跟万岭箐山上的一个老篾匠学手艺，方知学校的老师，甚至校长都到他家来做了好几次思想工作。是个人都明白，在这种时候，无论如何都应该以学业为重，可杜老头就是一根筋，决定了的事根本就没有人改变得了。方知为了能够继续读书，甚至用割腕自杀来威胁杜老头……"

"割腕自杀？"许悠然不可思议地偏过头望着老板娘。老板娘点了点头，许悠然继续问道："那后来呢？"

"后来，说出来你恐怕也不信，杜老头见到了满地鲜血，不但不心疼方知，反而在众目睽睽之下，纵身跳进了清江之中。"清江……就在镇子外，一条连接了几个县城，直接流入长江的大河，江面宽阔，江水深不可测，听说掉下去的人，基本上都很少有生还的可能。

"这两人？"许悠然实在找不到确切的词语去形容，一个割腕自杀来威胁，一个跳江自杀来反威胁，仿佛都不把自己的命当回事。到底是什么样的执着,让老爷子可以这么的不管不顾?

"是啊!这对祖孙,只怕再找不出重样的了!只是可怜这孩子,腕上血都还没止住,就跳下水去救杜老头,还差点被急流给冲走了。好在宁镇长刚好路过,带着人把杜老头给救了起来,可也就是从那个时候开始,杜老头整个人就变得疯疯癫癫了。不但很多事情都不记得了,甚至连简单的生活都没办法自理,还每天都黏着方知,让他没办法离开半步。这个半大的小子,就这样担起了一个家的重担,学自然而然上不了了,只能带着杜老头到万岭菁山上,拜了那位老篾匠为师!可那位老篾匠,早就身染重病,不过才半年时间,就撒手人寰,也不知道方知,到底有没有从他那里学到东西?反倒是直接错过了高考,浑浑噩噩地当起了篾匠。咱们镇上有很多人,到现在都想不明白,这杜老头脑子里到底在想什么?别人都盼着自家儿孙好好读书光耀门楣,他倒是好,直接把这么好的一个苗子逼着去学了篾匠。这孩子随着年龄越长,就越不爱说话,而且易火易燥,原本开了个小店,众人都以为他们可以维持生活。哪里想到这日子越过越差,却又偏偏不接受旁人的劝阻和照顾,一意孤行让人看着难受得很。"

这对于竹海镇上的人来说,或许只是一个曾经发生过的故事,可是许悠然知道,这里面的心酸曲折,绝对不是自己能够理解得了的。

"老板娘为何要跟我说这些?"

"你是一个有本事的小姑娘,你能留在方知店里干活,可见方知是很相信你的。我希望有了你的出现,能够让他早日走出心结,篾匠怎么了,篾匠做好了,将来也能变成巧匠良工。"对于杜方知的手艺,许悠然是绝对相信的,不说往后的进步,就只论当下,也足以担得起良工二字。

"他做的东西确实挺好的,也应该值更好的价钱,之所以现在被人忽视,那是因为真正识货的人太少。篾匠也好,良工也罢,只要找到了适合他们展示的舞台,就一定会有绽放光彩的一天。"老板娘高兴地点点头,自来熟地挽着许悠然胳膊,指了指前方不远的市场,笑着开口说道:"也就只有你,才能看得到他的优点,妹子,你现在在他店里做事,你就帮我们好好劝劝他,好好地把这日子过好吧!"

"不敢承诺,但可尽力!"许悠然笑着应道。

市场不大,许悠然迅速地买好自己需要采买的东西,告别了老板娘。刚到外面的大街上,就看到了杜方知站在门口,只见他一言不发地走了过来,接过许悠然手上所有的东西。也就在他接东西的那一瞬间,许悠然看到了他左手手腕上,两条长长的刀痕,刺眼同时又让人觉得心酸。用老板娘的话来说,他过得确实是挺不容易的。默默跟在他身后,回到了店里,杜老爷子看着他手上的那些菜,高兴得不断地鼓掌:"终于可以吃饭了?"

许悠然看了一眼这个表面上看起来人畜无害的老爷子,却实在说不出一句话来。

等回到厨房,发现所有的用具又被清理了一遍,杜方知望着她说道:"我和爷爷没有什么要求,只要饭菜熟了就可以,往后麻烦你了!"

"不是让你回房睡觉吗?"许悠然总觉得他越靠近眼前这人,眼前的人就越让她忍不住想要多关心一些。明明熬了一个通宵,之前也说好让他回房休息,可就这么一个不善言辞的人,却总会做出一些为他人着想的事。

"我还行,还有没有什么需要我做的?"杜方知毫不在意地说道,显然通宵熬夜是常有的事。

"以前是以前,从现在开始,这店里的一切都得听我的。"杜方知抬头望着许悠然,听她继续说道:"现在先回房休息,中午吃饭的时候我会让杜爷爷去叫你。"

杜方知张了张嘴巴,最后只吐出了一个"好"字,在许悠然的注视下回了房间。把厨房的物品归置好了后,看了一下时间也才九点过,许悠然再次回到了外面的门市上。等着客人上门的日子真的很难熬,许悠然只得拿出自己的稿纸,继续写着草稿。

三

门外响起了杜爷爷声音:"我不会骗人的,我家的东西真的超好,你进来看吧!"许悠然抬头,就看见杜爷爷带了一个胖胖的游客走了进来,随手取下挂在墙壁上的一只兰草花纹理的竹编扇,递在了那位胖游客手中。

"你看看我们这做工,比你手上的这一个不知道要好多少倍呢!"许悠然这才发现,胖游客手里已经有了一把福字纹竹编扇了,只见他看着手上的扇子,仔仔细细地打量了一遍后,才点了点头开口说道:"你这做工确实好。"

"我们这可不只是做工好,用的还是寒冬腊月卤水煮沸过后的腊篾,你买回去后,用个十年八年都不会变色。你再仔细看看,这扇面、这构图,都是百里挑一的。"

许悠然接过话题,含笑说道,胖游客果真又打量了一遍,顿时觉得之前买的那把扇子就是垃圾。

"你们家这扇子怎么卖?"

"六十八。"

"六十八?"胖游客沉默了一会儿,就在许悠然以为他要讨价还价的时候,他突然来了一句:"有多少?我全包了。"

"现在只有这两把了。"

"怎么这么少?"

"好的东西肯定是不能批量生产的,我们竹艺馆里,有的是其他精品,你可以好好看看。"许悠然笑着说道。

胖游客点了点头,居然真的挨着货架打量起来。一连串问了不少物件的价格后,才开口说道:"我在省城有家店面,做的是高端手工艺品售卖,说实话,你家的东西看起来不错,我准备多挑几件带走。"胖游客说完后,悄悄地打量了一下许悠然的神色,才继续说道:"对于竹工艺,我了解得并不多,你能给我介绍几样这店里价值比较高的物件吗?"

当然是求之不得了,许悠然压下心里的喜悦,顺手拿起旁边的一个瓷胎花盘。

"最早以前,人们在瓷胎上面编制东西,目的是为了保护好瓷器,可后来渐渐发展成一种艺术时尚。随着匠人们的技艺越加高深,瓷器和竹编慢慢得相得益彰起来,得到了很多收藏者的喜爱。别的就不说了,单说这编织技术,在这整个竹海镇上,绝对是独一无二。"

"这花盘我要了,你再给我说说其他?"

"好的,你过来看看这对门狮,主要分为一雄一雌左右对峙,蹲立在方盒之上,脖子上面还有用竹子雕刻的铃铛,狮身的内部可以作为容器盛放东西。整个面部表情看起来都是栩栩如生,连方盒都是采用大菊花穿丝编制,格外地秀雅细巧。虽然不如曾经登录美国杂志封面的那一对门狮精致,但不管是用来做吉祥物摆设,还是用来收藏,都是极其不错的。"胖游客把玩着手中的两只狮子,心里更是惊叹,这东西你只看一眼,可能并不觉得怎么出彩,可一拿到手上,就会让你立马喜欢。只见他微笑地点了点头:"你们这个店,也实在是偏僻了些,刚刚那老爷子让我过来,我还差点把他当成骗子了!险些错失了这么多好东西。不知店里可有镇店之宝之类的?要不拿一件出来我看看?"

"镇店之宝?"这个问题还真把许悠然给问住了,货架上的每样东西,对于许悠然来说都是极好的。而且自己在定价上丝毫没有手软,可是很显然,这位胖游客还想要更高端的东西。

许悠然刚来没有多长时间,正准备进去问问杜方知。杜觉却突然开口说道:"有,方知以前做过一个宝贝,我现在进屋去找给你们找。"只见他小跑着进了天井,不大一会儿工夫,手里面拎着一个黑色塑料袋走了出来。

"……"许悠然和胖游客,同时满脸疑惑地望着那个塑料袋,谁也不愿意去相信,镇店之宝这种东西会这样随便放置。只见杜觉把塑料袋放在桌上,缓缓地打开来,从中取出了一套满是灰尘的竹编茶具,一眼看过去和外面商场里卖的看起来并没有多少差异。

这种没有瓷胎做底的茶具,编得好一点的可以拿来做摆设,编得差一点的也只能当作小孩子的玩具。

胖游客脸上全是失望,许悠然也忍不住叹了口气,自己怎么就相信了脑子根本就不清楚的杜老爷子呢?许悠然正准备去取那只摆放在货架最高处的白头飞鹰根雕,杜觉突然开口说道:"许丫头,你们先等我一下。"又一个闪身跑进了里屋,不一会儿端了一小盆水走了出来。只见他把水直接倒入了茶壶里,胖游客笑着摇了摇头开口说道:"竹子编的茶壶,难不成还真的能够泡茶?"

"当然能啦!我以前跟方知试过,只是家里没有茶叶,摘了一些薄荷叶来代替的。"杜觉说完,端起茶壶的把手,在两人面前来回地晃了好几遍,硬是一滴水也没有漏出来。

杜觉觉得还不够,又把旁边放着的四个小茶杯,都给倒满了水,同样没有一丝一毫的遗漏。

看着胖游客和许悠然吃惊的表情,杜觉得意扬扬地说道:"我家方知走的是当年马大师的路子,最擅长的就是这种奇技淫巧。别说茶壶不漏水,我家方知要是愿意,编出来的箩筐也能挑水!"

"老人家,你这套茶具怎么卖?"胖游客激动地把玩着手中的茶杯,两三分钟时间过去了,真的是滴水不漏。这简直就是大师才能做出来的东西,根本就是可遇而不可求,有钱也不一定能够买得到。却没有想到,自己居然会在这个破败的小店里遇上,不由得对那位叫方知的师傅仰慕得很。

"我不知道,你别问我,你问许丫头,店里的价格都是许丫头定的。"前一分钟还清醒得不得了的杜觉,这一刻又变得糊涂了起来。

许悠然悠悠叹了口气,这玩意儿能跟其他东西比吗?这套茶具完全称得上是珍宝呀!

"小姑娘,你说个价,我绝不还价?"胖游客诚意满满地说道。

你这让我怎么说?从古到今,流传下来的一套唯一不漏水、没有瓷胎的茶具,还是清朝末年那位名扬天下的马大师亲手所做。这种东西,不管是在古代还是在现代,都是难以估价的好不?许悠然沉思再三,开口说道:"要不先生你先稍等一下,我去问问我们老板。"

"好!"胖游客倒也不着急,把玩着桌上的小茶杯,简直是越看越喜欢。

许悠然让杜觉先在这里等着,自己则来到了杜方知房间门前,刚伸手敲了一下,门就自己打开了。昏暗的灯光下,看到的是带着一些历史沧桑感的大木床和一张用竹篾片拼接出来的书桌。杜方知端端正正地坐在那里,翻看着面前的书本,手上还握着一支笔,显然正在做笔记。

听到开门的声音,杜方知回过头看了一眼许悠然,却没有开口说话。"那个,你是不是做了一套不会漏水的茶具?"

"嗯,以前做着玩的!"杜方知虽然心有疑问,还是开口回答。

"有顾客看中了你那一套茶具,你想要卖一个什么价位?"许悠然看着他毫不在意的样子,生怕他又来一句不卖。

"你看着办吧!又不是什么好东西,用不着专门过来商量。"

"……"许悠然看着他这态度,强忍着破口骂人的冲动,开口说道:"你知道吗?有史记载的不漏水竹编茶具只有一套,还是清朝末年流传下来的马大师神作。这东西虽然称不上是价值连城,但也绝对值一个好价钱。"

"你觉得能卖出好的价钱,你就尽管去卖,要是那人喜欢,让他明年这个时候再来,我给他做十套。"杜方知说完后,转过身继续看桌上的书本，许悠然这才发现，这家伙根本就没有睡觉。也算是明白了，人家技艺高超，根本就不把这事儿当一回事儿，只得转身回到了外面的门市上。

"怎么样，多少钱？"胖游客不知什么时候已经找了一块抹布，将整套茶具上面的灰尘擦拭得干干净净。

"三千八。"许悠然真的不知道该怎么定价，高了又怕卖不出去，低了又怕杜老板吃亏。最主要的是这玩意儿，没有一个参考价，最后想起之前看到的那一部竹书，好像标的也是三千八。那玩意儿对许悠然来说，算是她见过的比较高端的一个竹工艺品了，毕竟能够出现在省会的展览会上，本身价值就不会差。

胖游客点了点头："价格倒是蛮合适的，但我身上没带这么多现金，不如这样，小姑娘帮我把这一排货架上的所有东西，全部打包好。把价格明细列一份出来放在这里，我现在就出去取钱，最多一个小时，过来提货。"许悠然指着他刚刚指过的那排货架，难以置信地重复那一句话："这一排全部？"

"全部，到时候咱们留个联系方式，这些东西我要是带回去卖得好，以后会专门从你们店里进货。你可以跟你们的那位老板说说，我家做的全是高端精品，价格不成问题，但必须要独一无二、颇具特色的。"

"好，我现在就打包！"许悠然将胖游客送出了门，开始为难地看着面前的这排货架。怎样打包？确实是一个很关键的问题，许悠然对这一块根本就没有经验。

"杜爷爷，这些东西应该怎样打包，才能避免撞伤损坏？"没办法，总不能再去打扰杜方知吧！许悠然只能抱着试一试的心态，问起了站在旁边的杜觉。

"这很简单，多用几层报纸把它整个包裹起来，然后整整齐齐地码在竹筐里面，只要不发生激烈的碰撞，基本上都不会有损伤。"这一刻的老爷子，又变得异常地专业起来。

"报纸，哪里有报纸？"

"镇上传达室里很多,都是他们不要了准备当废品卖的,你先等我一下,我去给你抱一摞来。"老爷子一说完,几乎是冲出门去的,就他的脚步和身姿,根本就没人相信他已经八十好几了。

许悠然拿出纸和笔,把刚刚胖游客要的所有物品全部整理了一个明细出来,不但把价格标得清清楚楚,还非常贴心地把物品的名字、特点、编织手法都给罗列了出来。杜觉去得很快回来得也很快,一大摞旧报纸就这样放在了许悠然面前的桌面上。怕许悠然不会,还带头做着示范,许悠然跟着他有样学样,不一会儿工夫就把那一排货架上十三个物件全部给包装完毕,整整齐齐地放在了一个竹筐里。桌上的茶具因为价值比较高的原因,许悠然决定等胖游客回来之后再当面打包。胖游客也回来得很快,跟他一路回来的,还有一位看起来比他要稍微年轻一点的男子。只见他一进门就开口嚷道:"这就是你说的那一套茶具,真的不会漏水?"

"不但不会漏水,还可以泡茶!"杜觉非常自信地说道。茶壶里面还装着水,然而整个壶身外面依然看不到半丝水渍。

那位年轻一点的男子开口问道:"这玩意你们还有吗?给我也来一套。"

第四章

好友突至劝赛

一

"镇店之宝,只此一套。"许悠然连忙开口回道,虽然杜方知说了,这东西做起来并不困难,但在没有真正摸清楚它的价值前,许悠然是明白物以稀为贵的。

"陈哥,我家的情况你是知道的,老头别的东西都不喜欢,就喜欢这种带着奇技淫巧的玩意儿,你带我过来,肯定是做好了忍痛割爱的准备了。"胖游客重重地拍了他肩膀一下笑道:"怎么那么多废话,赶快付账,把我的也一起付了!"

"好,我现在就付,小姑娘,多少钱?"

"四千七百五十六,你给四千七百五就可以了!"许悠然早就把价格算好了,笑着开口回道。那男人拿出钱包数了五千递给许悠然:"不用找了,多的就算是我给你的辛苦费。"

"这怎么可以?"许悠然当场拒绝,那男人却直接往她手中塞了张名片,笑着说道:"这位老板姓陈,这是他的联系方式,以后你们这里再有好东西,你可一定得打电话联系他。"旁边的那位胖游客,再次拍了拍他肩膀笑道:"算你小子有良心,也不枉费我这么多年来,四处搜罗好东西帮你讨你家老爷子欢心!"

两人把茶具里的水倒回盆里,又不假手他人里里外外重新擦拭了一遍,这才拿过旁边的废报纸,把整套茶具严严实实地包裹了起来。正准备走人,杜觉再次从天井里跑了出来,手里还拿着一个满是灰尘的竹编礼盒。"这个是茶具的盒子,我刚刚翻了好一会儿才找到的。"陈老板打开礼盒,把茶具放了进去,尺寸正好,虽然看起来依然灰尘扑扑,却明显比之前要高大上了许多。

"这个篾丝全部都是卤煮过的,可以放心大胆地用开水,但喝完茶后,一定要把它清洗干净,保持干燥。"

"老爷子,这么精致的东西,是没有人舍得拿去喝茶用的。"陈总的同伴忍不住开口打趣,两人高高兴兴地离开了杜氏竹艺馆。留下杜觉,一脸疑问地望着许悠然:"茶具不就是用来喝茶的吗?"

"我也不知道,或许他们家没有茶叶。"许悠然想起他之前的话,忍不住开口打趣。

"可以用薄荷叶代替啊!实在不行,野菊花也很好……"对于这一话题,杜觉显得特别专业。

许悠然看了一眼手中的五千块钱,将明细表做好,对杜觉说道:"老爷子你先看一会儿店,我去厨房做饭了!"

"好,你放心去,我就待在这里,绝不乱跑!"听着他脱口而出的保证,就像是已经说了成千上万次一样,许悠然愣了愣,或许以前,他就是这样和杜方知保证的。

回到厨房,许悠然花了好几分钟时间研究了下柴灶的使用方法,生火做饭其实并没有自己想象中的那么困难。因为第一次使用的原因,操作起来还是有些不大适应,差不多花了两个多小时,才只做了两菜一汤。整理好饭桌,许悠然再次敲响了杜方知房间的门。

杜方知听到声响,放下手中的书本,回头问道:"有事?"

"吃饭了!"

杜方知应了一声"好",把书册收拾好,这才起身出了门。

杜觉关上店门,在许悠然的要求下,洗干净双手来到了餐厅。看着桌上还冒着热气腾腾的大米饭,杜觉激动得接连叫了好几声:"真香!"

"吃吧!"许悠然话音一落,杜觉便端起碗直接开动,原本只是简简单单的小炒,还因为火候没有掌握好的原因,味道比自己平时的水平要差上不少。可眼前这两人,这大口朵颐的样子,就像是在吃什么山珍海味一样,让许悠然特别有存在感,一想到他们这么多年以来的相依为命,许悠然就忍不住觉得有些心疼。

杜方知吃饭的速度很快,动作却依然保持着优雅,就像是那种从电视剧里面走出来的绅士一样。一顿饭吃完,杜觉高兴地问道:"以后我还能经常吃到你做的饭吗?"

"当然,第一次用柴火,我还控制不了火候,相信多做几次,味道会更好。"许悠然笑着说完,站起来伸手收拾碗筷。杜方知却从她手中抢过碗筷:"你去外面看看,碗我来洗!"许悠然有些意外,因为在她的认知里,很多时候男人宁愿做饭都不愿意洗碗的。

"以后,你做饭我洗碗!"看着她没有动,杜方知低声说道。

"好啊好啊!以前我们家里,也是方知妈妈负责做饭,方知爸爸负责洗碗的。"杜觉高兴地拍着手说道。许悠然偷偷打量了一下杜方知,发现这大男娃,此刻的一张脸居然红得就像是煮熟了的虾子一样。忍不住轻笑出声,转身往外走去,打开店门,继续自己的看店工作。

接下来的日子,生意并不是很好,但只要有顾客进门,许悠然都不会让他们空手而归。

二

　　杜方知的速度很快，只用了两天时间就做出了五只八角宫灯，许悠然专门去买了带流苏绢布条。望着那洁白的绢布，许悠然让杜方知拿来了笔墨，却不敢随便下笔，在那剩下的废报纸上重复地练着杜氏竹艺馆五个字。曾拿过省少儿软笔书法比赛一等奖的许悠然，软笔字对她来说，写起来并不困难。可看着笔下写出来的一行行字，许悠然总觉得自己的字体，配不上这新编制成的灯笼。

　　杜方知一直在天井里忙活，偶尔抬头便能看到许悠然还在练习写字，桌上的那瓶墨汁，已经用去了一半，脚下更是堆着厚厚的一叠已经用过了的报纸，眉头微微地皱了皱，站了起来，走了过去。

　　"字还行，为什么不写上去？"

　　"当然是想要写得更漂亮一些。"

　　"可现在才练，会不会晚了一些？"杜方知说完，从她拿手中拿过笔，正准备往旁边的绢布条上写。许悠然怕他浪费了绢布，一把抓住他说道："你先写在这报纸上给我看看！"杜方知淡淡地瞥了她一眼，拿过旁边的报纸铺设好，迅速地运转笔力，杜氏竹艺馆五个字跃然纸上，和外面门上刻着的瘦金体同出一家。

　　某人呆呆地看着那行大字，压下即将出口的喝彩声，却偏要做出一副故作挑剔的样子，高声说道："瘦金体虽然很好看，但不够大气，有本事写一道颜体给我看看。"

　　杜方知动了动手上的笔，颜体的五个大字便呈现在了许悠然面前。

"楷书？隶书？行书？草书……"许悠然几乎把自己知道的所有字体全部给说了一遍，不管她说什么，杜方知就能写出什么来。看着眼前人，不过才二十几岁的样子，可这笔力只怕是跟那些书法大师比也毫不逊色。就这水平，去参加书法比赛，不知道要碾压多少对手。许悠然看着他骨节分明的手指，哪怕粗糙不堪，到处都有细密的小口子，但就是觉得赏心悦目。

"这人，到底还有多少能耐是自己不知道的？"许悠然忍不住在心里问道，却直接被杜方知的声音打断："现在可以写了吗？"

"可以可以！"许悠然将绢布条铺在他笔下："咱们先来五张隶书，然后再要五张行书，楷书也要五张，草书……也来五张吧！"杜方知没有回应她的话，手上的笔却没有停下来过，一张张写好的绢布条，不管是什么字体都能看出俊秀端方。等到墨迹干了后，许悠然将这些绢布一张张挂在八角宫灯上，每个宫灯上挂了四种不同样的字体，随着流苏飘动，整块绢布条就像在迎风起舞一样。

两人拿着木梯出了门，把八角宫灯挂在了路灯杆上大约两米五左右的高度，整整齐齐地排列着，就像是杜氏竹艺馆专门请的迎宾。许悠然抬头看着这些宫灯，脸上全是温和的笑容，杜方知在不知觉间，竟看呆了。

"最近的生意还行，货架空了不少的位置出来，我发现飞禽类的竹编特别容易引起游客们的喜爱，你要不要考虑咱们先推出一个系列来做店里面的主打品。"回去的路上，许悠然笑着说出了心里的想法。

"能说得确切一点吗？"杜方知若有兴致地开口问道。

"比如十二生肖，咱们做成套的，别人要买一下就要买十二个，不管是拿来送礼还是拿来收藏，都是特别好的选择。"

"好，我明天就动手做。"杜方知爽快地应道。

许悠然其实心里很希望他再做一套茶具，毕竟那玩意儿，是目前店里卖价最高的东西。可也清楚物以稀为贵的道理，生怕产量一下出来了，大家就不稀罕了。

杜方知回了天井，继续着手上的活。许悠然看着空出来许多的货架，不由得开始思索起一个问题了，这店里的东西是否能够支撑自己三个月的时间？

"妹子，最近忙不忙？"竹海饭馆老板娘的声音在店门口响了起来。

许悠然连忙站了起来，开口笑道："还行，咱们店里只有杜老板一个匠人，若是生意太好，最后累的还是他。"

"他是个不怕累的，你趁着现在行情好，让他多做点东西出来。我店里的笤箕坏了，来拿两个。"老板娘说完从那堆生活常用品中，挑出了两个笤箕问道："你看下多少钱。"

许悠然正准备报价，杜方知的声音却从天井里传了出来："翠湖婶的钱，不能收。"

"那怎么行，这东西也是你一篾一篾地做出来的，竹子的成本咱们不说，手工费总是要的吧！"

许悠然望着老板娘摇了摇头，推开她递过来的钱小声说道："杜老板已经发话了，咱们听他的就是。"

"好，那你们晚上一起到店里来喝两杯，婶请客！"许悠然正准备拒绝，就听见杜方知的声音从里面传了出来："好，我们晚上过去。"翠湖高兴地离开了杜家，许悠然还在纠结该不该去吃这顿饭，就听见杜方知说："爷爷喜欢喝她店里的竹根酒，已经好几年没喝过了。"许悠然应了一声好，到了晚饭时间，二人叫上杜觉，拿了两三个厨房能够用到的竹编用具，一起往竹海饭馆走去。

三

　　许悠然第一次看到竹根酒，觉得新鲜，就多喝了两杯，却不知这酒后劲大，不大一会儿工夫，整个人就晕乎乎的，深一脚浅一脚往宾馆走去。

　　杜方知不放心她，让杜觉先回去休息，一路送许悠然回了宾馆。两人一前一后在街道上走着，杜方知一直跟在她身后，许悠然偶尔回头，冲他笑笑，却什么话也不说。

　　宾馆的位置就在主街道上，许悠然进了门回头对杜方知笑道："我已经到了，你不用送了，谢谢啊！"

　　"嗯！"杜方知看着她摇摇晃晃地穿过大堂，扶着栏杆往楼上走，直到她背影消失的那一刻，杜方知心里却莫名其妙地生出了一丝不安。总觉得自己应该跟上去看看，大步穿过大堂，以最快的速度上了楼梯，可又不知道她住在哪一层楼，只能在二楼的入口处停住了脚步。杜方知望着楼梯间入神，又觉得自己是庸人自扰，正准备转身离开，三楼传来了一声惊叫。

　　杜方知听出是许悠然的声音，以最快的速度往上面冲了过去，刚到楼道口，就看到一道黑影冲自己方向扑了过来。杜方知愣了愣，许悠然的声音传了出来："抓住他……小偷！"

　　杜方知脑子还没反应过来，手却直接抓住了冲过来的小偷，干净利落地给了他一个过肩摔，将人重重地摔在一旁的地上。怕他爬起来再跑，还直接一脚踩在那小偷的小腿上。许悠然上气不接下气地跑了过来,看着威风凛凛的杜方知,忍不住伸出大拇指,语气起伏地说道:"好……身手呀!杜老板。"楼上的动静引起了一楼大堂的老板注意,只见那五大三粗的老板喘着粗气跑了上来:"怎么回事?"

"有小偷,我刚回房间,就发现他在房里乱翻东西,见我回来了,他就往外跑,好在被我朋友给抓住了,报警……立刻报警抓他!"许悠然身上还带着醉意,愤怒的声音里还带着几分撒娇的语气,但宾馆的老板却听明白了,立马冲着楼下喊了一声报警。让人找来了绳子,三下五除二将小偷给绑了起来。

"还好有你在,不然我的相机就没了!"许悠然指着地上的照相机,高兴地说道。

警察来得很快,问清楚了前因后果,直接给小偷戴上了手铐。又进了失窃的房间拍照存证,当场做了笔录,押着人离开了。

杜方知跟着许悠然来到了她的房间里,整个屋子都被翻得凌乱不堪,也不知道那小偷来了多长时间了。如果他是晚上半夜过来,许悠然一个女孩子该怎么办?杜方知想着就觉得可怕,拒绝了宾馆老板找人来整理卫生的提议,对许悠然说道:"把你的东西收拾好,跟我回店里去住。"

"杜老板,你不会是想赚我房租吧?"许悠然脑子有些不清醒,但仍然清楚地记得杜方知的吝啬。

"醉糊涂了,早知道就不让你喝酒了!"杜方知看了一眼房间里面的行李箱,把许悠然的衣服全部收起来塞在里面,一把拖着她,一手拎着箱子直接下了楼。宾馆的老板走了过来:"你们这是要……"

"她喝醉了,我不放心她待在这里!至于还要不要继续住下去,等她酒醒了之后自己决定。"

"其实我们这里挺安全的!"

"安全到小偷进了门你们都不知道!"杜方知直接回怼了过去。

宾馆老板看着他们离开,看杜方知眼睛里面却多了一丝探究,刚刚那小偷的个头不小,却被眼前这小子一个照面就给放倒了,那干净利落的本事，就连自己这个快两百斤的大汉都有些自叹不如。

竹根酒的后劲特别大，刚开始喝并不觉得，时间越长便越上头。等许悠然到了杜家，都已经迷糊得找不到北了，双手紧紧地抱着那部从小偷手里抢回来的相机，早睡熟了过去。

杜方知把她放在自己床上，拉过被子给她盖上，看着她那一张因为醉酒而红了面颊的脸，杜方知不由得有些后怕，如果今天自己没有跟着她上楼？又或者那小偷色胆包天，后果根本就不容想象，看着眼前完好无恙的女孩，杜方知总算是安心了不少，摇了摇头出了房间。回到天井里，继续着之前没有编完的活，偶尔停下来听一下房间里的动静，微弱的呼吸声让这个夜晚变得无比的温馨。

通宵熬夜对杜方知来说，本就是常有的事，有些时候为了一次性完成一个作品，熬个两三天那也是正常的。

转眼便到了天明，许悠然睁开眼睛，发现自己躺在一个陌生的环境里。古朴的大床，隐隐约约有些熟悉，翻身下床后，床头的书柜上堆着一摞厚厚的笔记本。她忍下翻看的冲动，却发现挨着床没多远的地方，放着自己原本应该留在宾馆里的行李。昨天晚上的事情？脑子里一片空白，就像是直接断了片一样。

许悠然打开房门，便看到了正在天井里忙碌的杜方知。听到动静，杜方知微微一抬头，对上了一脸疑问的许悠然。"我昨天晚上？"

"喝醉了，我送你回的宾馆，结果遇上了小偷，我就直接把你带回来了！"

"你又一个晚上没睡？"

"家里有空房，很久没住人了，你要是愿意搬过来，我一会儿就去收拾！"杜方知没有回答她的问题，反而又给她抛了一个问题。

"我为什么要搬过来？"

"宾馆那边有小偷，你一个单身女孩住着不安全！"

"我搬过来就安全了？"

"嗯。"

"那杜老板要收我房租吗？"许悠然看着他逐渐变得严肃的表情，忍不住开口打趣道。

"你若愿意给，我也不推辞。"

许悠然看着他一本正经的样子，忍不住咯咯地笑出了声："我倒是挺想搬过来的，但我又不想交房租，这可如何是好？"

"你高兴就行，我现在去给你收拾房间。"杜方知说完，放下手中的工具，往楼上走去。走到楼梯一半的时候，忽然停住了脚步，望着许悠然说道："不能喝酒，以后就不要再喝酒了，你一个女孩子，孤身在外面，要是喝醉了被人欺负了也不知道。"

"我挺能喝的，只是不知道这酒的劲儿这么大，更何况不是还有你在吗，怎么会有人敢欺负我？"宿醉之后，许悠然声音还带着几分沙哑，偏偏这一句话里又带有撒娇的成分，直接让杜方知红着脸转身上了楼。

许悠然来到了厨房，随便弄了一点早餐招呼杜家爷孙吃饭，吃完之后，杜方知习惯性地收碗洗碗。

许悠然去了宾馆一趟，收拾了其他遗留在宾馆里的东西，又办理了退房手续，这才正式开门营业。

几乎整整一个上午的时间，杜方知都在楼上忙碌，直到中午吃完饭，才帮许悠然把行李给搬了上去。因为太久没有住人的缘故，房间里的味道并不好闻，杜方知打开了房间里所有的窗户，开口说道："下午风大，这样透透气，晚上应该就会好些。你要是嫌弃，今天晚上先在我屋住一晚也行。"

四

"挺好的,收拾得很干净,谢谢!"许悠然把东西放下,又迅速地回到楼下看店。百无聊赖之际,耳边响起了一声高呼。"方知……"抬起头就看到了一个二十来岁的青年,正兴头冲冲地从门外钻了进来,看都没看许悠然一眼,就直接往天井里冲。许悠然来了这么长时间,还第一次看到有和杜方知年龄相仿的人来找他,忍不住好奇地倾耳去听。"方知,你最近又在忙什么好玩意,拿出来给我看看?"

"没空!"

"我坐了两个小时的车过来,就换你一句没空,杜方知,你这人到底有没有心啊?"这一副怨气深深的样子,让许悠然更加想要了解他们之间的关系了。

"有事说事,我没时间跟你胡扯。"

"好,我说,江安宁桥公司将在两个星期以后举办一场竹簧工艺比赛,一等奖有八千元奖金呢!"

"想要奖金,你自己报名去,找我干吗?"杜方知声音里没有半点浮动,显然对这些比赛并不感兴趣。

"宁桥公司那边出了一个新规定,这次的比赛必须小组参加,每个小组不得低于两名成员。我一听到比赛规则,就立马想到你了,你擅长竹编,我擅长竹雕,咱们俩强强联合,直接把那个一等奖给拿下来,奖金平分如何?"

"陈之问,宁桥公司为何每年都要举办这样的比赛,人家是为了选拔有潜质的竹匠进入他们公司为他们所用。你又不打算进人家公司上班,就不要这么厚脸皮去冲人家的奖金了。"很显然这样的比赛,杜方知是了解的,当场就指出宁桥公司举办比赛的真正原因。

"这次不一样,刘阿朵说了,这次选拔出来的优秀匠人,不用进入宁桥供职。只为推荐去参加市优秀竹匠选拔赛,我仔细想了一下,如果咱们两个强强联手,一直走下去,凭我们俩的本事,是绝对有机会进入省赛的。"陈之问自信满满地规划着未来前景,偏偏杜方知却一副不感兴趣的样子,显然并不把他口中的比赛当回事。

"进入省赛后又如何?"许悠然从外面走了进来开口问道。

"那好处就多了,要是能够赢得省赛,以后就有资格参加国赛了,要是能够在国赛上拿奖,咱们就能成为国内有名的竹匠大师,还有机会代表国家去参加国际上面的比赛。比如曾经红极一时的巴拿马万国大赛,想想咱们的老祖宗们,那可是光耀了整个世界。不过我们也不差,只要方知愿意跟我联手,我们就有绝对的胜算,杜大师,你就从了我吧!"

"你倒是自信得很,你知道国赛是什么吗?全国所有优秀匠人,聚集在一起的一场盛会,你觉得,你的自信在人家手下能够走几轮?又或者说,陈大师现在手上已经有了闻名世界的佳作?"杜方知放下手中工具,一双眼睛静静地盯着他,一连串的反问,直接把陈之问问得心虚起来。

"方知,咱们还年轻,可以先参加市赛省赛,国赛嘛,也并不是没有机会的。你说你连高考都没有参加,不就是为了有一天,能够向这世上的人证明你的本事,这就是一个机会呀!就算咱们这次输了,咱们下次再去,一直去一直比,总有扬眉吐气的时候。"陈之问底气虽然没有之前那么足了,但还是不辞辛劳地规劝着。

"杜方知,我想看你比赛!"许悠然见杜方知脸上没有半丝松动的神色,忍不住说出了这么一句话来。说完之后,就开始后悔起来,自己又不是他什么人,凭什么自己想看他比赛他就得去比。已经做好了被他拒绝的准备,杜方知却出乎意料地回了一个:"好。"

第四章 好友突至劝赛

就这么一个好,不但许悠然觉得惊讶,就连陈之问也是异常地惊讶。

"方知,我跟你在这里说了大半天,你一副油盐不进的样子,凭什么她说一句,你就立马答应?"陈之问表示自己受到了一万点伤害,说话的同时还伸手捂着胸口,那百般做作的模样,直接将许悠然给逗笑了。"你若不满意,我不去也行!"杜方知半点好脸色也没给他,一句话堵住了他接下来的表演。

"方知媳妇!你可真厉害,我们方知可从来没有这么听话过。"陈之问立马掉过头来,心里想着该怎么去抱许悠然大腿。

"你别误会,我是杜老板店里的售货员。"许悠然连忙开口解释,却没有注意到,杜方知那微微沉下的眼眸。

"现在不是,说不定以后就是了,嫂子在上,请受之问一拜,往后赛场的事,还请你多多督导咱们杜良工,让咱们安宁双璧,早日能够名利双收。"

"安宁双璧?"许悠然直接忽略掉了他的称呼,反而对他口中的这个称号起了兴趣。

"我是江安县的,方知是长宁县的,虽然咱们地处两个不一样的县城,但我们就隔着一座万岭箐。最主要的是,方知在即将高考的时候,被他爷爷拉去拜了师,那年我也刚好高考,同样没有考成,然后我们俩拜的是一个师傅。师傅那个时候说,希望我们安宁双璧有一天能够创造出代表我们安宁地域化的作品。也就是让别人一看到这个东西,就立马能够想到产地是哪里。最好的是,让别人每看到一个好的作品,就直接觉得是我们这里产出的。"陈之问说到这里时,眼睛里居然泛起了一丝泪光。

"你与其浪费时间在这里煽情,还不如好好去磨炼一下你的技艺,跟我组赛,可不是磨嘴皮子就能了事的。"

"我知道,我已经做好了被虐的心理准备了,为了能够赢得比赛,我这不专诚来找你虐了吗?嫂子,往后我的日子要是过得艰难,麻烦你能多多施以援手,之问感激不尽。"

"不要叫我嫂子!"

"好的嫂子!"

"……"许悠然见状,知道他是有故意的,不过叫一叫也没事,也就不想再继续跟他纠结了。

见她没有再继续纠正,杜方知唇角出现了一丝淡淡的笑容,虽然只有那一下下,还是被陈之问看得清清楚楚。见许悠然回到了外面的门市上,陈之问蹲在了杜方知面前低声问道:"这嫂子,你是在哪里捡到的?"

"与你何干,"杜方知毫不客气地回了他一句,稍微停顿了一下,又抬头问道,"说一下比赛规则的事儿。"

"规则很简单,比赛那天到了现场,主办方会出题,咱们根据他出的题,在现场做出作品来就可以了。宁桥公司一向看重的是竹簧工艺,可能在出题方面,也会偏好这一方面的作品。所以在这之前,我得搬过来住一段时间,咱们俩得好好地磨合一下,免得到了赛场上,彼此之间的配合不默契,惹出笑话来。"

"你还怕闹笑话?你是怕被别人看出我们之间的差距吧?"杜方知淡淡瞥了他一眼,陈之问不好意思地伸手挠了挠后脑勺。

"要过来住也可以,房租和生活费算好,那边还有一间空房,自己去收拾。"对方只指了指前方一道关闭着的门,淡淡地说道。

"我现在就去收拾,过两天就把东西搬过来,对了,我还得先回去报名!"陈之问口里忙个不停,脚下却没有移动分毫,继续有一句无一句地跟杜方知扯皮。还顺便混了一顿午饭吃,原本想赖着许悠然去帮忙收拾房间,却被杜方知的一个眼神吓得自己动手了。

房间收拾干净后,陈之问便离开了竹海镇。第二天一大早,他带着大包小包住进了杜氏竹艺馆。许悠然看着他放在天井里五花八门的工具,只觉得叹为观止。跟着他一同带过来的,还有一些半成品,陈之问虽然口里总是跑火车,但雕刻的技术确实不差。手上的动作更是熟练得不得了,一个小小的竹篾片,在他手中瞬间就能开出一朵花来。

和杜方知一样，虽然手上布满了大大小小的伤痕，但骨节分明的手指看起来还真是很赏心悦目的。

店里的生意不错，货架上的东西目前只剩了三分之一，杜方知不着急，手上的动作也一直没有停过，每隔两天总会有一件精品上架。接下来的时间里，两人开始配合起来练习各种各样的作品，把竹雕融入竹编，把竹工艺融入生活……

等到比赛前的头天晚上，两人已经准备好了所有所需工具，第二天一大早，交代好杜觉不要乱走，到了饭点就直接去竹海饭店吃饭，这才关了店门，乘坐公共汽车前往隔壁的江安县。

"宁桥举办的比赛，是咱们附近县市规模最大的比赛，几乎整个川西南的竹匠，不管是做竹编的，还是做竹根雕的，只要你有真本事，都可以来参加报名。"陈之问一路上叽叽喳喳说个不停，把自己知道的信息全部说了出来，杜方知却一直望着车窗外，脸上看不出任何神情。不过好在许悠然听得认真，陈之问也就说得起劲。

"宁桥把赛事分成两天进行，第一天采用的是大范围海选，只有通过海选顺利晋级的，才能参加第二天的名次赛。只有拿到前二十名的匠人，才可以参加接下来市区举办的优秀竹工艺匠人比赛。也就是说，市区举办的比赛并不是你想要报名参加就可以参加的，必须要有地方上的推荐资格，然而这推荐资格，同样也是靠参加比赛来拿的。有些地方，不具备组织这样的比赛条件，就可以由知名公司承头，进行择优推荐。在咱们附近几个县市，宁桥是整个竹工艺行业里的翘楚，这些年来，市场上面出现的那些好的作品，百分之四十都是出自宁桥。宁桥就是咱们整个川西南竹篾界的风向标，这也是为什么宁桥公司一个通知出来，就可以让四面八方所有的竹工艺匠人踊跃参加的原因。当然，这里也有他们垄断人才的操作，基本上有天赋有技术的工匠，只要刚刚一冒出头就被他们给收编了。依我看啊，咱们方知这么优秀，一定会被他们当成座上宾的。"

第五章
宁桥初赛显峥嵘

一

"我不喜欢被管束!"杜方知直接表明了态度。

"这个我知道,可宁桥的工资待遇真的很好,如果能够在省赛里取得成绩,他们还有提供住房这些操作,这可是其他普通公司不具备的条件和待遇,真的可以考虑一下。"陈之问一脸向往地说着,安排住房,这个只有国营公司的大领导才有的待遇。

"你是觉得凭我的本事,自己挣不来车和房?"说到自信,杜方知对自己的技术一向都自信得很,虽然受了一些打击,因为有了许悠然的出现,让他明白了自己的作品有多受欢迎。

"是,你现在有嫂子帮你看店,底气自然是足的,不愿意就不愿意呗,我也不愿意被人管束。只是我们自己干,单打独斗没人扶持,也不知道什么时候能够出人头地,哎……我这少年意气,都已经被磨得没边了。"汽车在陈之问的声声抱怨中,驶进了江安县城的汽车站,三人出了汽车站,就看到了宁桥公司大大的地标指示图。

"大公司就是不一样,咱们跟着箭头走,就能很快到达比赛现场了。"陈之问原本就是江安郊区的,对宁桥公司的地址,就算是闭着眼睛也能摸过去,但为了显示自己县城的实力,用非常夸张的语气,对着一个小小的地标指示牌进行着猛夸。杜方知当然知道他心里的得意,万岭竹海横跨两个县,但在竹工艺这方面,江安县明显显得更加有组织一些。

宁桥距离汽车站并没有多远路程,不过十几分钟便到了,许悠然看了一下手腕上的时间,虽然离正式开赛的时间还有一个多小时,但宁桥公司的大门口,此刻已经陆陆续续地聚集着不少前来参赛的竹匠。大公司的规定比较严,不到开放时间,哪怕是门口聚集了再多的人,那一扇大门也不会提前开放。陈之问背着个背篓,里面放着他和杜方知的工具,加起来足有二三十斤重。虽然不重,但也压得双肩难受,却不能把工具给放下来,匠人的工具不离身,何况是在比赛前。依然阻止不了他跟别人套近乎打探消息的动力,只见他在人群里转了一圈,又看到了贴在大门上的红色告示,脸上的笑容在这一刻消失得干干净净,几乎是小跑回到了杜方知旁边。

"方知,大事不好了!"

"什么事?"杜方知开口问道。

"宁桥的参赛规则变了,之前两人一组可以报名,但现在必须要三人一组才能参赛,我之前报名的时候没留电话号码,所以没有接到规则变更的通知,咱们现在去哪里再找个人来组队?"陈之问满脸焦急地说道。

杜方知沉默了一会儿,带着许悠然去到大门处,仔细阅读完告示上的内容后说道:"让许悠然跟我们一起进去参加比赛。"

陈之问立马表示反对:"杜方知,她什么都不会,你让她跟我们组队?"

"你是信不过我?"杜方知直接回了他一句。

"不是信不过,她今天跟我们进场,接下来的专项赛也会跟我们一起,你知道专项比赛的规则吗?组员越多,要完成作品的难度系数就会越高，如果她能帮上忙还好，可她除了会卖东西，只怕连竹子的种类都认不全。她跟我们进赛场，除了看热闹，还能做什么？"这场比赛，陈之问是非常看重的，不然也不会软磨硬泡杜方知跟他一起组队了。而且为了能够取得好成绩，陈之问这段时间几乎说得上是白日黑夜都在勤学苦练，更是全力以赴地配合杜方知练习。

见陈之问如此激动，许悠然尴尬地笑了笑，开口说道："陈之问说得对，我去不但帮不上你们分毫，反而还会影响到你们成绩，你们看一下还有没有认识的熟人，赶快联系过来救场。"

"你之前说过，想看我比赛，我希望我往后的每一场比赛，你都能看到。"杜方知抓住她手，眼里全是执着，一副只要许悠然说一声不去，他也不去的架式。

陈之问心中咯噔一下，想起之前自己劝他半天他都没有松口，许悠然一句话却让他立马答应。如果今天，自己执意不带许悠然进入赛场，这家伙会不会直接放弃比赛？就在他准备松口时，杜方知再次问了一句："你是信不过我？"意思非常明了，你不让许悠然进去，就是信不过我的技术，那我也没必要跟你组队了。

"信得过，信得过，咱们三人组队，一起进赛场，有咱们安宁双璧出马，多有几个嫂子都不怕。"陈之问立马回道。

"真的不用……"许悠然不想去扯他们后腿，再次开口说道。

"相信我，我们可以的。"杜方知打断她的话说道。话说到了这个份上，再推脱就有些不合时宜了，许悠然只得坦然地应了一声好。三人意见达成一致，解决完了组队问题后，陈之问拿着报名表去门外的临时接待处进行更改登记。

随着大门缓缓打开，前来参赛的选手们纷纷排起队来，陈之问拿着手上的报名表带着许悠然和杜方知跟在那些参赛选手的身后，缓步走进了赛场。

穿过一幢三层的办公楼，众人眼前出现了一个超大的足球场，足球场入口处，整整齐齐地堆放着无数小凳子，参赛选手根据自己的小组人数，前去领取凳子，然后按照自己报名时拿到的参赛号码，进入指定区域待赛。

足球场的西北角，放着各种各样的竹子，应该是给参赛者们准备的材料。

足球场的正中心，临时搭建了一个大概有二十厘米高的圆形舞台，舞台上面摆放着十几张桌竹子做成的桌椅，应该就是评委席。

陈之问他们按照指引找到了属于他们的参赛区域，把凳子摆放好，背上的背篓也取了下来，仔细检查了一遍里面的工具，确定没问题，这才坐在小凳子上，等待着主办方宣布比赛开始。

只一会儿工夫，整个足球场到处都可以看到人，参赛的选手虽然有上千之众，但是整个现场却因为宁桥公司前期的准备工作做得不错的原因而井井有条。

十分钟不到，所有的参赛选手都已经到位，中间也出现了像许悠然这种中途加塞的情况，只需要在入口的地方做好登记就行。毕竟像这样的组团比赛，不到最后一刻人员都没办法完全得到确定。

等所有的参赛成员全部到位，主持人便举着话筒，踩着高跟鞋摇曳生姿地走到了高台上，朗声说道："各位从百忙之中抽出时间来参加本次大赛的评委老师们，各位远道而来的参赛选手们，还有一直在此等候着赛事进行的观众朋友们，大家早上好！我是本次比赛的主持人荷落。很高兴能够参与这次的千人大赛，也很高兴能够见证咱们今年的竹文化艺术比赛的开幕，这也是迄今为止，宁桥举办的最盛大的一场比赛。荷落在这一刻，满怀着激动的心情期待着大家能够在这一轮比赛中胜出，在明日的决赛里相遇！"

在阵阵掌声之中，荷落介绍完了一下主办方主要负责人刘阿朵和在场的评委嘉宾，才微笑着继续开口说道："大家应该都知道，竹文化艺术可以分成两个大的区域，竹工艺品和竹生活用品。在这两大区域里，又可以做一些细致化的分化，比如竹编、竹雕、竹根雕、竹器等等。为了让这场比赛变得更加精彩，原本的专项比赛，主办方做了一个大方向调整。准备采用抽签制比赛，主办方准备了两个小分类，分别是竹工艺品和竹生活用品,都写在了签文上,放进了这个抽奖箱里,由参赛选手自己去抽,抽中的主题就是他接下来要做的作品方向。现在有请每个小组的参赛成员,选出一名代表上台抽签。"主持人的声音一落,两名礼仪小姐合捧着一个偌大的抽奖箱走上了舞台。

"有请大家排队上前进行抽签,保管好你们手中的签文,一会儿评委将会根据你们手中的签文,对你们所做的作品进行评分。"主持人声音一说完,便有小组指定了代表前去抽签。

第一个上去的是一个女孩,美貌高挑,看样子也不过才二十二三岁,许悠然远远地打量了一下她那一双满是裂痕和老茧的手,非常确定这是一位真正的匠人。

"啊!年轻女孩,现在已经很少见到年轻的女竹匠了,不行,这女娃儿长得挺好看的,我得过去问问她叫什么名字,你们俩坐在这里等我,我去抽签啦!"陈之问说完后,大步向舞台方向走去,走到一半的时候,刚好面对面地碰到了那位抽完签下来的女孩。

"哎……你叫什么名字?"就在两人错身而过的时候,陈之问激动地发起了问候。女娃送了他一个白眼,头也不回地回到了属于自己的比赛区域。什么叫乘兴而来,败兴而归,说的就是此刻的陈之问,某人垂头丧气地拿出了自己小组参赛号,跟在队伍后面,缓缓走上了舞台。

等到前面的人抽完,看到礼仪小姐直接把抽到的签文和他们小组的参赛号码排在一起,盖上了一个写有宁桥公司大赛字样的公章,这才放他们回到原位。这应该是为了预防有人私底下调换签文而专门做的准备,到时候要是参赛号码和签文上面的公章位置不一致的话,主办方可以直接剥夺参赛者的得分资格。

二

轮到陈之问了，只见他把手伸进了抽签盒里，收拢了五指便抓了一大把签文。迟疑了一下之后，就像是下了多大的决心一样，又把五个手指头给松开了，任由手中的签文掉回签盒里。直到剩下最后一张，这才不急不缓地捞了出来，带着几分忐忑不安的样子，看了一下上面的字，陈之问整张脸都变得沉重起来。静静地等着礼仪小姐盖好章，这才跳下了舞台，迅速穿过排队的队伍，回到了自己的比赛区域。

把手中的签文递给了杜方知，忍不住开口抱怨道："运气真差，抽了个生活用品，这玩意儿在赛场上最难拿高分了。"

之所以会这么说，是因为生活中的常用物品，技巧上并没有多少讲究，大多数身在竹乡的人，都会自己制作。也就是因为没有技巧讲究，所以基本上很少会在赛场上出现，就算出现了也拿不到高分。像这样的比赛，来参加的大多数都是手艺不错的匠人，经过了数年刻苦磨炼的技艺，做出来的每一件作品，都会变成价值不错的工艺品。

杜方知抬头看了他一眼，淡淡地开口说道："艺术本来就起源于生活，咱们接下来要做的事情，就是既要做到作品的实用性，也要保证它的美观精致，先商量一下，咱们做什么比较好。"

"还记得店里上次卖出去的那套茶具吗？那也是生活用品呀！像那么精巧的东西，会做的人应该不多。"许悠然眼睛一亮开口说道，杜方知摇了摇头回道："那东西的制作步骤并不难，但却最耗时间，咱们比赛的时间短，一时半会儿做不出来，先想点别的。"许悠然发现自己的提议不适用，只能保持沉默，静静地看着他们两人，希望他们能够想出好的主意来。

"这次比赛要交三个作品，我先做一个笔架，采用双龙戏珠的雕刻，你们再想想其他两样吧！我先去领材料了！"陈之问说完站了起来正准备离开，杜方知突然开口说道："既然要做笔架，双龙戏珠这样的图案有些不大符合。"

"我也知道，最好是用梅兰竹菊，还可以附庸风雅，可梅兰竹菊是入门手段，有些不好彰显技术。"陈之问显然是考虑过这个问题的，连忙把心里的想法说了出来。"咱们可以采用两种雕刻方式，镂空雕刻和实物雕刻，不但不显单调，还会博得一个手法多变的美名。"

"对呀！我怎么没有想到，方知，你脑袋实在是转得太快了，我现在是越来越离不开你了，我现在就去选材料，去迟了要是被人把好的选走了，那就糟糕了！"陈之问说完，几乎是用小跑的方式，往专门分发材料的地方走去。

今天比赛的主题，是主办方拟出来的，材料还专门做了区域划分。你想要做什么作品，就去那一个区域领取就行，当然也有人数限制，每人只能领取一份。陈之问刚走到雕刻需要的材料位置，一眼就看中了一块大拇指粗的竹鞭，那竹鞭大概有两米长，骨节的位置分布得十分均匀，正是用来做笔架的上佳材料。心上一喜，迅速走了过去，正准备伸手去拿。竹鞭却被人抢先一步拿走了，陈之问急得一个箭步上去拦住那人去路，伸手一把抓住竹鞭的另一头，怒气冲冲地吼道："喂，这可是我先看中的！"

"你看中了，为什么不去拿？"清冽的声音，让陈之问冷不丁地抬起了头，眼前的女孩，正是之前送自己白眼的那个女孩。哪怕她此刻正和陈之问对峙，眼睛里同样写满了不屑一顾。

"是你？"陈之问压下心里的激动，想到之前吃的瘪，就更加不愿意放手了。直接用力一拖，把竹鞭抢到了手上，原本以为那女孩再怎么样也会跟自己来一番口舌之争，可那女孩却转身往另一条竹鞭走去，将无视给表现得淋漓尽致。

"喂……你就这么走了？"陈之问有些急了，看着手中的竹鞭，心里居然出现了一丝嫌弃。

"再好的东西，到了你的手上，也不过只是一根朽木。"那女孩头也不回地回了他一句，显然根本就没有将他当做对手。

"喂，你这人怎么说话的，谁朽木了？比赛还没开始，咱们一会儿在手底下见真章。"陈之问怒气冲冲地放了一通狠话，那女孩却连眼神都没有施舍一个给他。这种无视简直比跟他大吵一架，还要让他觉得憋屈。

好在陈之问是一个很会调节自我情绪的人，此刻满脑子都在想着，一定要用成绩碾压她，一定要做出好的作品来让她刮目相看。有了这样的念头支撑，陈之问终于平静了下来，开始无比认真地挑选着自己所需要的材料。笔架的选材很简单，但要选一个比较适合雕刻的材料，那就比较难了。不过好在宁桥对原材料的准备特别用心，不一会儿就挑到了得心应手的东西。等他回到自己的比赛区域，杜方知已经开始片篾了。许悠然帮不上忙，坐在小凳子上怀抱着双手打量着周围赛场上的情况。

"气人，实在是太气人了，简直就是出师不利。"听着陈之问念念有词，许悠然终于收回了目光，轻声问道："发生了什么事，把我们家陈良工给气成了这样？"

"就是之前那个女的，我见她长得好看想要跟她认识认识，哪知道她一副狗眼看人低的样子，实在是可恶得很。爷的技术这么好，她居然说我是朽木，我要是朽木，这赛场上能有几根良材？"看来那句朽木真的把陈之问伤得很厉害。

"你本来就是朽木，还用得着别人去说？"指望杜方知安慰人，那是不可能的，扎刀的话，可能会来得更加现实。

"方知，咱们可是一伙的，我知道你心里鄙视我，但现在我们不是应该团结起来，一致对外吗？"说到脸皮厚，陈之问简直就是当仁不让。

"确实挺漂亮的,你别是起了色心,跑去调戏人家不成,反而被虐了吧?"许悠然笑着说道。

"漂亮有什么用,脾气那么差。"陈之问没有否认许悠然的话,虽说自己没有色心,但看到小姑娘长得漂亮,还是个匠人,激动之下确实有些唐突了。可自己也没有做什么出格的事,凭什么要遭受横眉冷目的对待,陈之问心里还是很不舒服。

"方知,咱们这场比赛加把劲,一定要拿下第一名,让她见识一下我们安宁双璧的本事。"陈之问对于自己的技术,还是认识得很清楚的,想要拿第一名,还真的只能靠杜方知。

"时间不早了,赶快干活吧!你再这样闲聊下去,等着做倒数第一名吧!"杜方知头也不抬地说道,陈之问也知道时间紧迫,虽然自己只需要做出一个作品来就行,可这个作品无论如何,都不能拉了杜方知手上的平均分,不然,往后再有类似的小组比赛,杜方知是绝对不会带自己玩的。于是他赶紧拿出工具,埋头干活,眼下最重要的是把手上的东西做好。

三

许悠然再次变得悠闲起来，目光开始在赛场上寻找那个女孩，两个小组隔得并不远，中间也就只有两三个组的样子。温和的阳光下，那女孩正埋头雕刻着手中的竹片，一头的青丝高高地盘在头顶，手上的动作行云流水，就像是在做手指舞一样，非常地赏心悦目。

第一次看到这么年轻漂亮的女竹匠，许悠然眼睛里面带着几分灼灼。那女孩好像感觉到了有人在看她，抬头往许悠然这边望了过来。原本带着几分薄怒的眼睛，看到对方同样是个女孩的时候，顿时变得温柔起来，还冲着许悠然点了点头。

这么温和的女孩，压根儿就不像是陈之问口中说的那样。许悠然都忍不住想要上前去认识认识，但因为是比赛现场，只能待在原地，好在双方的距离隔得并不远，许悠然终于可以明目张胆地欣赏女竹匠的手艺了。女孩手里拿着雕刻专用的刀具，正在全神贯注地对着手中的作品进行雕刻。和她一起的还有三名成员，应该都是一个小组的，每个人都在埋头做着自己手上的事。

十几分钟过去了，女孩放下了手中的工具，把还没有完全成型的作品递给了旁边挨着他坐的一位中年男子。她这边手一空，另一块竹块就从她右手方向递了过来。四人都在埋头做事，从头到尾没有一句多余的交流，却配合得天衣无缝。都在起步阶段，一时半会儿也看不出他们要做什么作品，但就是这种无言的默契，让许悠然看得津津有味。

上千人的赛场，除了工具的声音以外，就算是偶尔有人交谈，也是把音量压得很小，生怕吵到了别人。可这种觉悟，并不是每个人都有的，就比如现在，许悠然耳中忽然响起了一个怒气冲冲的声音："你这是个什么烂运气？怎么就抽到了这么一个主题，明明知道我们不擅长做生活用品，现在怎么办？"就在离自己大概十几二十米外的一个小组，从刚刚的窃窃私语，直接变成了大声争吵，原因应该是抽到的签文不合心意。

"你运气好，你怎么不去抽，生活用品都做不好，工艺品又能做得多好？"

"好啦好啦！咱们是来参加比赛的，又不是来吵架的，不就是生活用品吗？谁刚刚拜师学艺的时候，不都是拿它来启蒙的。"另一位成员立马开启了劝架模式，许悠然端坐在小板凳上，双手环抱着膝盖，静静地看着前方的闹剧，要是此刻能有一碟瓜子，那就更舒适了。

"就是因为谁都会，所以这玩意儿根本就拿不到高分！"

"做都还没有做，你就确定我们拿不到高分了，我真后悔跟你一个组。"

"我才后悔，早晓得有你在，我根本就不会来……"双方越吵越烈，另外两名成员不断地劝架却起不到任何作用。终于惊动了主办方，负责人刘阿朵带着两名安保人员走了过来，冷冷地开口问道："实在是不想参加比赛，现在就可以离开？"

"没有的事，刘总，我们只是在讨论应该做什么作品，不小心惊扰到了你，实在是抱歉……"那个小组里，有个处事比较圆滑的男人连忙赔着笑说道，在这种时候，如果让主办方知道了他们争吵的原因，恐怕就真的没脸再待在这赛场上了。

"惊扰了我没关系，别打扰到其他参赛选手，商议，是可以小声一点的。"

"好，我们都知道了，我们现在就小声一点！"

在刘阿朵的直视下面，这个小组还真的讨论起了参赛作品，不大一会儿就敲定了两样，之前那两位吵得厉害的组员，都主动站了起来去寻找材料了。刘阿朵看着他们进入了正轨,挥了挥手让安保人员退下,往杜方知他们这个方向走了过来。

"刘总好!"许悠然作为小组闲人,当然肩负起了外交打招呼这门工作。

"热闹可好看,需要我找人帮你送些茶点过来吗?"刘阿朵望着她开口笑道,许悠然当然知道这不是一句好话,连忙摇头:"不用不用,其实我也有点忙的。"说完之后,连忙从地上抓了两根篾条起来,想要当场演绎一下自己也是一名参赛选手。可却不知道怎么下手,只能冲这刘阿朵幽幽一笑:"刘总不四处看看?"潜意识里面是想要说,你别盯着我看好吗?

刘阿朵哪里看不出她的想法,让人拿了一个凳子过来,直接坐在了许悠然旁边,开口说道:"你不会做没关系,只要到时候有出作品上交就行。"

"刘总,你不是应该很忙吗?"许悠然知道,她早就看出自己的深浅,虽然不敢下逐客令,但还是话里有话想要请走她。

"我虽然不是评委,但却有权在赛场上挑两件心仪的作品进行保送晋级。我很看好你们的,期待着你们这个有滥竽充数的小组,可以惊艳全场。"刘阿朵说明来意,目光已经移在了陈之问雕刻笔架的手上。"傲霜枝?枝桠是实物雕的,花朵却用镂空雕,这手法不错,技巧设计得也不错。"刘阿朵忍不住站了起来,看着一朵朵小小的梅花在陈之问手指下成型。

陈之问得意扬扬地笑了笑,刘阿朵已经将目光移向了杜方知。此刻的杜方知已经片好了篾条,正在采用十字编法做打底。从他的手法和前期准备,可以看出他是准备编一个筐或者背篓之类的大物件。可从比赛时间来看,在这种时候选择编织大物件,是一种非常不理智的行为。

刘阿朵一双眼睛静静地停留在杜方知的手上,粗糙的双手居然让她看出了几分赏心悦目来。"你们准备做些什么作品?"沉默了大概两三分钟,刘阿朵还是忍不住开口问了起来。"方知说等他做好了就知道了！"许悠然一副没心没肺的样子。

刘阿朵见杜方知并没有开口说话的样子，加上许悠然话里话外赶人的意思，有些尴尬地笑了笑，从凳子上站了起来，往别处去了。

"终于走了，我还真有些怕她把我这个滥竽充数的人给赶出赛场呢！"许悠然看着她的背影小声说道，杜方知抬头看着她轻拍胸口的样子，小声说道："我都不在意你在这里充数，又与他们何干？"

"可所有人都在做事，就我一个人抱着膝盖玩，多少还是有些过意不去的！"是真的有些不自在。"那你就找点事做，这里有我多出的篾丝，你拿几根随便编个小玩意玩！"杜方知从地上捡了几根比头发丝还要细的篾丝，递给许悠然。许悠然正准备摇头拒绝，可看着他满眼的鼓励，终于还是伸手接了过来。

"我什么也不会……"

"你先用两根细篾，在地上摆出一个十字的形状。"杜方知继续着手中的活，口里却开始了现场教学。许悠然原本是不敢去试的，但还是抵不住众人皆忙独自闲的事实，从凳子上站了起来，蹲在地上，按照他口中说的摆出了一个十字的形状。正准备开口，问接下来应该做什么，杜方知就像身后有眼一样，开口说道："我先教你一个最简单的基础方法，单篾十字编，以挑一压一的编制方法引申向外。"许悠然按照他说的方式，两根篾条不断地打着十字形。

"你准备教我做个什么东西？"看着自己手下成型的图案，虽然只是简单的十字，但个数一多起来，就觉得颇有成就感。

"你先练挑一压一，如果觉得没意思了，再试一下挑一压二，挑二压二，以此类推下去。"

"按照这样的方式，就能编织出作品来？"许悠然虽然照着他的话在做，心里还是生起了一丝怀疑。

"编不出来，只是让你压着玩，免得你没事干，尽胡思乱想。"杜方知手中已经开始逐渐出现了一个背篓的形状，下面看起来有些小，中间的位置还多了支架，越往上便稍微大起来，就像是一朵盛开的喇叭花,然而此刻的杜方知正在做最后的收边工作。合着是把自己当成小孩,随便给我个玩具应付着?

许悠然觉得有些不服气,看着自己手下已经织出了好几个十字,正在思考着怎样把它们变成一个完整的作品,也来体现一下自己的心灵手巧。可是这东西该怎么继续往上编呢?某人望着手中的篾条,百思不得其解。为什么这东西在他们手上缠呀缠的,一会儿就能成型,在自己手上就半点也不听使唤。拉紧了,十字变成了一团,拉松了,左右看起来又不对称,横着走没办法连贯起来,竖着走根本就找不到地儿下手。许悠然在这一刻是真正地体会了一把,眼睛看会了,可一动手,又完全找不到北。

"你这是在做什么?"苍老的声音响了起来,许悠然抬头看着突然而至的老者,想到之前主持人有介绍过他的身份,正是本次比赛的评委,据说是竹丝扇的创始人龚大师。

此刻的龚大师,正皱着眉头望着她手中那一团糟的东西。

"学做东西。"许悠然看着手里不听使唤的篾条,有些委屈,又有些紧张,特别是在评委面前。

"你赶紧停手吧!滥竽充数就要有做滥竽的觉悟。"龚大师在看完杜方之和陈之问手中的作品过后,声音里带着几分打趣说道:"倒是有些水平,就是胆子大了些,找了个什么都不会的人来组队。"

"哦!"许悠然点了点头,正准备去拆十字编,就听见杜方知说道:"不用拆,你只管压着走,注意松紧度和距离,保持均匀就行!"

"胡闹。"龚大师忍不住吐出了这两个字,正准备好好说说这个不知天高地厚的小组,就听见杜方知淡淡说道:"我能修正的。"说完后将手中已经完工了的背篓递给许悠然,许悠然木然地接过这个看起来普通得不能再普通的婴儿背篓。在这边集市上,随处都可以看到,几乎每个有孩子的人家,都能找到一两个类似的物品,果真是普通得不能再普通的生活用品了。

"六角龟背编、螺旋编、圆面编、交叉十字编、穿篾穿丝编、弹花编、你居然在这么短的时间内，在这么一个小小的背篓上面，用了这么多复杂的编织手法，你到底会多少编织手法？"龚大师看了一下背篓上面的编织手法，这里面甚至有两种编织方法是自己从来都没有见过的，整个人都变得激动了起来。

许悠然虽然也认识两三种，但却没有龚大师这么激动，可当她将背篓举起来，准备仔仔细细地研究一下的时候。发现背篓拱起来的上半部分，居然有一幅图案。

"熊……"许悠然刚准备喊出口，杜方知就冲着她做了一个噤声的动作。许悠然知道，这背篓上面的图案，才是他这个作品的制胜之局，这么好的创意，可不能让周围的人学了去。

趁着龚大师还没有发现，许悠然直接把有图形的那面给抱在怀里，笑着说道："龚大师，可不可以等着评分的时候你再来点评？"龚大师看着他们俩眉来眼去的样子，自然而然猜到了他们的小心思，笑着说道："评委评分也是分组进行的，还不知道能不能把我分到你们这一边来，就不能先让我过过目？"许悠然摇了摇头，龚大师也没当回事，继续笑着说道："那就算了，我先去别处看看！"

等他转身离开，杜方知就捡起了地上许悠然之前编织出来的十字底，稍微做了一下调整，又拿了几根大小不一样的篾条加了进去。手指在篾条之间来回穿梭，不过才三两分钟，就开始出现了一个底盘的形状。

许悠然惊讶地望着他，生怕错过了任何细节，可那些看起来简单得不得了的动作，不管自己怎么尝试，都起不了半点变化。"你又想做什么？"

"等一会儿你就知道了，这背篓你喜欢吗？"

"喜欢，可是我家又没有小孩，不然让你帮忙做一个。"许悠然将目光收回到了自己怀中的背篓上，明明是刚刚才编制成的，可整体上却看不到一丝粗糙。手掌轻轻地抚摸着锁边的边缘，一个接头都看不到，反而还带着一种淡淡的沁柔，就像是微风吹拂竹叶的那一种柔美。如果此刻再有个小娃娃坐在里面，会不会显得更加有生趣呢？一想到娃娃，许悠然又忍不住偷偷打量起了杜方知。往后他的孩子，应该不会缺这些好东西吧！说不定还会给做很多很多的玩具，就比如自己现在还放在枕头下面压着的那条青蛇。想到他的孩子，许悠然又忍不住将目光停在了杜方知脸上。皮肤虽然黑了一些，但五官长得是真的很耐看，带着一种型男的气质，如果将来他有了孩子，应该也会长得很好看吧？再娶一个皮肤稍微白一点的老婆，综合一下基因，那简直太完美了。

许悠然此刻的思绪已经飞到了千里之外，甚至开始幻想起杜方知老婆的样子。第一个跳出来的居然是刘阿朵，虽然长得不错气质也好，但皮肤好像不够白，不行，看来得换一种类型。又抬眼偷偷地打量了一下不远处的那位女匠人，点了点头后又摇了摇头，总觉得还是不够白。正在埋首忙个不停的杜方知，做梦都想不到，身边的女孩已经在为他的终身大事操心起来了，甚至连他下一代的基因都在操心。

在这里，那两个姑娘已经是自己见过的最优秀的姑娘，可即便是如此，许悠然依然觉得他们配不上杜方知，明明条件很合适，可偏偏就是觉得不合适。

第六章
箐语宁桥竞相争

一

许悠然一时半会儿也想不明白，耳边忽然响起了陈之问压抑着激动的声音："大功告成！"

"好了？快给我看看。"随着第二件作品的完成，许悠然显然是激动的，小心翼翼接过陈之问递过来的笔架。仔细地打量着整个形体，做工精细得让许悠然忍不住想要往上先挂几支笔试试。然而整体的做工，虽然已经足够精巧细致了，可当目光停留在那雕刻的图案上，许悠然再一次离不开眼睛了。凌寒傲枝的梅花，空山石壁的幽兰，随风摇曳的翠竹，灿若星河的菊花，采用的是从实到虚的雕刻手法。第一眼看过去，觉得栩栩如生，再看一眼，又变得有些不太真切。角度不同，看到的景象也不同，也就是说这上面的雕刻，用不同的视角可以看出不同的画面来。入时深浅近却无，给人的感觉大概就是这样的吧。

"好你个陈之问，你居然还有这等手艺，怪不得刚刚你一句话都不说，原来是在闷声干大事。"陈之问最喜欢听别人的夸奖了，更何况还是在杜方知面前的夸奖，忍不住开口说道："没办法，这可是千人大赛，肯定得拿点绝技出来。"许悠然小心翼翼地将笔架放在背篓里面，生怕被旁人看到学了去。那样子直接逗乐了陈之问："你不用这么宝贝，这东西就算摆在有些人的面前，让他们照着抄他们也做不出来。咱们匠人，设计虽然很重要，但最要紧的还是手艺。咦，方知，你居然在做熊……"

陈之问说话间眼睛已经移到了杜方知手上，口中的这个熊字刚刚出来，就被一只白净修长的手直接捂住了嘴巴。"别乱喊……你小声一点行不行？"陈之问正准备伸手扳开她的手，就对上了杜方知透露着寒意的眼神，陈之问吓得连忙把手给收了回来。冲着许悠然猛地点了点头，直到许悠然把手拿开，陈之问才发现周遭的寒气消失了。开口说道："你提醒我就是，干吗要用手来捂我的嘴？你不知道男女授受不亲吗？"

"你想什么呢！我不也是一时情急，没有吃你豆腐的心思。"许悠然直接给他送了一道白眼。陈之问偷偷地打量了一下杜方知，发现他此刻脸上的神色缓和了不少，连忙凑了过去小声问道："你是想做熊猫竹罐？"

"知道还不帮忙？"

"我技术没你好！你现在做底罐，总不能让我来做盖头吧，那可是最讲究技术的啦！"竹编，作为同门师兄弟，陈之问肯定是会的，而且看他的样子，技术应该也是不差的。但是很显然，因为两人钻研的方向不同，所以在竹编上肯定是比不上杜方知的。杜方知把手中还没有做好的底罐递给他："没多长时间了，你接着做吧！"

"尺寸？"陈之问也不推辞，杜方知简单地说了一下尺寸情况，就开始排头做罐盖。许悠然再次变得闲了起来，一会儿看看这里，一会儿看看那里，一双眼睛变得忙得不得了。

又过了大概二十几分钟，陈之问已经编好了手中的罐子，外形就像是普通的陶罐，腰围大约在二十厘米左右。中间的位置，采用的是青白两种篾丝，隐隐约约可以看出是一个动物的肚子来。许悠然看了一下手腕上的时间，离比赛结束只剩二十分钟了。

许悠然知道，要是在时间足够的情况下，杜方知是绝对不会让陈之问接手编织的。由此可以看出，他们这边的时间确实有些紧迫，忍不住有些担心起来，一双眼睛一直停在了杜方知手上。此刻他手中已经出现了两只完整的熊猫头，沿着头颅下方，杜方知正在编织一个就像盖子一样的物体。

看着时间慢慢地流逝，许悠然着急的同时又不敢出口声张，生怕打扰到了杜方知。可她不声张，不代表主办方不来报时，在时间只剩下最后十分钟的时候，主持人再一次踏上了舞台。"各位亲爱的参赛朋友们，大家好！荷落来给你们报时了，离咱们比赛结束，只剩最后十分钟了，请大家做好最后的冲刺。"

杜方知恍若未闻，继续着手上的工作，许悠然看着慢慢成形的盖子，在这一刻无比的希望时间可以跑慢一点。

"你不用担心，我马上就好！"好像感觉到了她的担忧，杜方知头也不抬地开口安慰道。

"我不担心，我相信你……"这一句话，说的还真不怎么有底气。

"蕲竹为器，抽削如丝，织巧甲于天下，竹编文化艺术，从古到今就没有过时的时候，有的只是良工巧匠们，别出心裁的佳品。荷落有幸在这里目睹这场千人大赛，有幸看到竹文化在我川西南崛起，刚好趁现在这个机会，给大家聊聊咱们竹文化艺术的起源，可好？"

"好！"不知道是谁应了一声好，整个现场响起了此起彼伏的叫好声。荷落拿着话筒慢慢地说道："既然大家的兴致都这么高，咱们就聊聊竹器的历史和来源吧。竹器的历史可以直接追溯到新石器时期，据考古资料证明，在人们开始从事农业和畜牧业生产的时候，就已经学会了就地取材编制各种篮筐等器皿。然而在当时，竹子就成了编织器皿最方便最主要的材料，甚至连后面陶器的兴起，也是根据竹器形状和花纹来建模的。这可不是我信口胡说的，据说在浙江湖州钱山漾村新石器时代晚期的遗址中，就发现了两百多件竹编器具。而且在原始社会的时候，就已经有了番羽格纹、米字纹、回纹、波纹之类的各种纹饰。春秋战国时期，精美的竹编图案已经成为了妆饰，特别受各国的贵族喜爱，以楚国为首，织巧之术变得品类繁多，用途广泛起来。特别是湖北江陵望山一号墓出土的彩漆竹笥盖和湖北江陵马山砖厂一号楚墓出土的短柄编扇，更是丝毫也不逊色咱们的现代工艺。也就是说咱们的竹工艺，在两千多年前就已经盛行了。咱们拥有着悠久的历史传承，拥有着上千年的技艺更迭，不管是在东晋，还是在唐宋元明清，每一个朝代都有属于他们的代表佳作。每一件流传至今的作品，都是我们的文化瑰宝，特别是到了今天，这种带着地域特色的作品，如同百花一样，在这神州大地上面陆续绽放。所以你们要相信，一位优秀的竹匠，只要咱们肯坚持下去，就一定会大放光彩。"

在阵阵掌声之中，荷落简简单单地讲述了一遍竹文化的起源和发展，给在场所有的参赛选手们好好地上了一碗鸡汤。"竹文化艺术传承的故事，远还不止这些，现在时间有限，荷落也就没办法再一一举例说明。荷落只是希望，往后在这辉煌的篇章记录里，有咱们在座的每一位良工的名字。希望我们所做的作品，能够呈现出这一个时代的辉煌，让传承的光芒一直闪耀下去。"在剧烈的掌声之中，荷落终于开口宣布："距离比赛结束的时间，只剩下最后一分钟了，让我们一起来报数吧，六十、五十九……"荷落带着那些已经完成了手上作品的参赛选手们，甚至还有一直待在观众席、从未离场过的观众们，开启了报数模式。

许悠然这一下是真的着急了，站起来看着杜方知，一双眼睛就这么死死地盯着他那双手，一心只盼着他能够早点停下来。就在他们数到四十五的那一刻，杜方知的手终于停了下来，一个拥有两个熊猫头的竹盖就这样栩栩如生地呈现在了他手上，只见他不急不忙将竹盖扣在了陈之问手上捧着的竹罐上。

当两件东西合二为一的时候，两只共用一个大肚子的大熊猫竹罐就这样出现在了许悠然的面前。严丝合缝浑然一体，根本看不出来他们是两个部件组成的。许悠然再一次被杜方知的技术和灵巧心思给震惊了，仔仔细细地打量着那个大熊猫竹罐。整体看起来憨态可掬，可爱得就像是活的一样，这分明就是两个人合作做出来的东西，居然没有半点误差，由此可见安宁双璧之间的默契。

二

"三、二、一、时间到！请各位参赛选手停下你们手中的工作，取出你们的参赛号码以及之前抽取的签条，原地等待评委上前评分。"主持人说完之后，许悠然看着那只已经成形了的大熊猫竹罐，提着的一颗心才算放了下来。实在是太险了，简直就像是踩着点完成的一样。

评委们分成四个小组，由东南西北四个方向进行巡查评分。今日参赛的人数很多，评分的第一条是查看作品是否与签文上面的主题符合。

评委们的速度很慢，足足等了半个多小时，许悠然才看到了往他们这边走来的评委小组。没有看到之前的龚大师，但四位里，许悠然印象比较深刻的是那位青衣长衫的老者，之前听主持人介绍，好像是来自长宁的一家竹编公司的创始人姓苏。

许悠然看了看别的小组作品，挨着他们不远的那个小组，显然抽到的是工艺品。制作了几只活灵活现的动物，甚至还雕了一个姜太公垂钓的竹根雕，连钓鱼的线都能看得清清楚楚。左前方的那一家，做的是生活用品，一张简易的小竹椅，看尺寸应该是给两三岁小孩准备的，不但小巧玲珑，还特别结实耐用。小竹椅上面，还放着一个小巧玲珑的八角小蒸笼，之所以说它小，是因为按照它的这个尺寸，只怕最多只能放八个饺子进去。和普通的蒸笼不一样，有八个角，看起来棱角分明特别具有立体感。他们的另一个作品，是一床竹席，可能是因为时间有限的原因，只做了 1.2 米的样子。整个席面看起来清爽整洁，还透着淡淡的竹青，让人恨不得把它拿来往地上一铺，想要躺上去试试。

许悠然终于忍不住将目光移向了那个有女匠人的小组，因为隔得有点远的原因，并没办法看清楚他们手上的作品是些什么。应该也是生活用品，那名女匠人手上捧着一个笔筒，笔筒上的图案采用的是镂空雕刻，隐隐约约可以看出来是双龙戏珠。

许悠然忍不住倒吸了口凉气，都是文房用品，还好陈之问在杜方知的提醒下，改雕了梅兰竹菊，不然恐怕就得跟别的小组撞上。虽然结果还没出来，但从对方轻松的表情可以看出，他们那组绝对是有实力的，陈之问能够直接避开，可以说得上是非常幸运。就在她欣赏别人的作品欣赏得乐不思蜀的时候，苏大师已经跟着评委的队伍逐渐往这边靠近。

许悠然这才开始打量起自家的作品来，作为生活用品，笔架是那些书法爱好者的必备之物，娃娃背篓更是在生活中随处可见的寻常生活用品，只是这一个大熊猫竹罐，怎么看怎么都不像是平常生活中常见的用品，因为它实在是太精巧了。精巧到许悠然忍不住伸手从陈之问那里将它给抱了过来，带着一股子的清香，就像是真的在拥抱着一只大熊猫一样。唯一的区别是，大熊猫是有茸毛的，而这竹编显得有些沁冷。

眼看着评委小组一步步靠近，杜方知将小背篓里的笔架递给了陈之问，自己拎着那只小背篓等待着评委们上前打分。

"这笔架做得有心了，尺寸也拿捏得正好，雕工不错，只是这兰花的叶子要是能够再细上一点就更好了！"姓苏的评委直接从陈之问手中拿过比较，仔仔细细地打量了起来，口中还进行着专业化的点评。

"苏先生，这孩子的水平已经很好了，像他这个年纪能够做出这么好的雕工，在咱们这整个赛场上，除了你那得意门生以外，恐怕再找不出第二个来了。"站在他身后的一名中年评委，口里虽然是在夸陈之问，但话里却带着几分恭维这位苏先生的意思。

"你说得倒也是，一路走过来，也就只有这雕工能入眼，你们看着给分吧！"苏先生说完，将手中的笔架还给了陈之问，拿出夹在腋下的打分表，填写好了他们的参赛号和签文，这才开始进行打分。许悠然正准备偷偷地看一下这位苏先生打的分数,老先生却再次将打分表夹在了腋下,开始打量起她手中的大熊猫竹罐。就只看了那么一眼,一双眼睛就像是粘上来了一样,激动地说道:"这东西,做得精巧!"苏先生小心翼翼地从许悠然手中接过大熊猫竹罐,仔仔细细地从它的肚子一路观察到了头顶。两只憨态可掬的大熊猫脑袋,其中有一只竟然像是在冲着苏先生傻笑一般。苏先生觉得自己的一颗心,都快被它给萌化了,伸手揭开上面的盖头,仔细打量着罐内的壁腹,还伸手进去摸了一下。内壁和外面一样光滑,没有发现任何结头的存在,简直就像是用一根篾条编到底的一样。

"不错,这编织的技巧真的可以用行云流水四个字来形容,也是老夫见过的最有潜力的小竹匠了,小姑娘加油!"他以为这东西是许悠然做的,当面夸奖了起来。许某此刻只能咬牙受着,哪怕心里汗颜到了极致。

"你做这东西,大概用了多长时间?"苏先生双手还捧着这个熊猫竹罐,甚至忍不住在想,自己要是动手制作这样的东西,大概要花多长时间?从劈篾到编织,怎么样也得需要大半天吧!这小女娃居然能在三个小时内做完,这动作也实在是太快了些吧?

"差不多一个半小时吧!"许悠然之所以要用一个差不多,还是把陈之问编织底罐的时间给加了进去。其实如果全部交给杜方知完成,可能还用不到这么长时间,当时离比赛结束的时间近了,所以才不得不选择两人共同完成。

"一个半小时?很好,现在的女娃儿们,是越来越有本事了!"苏先生说完后,还忍不住看了一眼不远处的女竹匠,眼睛里出现了一丝难以琢磨的温和。

"这个不是我做的,是他们两个联手做的,我其实就是一个充数的,担不起您的夸奖。"终于有些人绷不住了,连忙实话实说,要是再这样一直接受夸赞下去,她还真怕这位苏先生让她现场操作,毕竟作为一个连十字都打不太好的人,这样的夸赞实在是让人觉得如芒在背。

"哦!"苏先生倒也不在意,将目光移向了杜方知手里的小背篓。

第一眼觉得平平常常，没什么新意，可再看一眼，就发现了古怪，整个眼神也变得激动了起来。就像是看到了许久没有见面的故友一样，伸手抓住杜方知的手腕，开口问道："百凤归巢……你这个用的是百凤归巢的编制方法，冯竹里是你什么人？"

杜方知眼睛里面闪过一丝惊讶，还是规规矩矩地开口回道："是我恩师。"

"他现在可还好？"苏先生激动不已地开口问道。

"已离世多年！"感觉到对方并没有恶意，杜方知如实回答。苏先生脸上激动的笑容瞬间被悲伤给替代，只见他睁大着双眼，仔细地打量着杜方知，幽幽地叹了口气："当年竹里自创了十三种编织手法，这个百凤归巢就是其中最厉害的一个。他教了我十几遍，可我还是没有学会，他当初笑我是一根朽木，我还不服气，只觉得他本来就是一个怪胎。这么难的手法，能够学会的又有几个？没想到你倒是得了他的真传，好得很呢！"

拿过杜方知手中的小背篓，苏先生仔细地打量着上面的其他编法："回风流云锁边，这也是一个不易学会的绝技呀！我直到现在都用得不熟练。"苏先生感慨良多，目光停留在了背篓上隐隐约约出现的大熊猫怀抱小熊猫的图案上，眼角居然泛红了起来。

"苏先生，斯人已逝，勿要伤悲。"另一个年长的评委，轻轻地拍了拍他肩膀，小声安慰道。

"我一直都在找他，我觉得只要他还在那万岭箐里，我们就总有再见的时候，如果我知道这是一场永别，我当初就是拼了命，也要把他给……"话说到这里，才发现周围所有人目光都停留在了自己身上，苏先生立马打住，可眼睛里却仍然流露着痛苦和悲伤。

"你这孩子不错，是真得了他真传的，这两样东西都做得好，怪不得刚刚我看着就觉得亲切！"

"是啊，咱们这些做匠人的，最大的心愿不就是希望自己的技艺能够传承下去，这个年轻人是真的很好，假以时日定能青出于蓝。"

站在他旁边的评委毫不吝啬自己对杜方知的赞赏,招呼起其他的评委开始对小背篓进行了现场点评。

等许悠然把手里抱着的大熊猫竹罐放进小背篓里面的时候,众人才发现,背篓上面出现的大熊猫图案和大熊猫竹罐上面的熊猫样子几乎是一模一样的。这东西放在一起可以变成装饰品,分开之后又是两件生活用品,简直就是创意十足,最主要的是它的编织工序繁重,就算是别人想要仿照,一时半会儿也仿不出来。

"真的不错。"苏先生再次开口说道,直接拿着打分表迅速地打起分来。

走到下一个小组的时候,都还有一些依依不舍地回头看了一眼杜方知。终于还是忍不住倒了回来,对杜方知说道:"一会儿比完赛,你先出去找地方吃饭,三点的时候,到宁桥办公楼的会客厅来一下,我有一些问题想要问你。"

"好。"杜方知知道他想要问自己师傅的事,刚好自己也想知道一些关于师傅的事,非常爽快地应了一个好字。

苏先生这才静下心来对下一组进行打分,随着评委们的打分即将结束,主持人再次开口宣布:"请已经打过分的参赛选手,带上你们手中的作品,去前方交作品的位置,拍照登记离场。比赛结果于今天下午四点,公司大门前张榜公布。"

三

　　三人收拾好工具，每人手中捧着一个作品，往主办方专门收件登记的位置走去。走到半路的时候，正好碰上了女竹匠小组，许悠然笑嘻嘻地打着招呼："哈喽，大美女你这个笔筒做得可真够漂亮的。"

　　就在陈之问以为，女竹匠会开口损许悠然时，对方却悠然一笑，望着许悠然手中捧着的大熊猫竹罐开口说道："你这个熊猫竹罐做得也很别致，我还是第一次见到像这样的竹罐子，大多数人都会做比较简单一点的，鹅呀、鸭呀、兔啊之类的，用大熊猫来做的可不多见！"看着她满眼欣赏的样子，许悠然不由得想起之前陈之问在她面前吃了排头的事儿。连忙开口笑道："这罐子不是我做的，是之问和方知他们做的。"

　　"他？"女竹匠满脸不信地开口说道："长得油头粉面的，没想到还有这样的手艺。"

　　"意外吧？让你以貌取人。"陈之问终于找回了一次场子，还冲着女竹匠扬了扬手中的笔架。

　　"你们俩倒是特别地有默契，一个做笔筒，一个做笔架，就像是商量好的一样。"一名站在女竹匠旁边的男子，忍不住开口打趣起来，可这一开口，发出的却是女音。许悠然满脸疑问地望着这个短发、青格衬衣打扮的人，没有仔细看，还真把她当成了男子。不但穿着打扮像，就连那略显刚毅的五官，以及有些发黄的肤色，不听她说话根本就发现不了。

"大姐，你还是保持安静比较好！"女竹匠直接瞪了自家大姐一眼，率先走到了小组队伍的前面。

"不好意思，我家这小妹呀从小就被惯坏了，说话有些不好听，但她的技术是真的好，你要是气不过，可以找她单独比一场呀！"女竹匠大姐冲着陈之问小声地笑道，那样子根本就不像是在道歉，反而是像在挑衅。

"你这是什么意思？"陈之问当然也察觉了她语气里的不对劲，直接开口问道。

"字面上的意思，我也不怕告诉你，想要撩我家小妹的人多的是，但都是她的手下败将，你还是趁早死了这条心吧！"大姐说完连忙加快了速度去追女竹匠，留下陈之问一肚子的怒火找不到地方发。

"现在知道了吧，别到处去招惹女孩，越好看的越厉害。"许悠然看着他这一副表情，忍不住开口说道。

"你不觉得，那个长得不好看的更厉害吗？"陈之问小声地发表着自己的意见，很显然之前对女竹匠的不满，已经全部转在了她大姐身上。两个小组本来相隔的距离就不远，等她们交完作品登记好离开之后，就轮到许悠然他们这个小组了。交作品的流程很简单，拍照登记之后就可以离开，三人从专门的退场通道离开了宁桥公司，才发现里面的观众席上，还有一大半的观众没有离开。

"又不是当场宣布结果，真是佩服这些人，还真是坐得住。"陈之问随口抱怨道。

"你懂什么，这些观众里面，至少有一大半都是开竹器店的，甚至还有不少外地过来的竹器老板。人家哪里是来看比赛，人家是来看这些竹匠的实力，寻找心仪的合作人而已。"女竹匠的声音再次传了过来，陈之问被她给说得哑口无言起来，避免发生冲突，只得埋头不语。心里面却在不断地默念："我不与女人一般计较。"

"为什么要在赛场上找？"许悠然不懂就问。

"有很多竹匠，他们的手艺很好，手上的作品价格也能卖得不错，但却名不见经传！更有很多是住在山里的，平常时候想要接触非常地难，也就只有在这样大型的赛场上面能够遇到。店家只需要抢在他们成名之前，跟他们签订合约，约定每个月交多少作品，这一场合作就算是成立。而且一旦合约拟定，将来他们有了名气，做出来的作品价格也能水涨船高，可以称得上是提前投资了。"对于许悠然，女竹匠态度倒是好得不得了，说话更是没有半点傲慢无礼。

"成绩都还没出来，就能看出谁是千里马了？"许悠然完全是想一出是一出，忍不住开口问道，如果自己是那些店家，不是应该等成绩出来之后，直接挑成绩好的签吗？

"真正厉害的人，不用看作品只看手法就能分辨出好坏，比起等比赛结果出来，现在签约反而更利于商家。这种事情她们专业得很，人家是苏先生的大弟子，箐语公司的特约技师。"陈之问之前就有一些怀疑女竹匠的来历，却一直都没办法确定，直到看到了那个长得像男人的大姐，才想起来那位正是传说之中箐语双姝里的男人婆郑安和，那位年轻漂亮的应该就是郑安怡了。

"箐语又是？"许悠然是真的从未听说过，杜方知也是真的从不关心，两人只能望着陈之问，等待着他的解释。

"江安有宁桥，长宁有箐语，一个擅长竹簧竹器，一个擅长竹编竹雕，论规模不相上下，但在宣发上面，箐语显然并不上心，所以就显得籍籍无名啦！"

"既然是背景相当的两家公司，为什么你们会跑到宁桥来比赛？"不懂就要问，许同学这一刻已经化身为十万个为什么了，丝毫都不在意当事人听到这个问题会有什么感受。

"我们公司上下，都对技艺的专研比较用心，从来没有举办过这样类似的比赛，为了能够拿到市区比赛的入场券，我们别无选择。"郑安怡丝毫不觉得有什么不好，反而为自家公司经营无杂念而觉得自豪。

"哦！原来是这样啊。"看着许悠然恍然大悟的样子，郑安怡忍不住开口笑道："这位小哥，我刚刚看过你的作品，技术真的不错，不知道有没有兴趣加入箐语？"

"加入箐语有什么好处?"杜方知虽然问得直白,但郑安怡却丝毫不在意,开口说道:"箐语是一个很好的工作学习平台,进了箐语之后,你可以什么事儿都不用管,只管用心创作。不管你想要创作什么作品,公司都会竭尽全力地对你进行支持。而且你技术这么厉害,咱们到时候可以组成一个队,杀进市赛省赛,甚至进入国赛也不是没有可能。这几年来,我师傅一直都在研究大型竹编竹雕的制作方式和过程,需要很多像你这样有本事有技术有创造力的青年匠人加入。我相信用不了多长时间,我们也是可以做出像江浙一带那样璀璨的大件来。"

对于杜方知,郑安怡是发自内心的欣赏,所以才会对他发起邀请。杜方知并没有回她,只是将目光移向许悠然,开口问道:"你觉得呢?"

许悠然当然明白,一个人埋着脑袋乱干,哪里抵得过一个有组织有纪律的团队一起进步。可这样大的事情,却不应该轮到自己来做建议,只得开口说道:"你自己决定。"

"是需要好好决定一下,箐语虽然不错,但不管是声势还是市场,都比不过我们宁桥。杜先生如果加入我们宁桥,宁桥可以给你匹配最高端的团队,给你准备你所需要的一切材料,给你联系全国各地各种各样的大型赛场,只要你成绩够好,技术够硬,国外的赛场咱们也可以帮你报名!"刘阿朵突然从人群里冒了出来,笑语盈盈地走到了杜方知面前,当着郑安怡的面,直接对杜方知抛出了橄榄枝。

"刘总,这位杜先生,可是我们先看中的。"一直没有说话的郑安和,直接走到了刘阿朵面前开口说道。突然出现了火药味,立马吸引了周围无数的路人驻足,这里面还有好几个准备对杜方知抛橄榄枝的竹器行商家。箐语和宁桥为了争一个竹匠,就在公司大门口干起来了,这简直算得上是整个竹器界最大的新闻了。

"这个跟先后有关系吗?招揽技术人才,讲究的是待遇。"刘阿朵脸上带着不屑一顾的笑容,这种笑容,就像是之前郑安怡看陈之问一样。郑安怡脸上的笑容此刻已经消失不见,看向刘阿朵的眼睛里,甚至还出现了一丝怒意,显然这两人之间的不对付并不是从现在才开始的。

郑安怡调节情绪的速度非常地快，不过才眨眼之间，脸上又恢复了笑意，对着杜方知说道："宁桥很好，但它终究是江安县的产业，咱们作为竹海镇的人，肯定得选择自己的县城产业。"

"郑小姐，你这话就说得不对了，不管是江安还是长宁，咱们可都是属于宜宾的，你这样搞地域分化，真的很不利于团结的。"刘阿朵在口舌方面，是绝对不会让对方讨到好，明明都是一座万岭箐，还硬要分出个东西南北来，想用乡情来把人给套住，也不想想两边本来就是相邻的。

"刘总说得对，在这一点上面，我的话确实有些欠缺，咱们都是一家的。"郑安怡几乎是咬牙切齿地说出了这句话后，才不急不缓地继续说道："你们主要走的是商业化路线，最看重的是商品的价值，一旦做出来的作品卖不到好的价钱，就会直接被你们公司给抛弃。这些年来，你们公司的产品价格是越卖越高，生意也是越做越大，但是你们有多少作品能够走进省赛国赛？又有多少作品能够代表文化艺术创作？刘总，我希望你能手下留情，像杜先生这样好的天赋和技术，他需要有最广阔的舞台去施展他的才能和想法，他不能禁锢在像流水线一样的操作工厂里面，变成一个只会为了挣钱而创作的生产机器。"

郑安怡当着众人理直气壮地把宁桥给怼了个一无是处，刘阿朵被她气得急红了眼，忍不住反唇相讥："说得好像你们箐语就是在为文化艺术献身，从来都没有对外卖过作品一样。"

"献身这样的话不敢说，但至少在追求技艺的领域里面，我们永远都比宁桥纯粹。杜先生，我相信你是一个追求艺术技术的人，我相信你能够做出最好的选择，箐语的大门，我可以为你永远开着。"郑安怡说完后，看了看时间，再次对着杜方知开口说道："时间不早了，我们要回长宁，杜先生可愿同行？"

第七章
竹里苏词出同门

一

"不用,我们和苏先生有约,还要等成绩放榜。"杜方知面无表情地说道。

郑安怡原本还想再劝说两句,听说他和自己家师傅有约,看刘阿朵的眼睛里又多出了一丝挑衅。不过她也知趣,生怕再说下去,惹人厌烦,十分爽快地道了句再见,和他们小组的成员,一起往汽车站走去。

"杜先生,等成绩放榜后,我专门让司机送你们回去。"刘阿朵的声音再次响起,带着几分故意说给郑安怡姐妹听的成分。

"不用,我们可以自己坐车回去。"杜方知毫不留情地开口拒绝,回过头温柔地对许悠然说道:"饿了吧,我们先去找地方吃饭!"前后的语气简直可以说是天壤之别。

"饿了,还有些口渴,要不咱们先去买杯水喝。"许悠然乐呵呵地应道,这才发现还有外人在场,非常礼貌地跟刘阿朵说了声再见,三人说说笑笑地走入了流动的人群之中。

因为跟苏先生有约，三人快速解决完午饭，出了饭店，又回到了宁桥。和门卫说清楚与苏先生有约，顺利进入了办公楼，来到了会客厅。

因为举办比赛的原因，办公楼里空空的，好在会客厅就在进门不远处的位置，也不用人去专门引导就能迅速找到。想着里面应该没人，陈之问直接把门推开，就看到了坐在里面喝茶的苏先生。苏先生原本微沉的脸，在见在杜方知的那一刻，极力地露出了一丝笑意。

"你们来得好早！"

"让苏先生久等了！"这种时候，一般都是陈之问先开口说话。

"你也是竹里的弟子？"

"是的，我和方知同出一门，所以才来组队参赛，听苏先生的语气，和我们的师父应该很熟？"陈之问带着几分激动地问道，仿佛马上就要揭开自家师傅那神秘的面纱了。想要知道在那山里，一个寂寂无闻的老竹匠，怎么会跟苏先生这样厉害的大师有交情？

"都坐吧！"苏先生示意他三人坐下，提起了摆在桌上的茶壶，为他们每人倒了一杯茶。三人连忙开口道谢，这才规矩地坐了下来，等着苏先生先开口说话。

苏先生看了一眼杜方知，不急不缓地说道："我与竹里，和你们一样师出同门，当年我们先后拜在了师傅门下，成了一个小学徒。那个时候，学徒是没有工钱的，不但所有的脏活累活都要做，一年的四个节气，还得自己掏钱给师傅送礼。我们的运气不好，干打杂的活就干了三年，师傅却从来没有教过我们一星半点东西，对我们特别苛刻，动不动就非打即骂。相反，对他们同族同宗的弟子，倒是照顾有加得很，就连那些后来一年多的师弟，都能开始独立完成作品了。我和竹里，连最基础的十字编都没有学会，三年的时间里，我们只学会了劈篾，那还是为了给他们准备材料这才教我们的。我那个时候情绪比较多，每天都会找机会偷偷跟竹里抱怨，甚至怂恿他跟我一起离开。可竹里说，咱们这个师傅是这周围技术最好的师傅了，如果我们半途而废离开，那之前的那几年时间不就白白浪费掉了？"

"可如果你们留下学不到东西，不就等于还得浪费更多的时间吗？"许悠然也偶尔听人讲起过，在那个年代的师徒关系，无非就是找几个徒弟帮自己干活，教不教徒弟功夫全靠做师傅的良心。

苏先生抬头看了一眼许悠然，微微点了点头："当时我也是这样说的，我们年纪轻轻，学点什么不好，又不是非要做竹匠？而且那个时候的竹匠，并没有现在这样的待遇，不管你做出多精巧的作品，也卖不上好的价钱。就算是学会了这一门技术，到最后也不过只是为了糊口。可哪怕只是这样，也有很多人都不愿意把技艺外传，生怕被别人抢了饭碗，还打着什么祖传绝学之类的口号。这也是我们现在，有很多传统的古老编织技巧，都已经失传了的原因，其实我能坚持到今天，最主要的还是因为竹里。

"师傅不愿意教我们外姓人，我们知道了这个事实之后，竹里就开始带着我一起偷学。他有着过目不忘的本领，只要被他看到，他就能学会，然后偷偷上山砍根竹子，躲在山上带着我练。有了第一次的成功，我们俩都非常高兴，仿佛看到了未来的希望，这样不断地找机会接近那些正在学习的师兄弟，从他们手上偷学技艺。不过才半年时间，那些师兄弟还没有完全掌握的编织技巧，我和竹里都能熟练地运用了。也许是因为竹里特别聪明，也许是因为偷师带来的刺激，我们俩都进步得很快。把所有做出来的作品，藏在了一个山洞里，轮到竹里休息时，他从里面拿了两个筲箕，偷偷地上街去卖，因为做得细巧，一上街就被人抢完了。这可是我们两个拜师三年来，第一次赚到钱，尝到了甜头，从那些师兄弟手上偷师已经满足不了我们了，我们开始直接从师傅手上偷师。可是那老头子精得很，一直都在提防着我们，他做一些简单的竹器时，都会把我们打发得远远的。每回做一些复杂一点、大型一点的竹器，就会指使我和竹里在一旁打杂，因为他觉得在没有基础的情况下，我们根本就看不懂他的手法。可他不知道，我们此刻想要偷学的正是这些比较精深一点的东西。有的时候他动作快一些，竹里就会故意犯错，让他动作慢下来，可这样的代价，迎来的就是一顿毒打。拇指粗的竹根鞭，直接往身上招呼，一下就是一条青紫痕，有的时候一场打下来，整个后背手臂看不到一块好的。"

苏先生说得云淡风轻，可在座的三个年轻人，却听得惊心动魄，当年的那些人实在太厉害了，连这样的体罚都能忍受得下去。

陈之问更是倒吸了一口凉气，想着自己当年在师傅家里，不知道犯了多少错。只要自家师傅在欺负人和打人的功夫里，有苏先生口中的这位师祖一半厉害，自己恐怕早就逃之夭夭，根本就学不到丁点东西。

"有一次我实在看不下去了，就替他挡了一下，可就是这一下，他就说我们俩拉帮结派，把我们给压在矮凳上，直接用二指宽厚的竹篾片，狠狠地抽了一两百下。疼得我都没办法下地走路了，却还得给他们准备材料，上山砍竹。我和竹里躲在山上抱头痛哭，可我们谁都没有说要放弃，我们下了决心，一定要把老家伙的所有东西全学到手再离开。不是我不敬师长，而是那一段回忆实在是不堪回首，跟你们说这些东西，就是想让你们珍惜现下的各种学习机会。在哪个时代，除非技术了不得的大师傅，其他的竹匠，真的是可以用温饱都解决不了来形容。我家庭条件稍微好一些，偶尔还可以给老家伙送点礼，可是竹里不一样，他是一个孤儿，根本就拿不出什么东西来送礼，自然而然就越不招人待见。好在这样的生活并没有持续多久，竹里和我总算是学会了一些制作精巧物件的编织手法。我们俩把做好的东西偷偷地拿到集市上去卖，一来二去也攒下了一笔小钱。可就算是我们做的东西，比他的那些同族弟子要好上千百倍，我们都不能主动离开师门。一来我们表面上没有学到技术，不能出师，二来我们现在要是离开就得背上一个忘恩负义的骂名。我和竹里就这样一直在那里熬着，直到后面我们的技术，已经完全超过了老家伙，那老家伙却依然把我们当成奴隶一样使唤，这是师傅对于徒弟的一种特权，在那个时代，是没有人敢去质疑师傅对错的。就算是现在，有不少人家里都供着天地君亲师，师字就像是一个天一样压在我们这些学徒的身上。"

"那后来呢？"最喜欢听故事的许悠然，自然而然能够猜到，方知的师傅，那样聪明的人，又怎么可能一直甘心做人砧板上的鱼肉？

"后来……"苏先生停顿了一下后才继续说道："也活该我们师傅运气不好，迎来了隔壁县的一个竹编大师上门挑战，平时威风八面的老家伙，居然在第一局劈篾上就输给了人家。同样尺寸的篾块儿，那人足足比我们家师傅多劈出了十三根来。那人赢了第一局之后，又接连赢下了两局，还口出狂言，说我们万岭箐白瞎了这么多竹子，居然连一个好的匠人都没有，实在是垃圾得很。他如果只骂老家伙一人，竹里是绝对不会出头的，可他把整个万岭箐都给骂了进去，竹里一时气不过，当场表示要和他比一比。劈篾这样的活表面上是个技术活，实际上还是要讲究天赋的，竹里的天赋，直到现在也是我见过的最厉害的。在众目睽睽之下，竹里劈出了一百二十八根篾丝，不但在质量和数量上直接压过了对手，而且还正好多出了对方十三根。"

"他是故意的吧？师傅的底线并不是一百二十八根，他要碾压的并不是他的对手，而是我们的那一位师祖？"陈之问一听到这个数字，就知道这绝对不是巧合。

"伤害不大，侮辱性极强。"许悠然也忍不住说了一句。

"这还只是开始，接下来的比试，让老家伙一家眼珠子都快掉在了地上，竹里用高压手段，一直压着打，才进行了两个项目，对手就当场认输扬长而去。我们赢得了比赛，护住了师门名声，不但没有得到一句夸奖，反而还等来了偷窃私门技艺的骂名。竹里为了保护我，并没有将我供出来，而是一个人承受着这一场暴风雨。"

"那会有什么后果？"陈之问忍不住担心地问道，这么苛刻的师祖，自家师傅这一次铁定遭了老罪。

"后果……能有什么后果？"苏先生停顿了一下，才继续开口说道："无非就是被逐出师门，老家伙当场就决定，将竹里逐出师门。"

"我听我爷爷说过，在那个时代，被逐出师门就等于背叛师门，一辈子的名声都毁了。不管你的技术多好，不管你能做出多厉害的东西了，都不会得到人们的认可。这将是一辈子的污点，无论用什么办法都没办法洗掉。"一直保持着沉默的杜方知，忍不住开口说道。

"是啊！我那个时候慌了，拉着竹里跪在地上求老家伙原谅，我们俩跪了一天一夜。老家伙终于松口，不将竹里逐出去的事通告四里八乡，让竹里自行回家。"

"这么简单就放过师傅了？"就连陈之问都觉得事情没那么简单，这样的师祖必然还留有后手。

"他另外还提了一个附加条件，竹里必须要当众发誓，回家之后，这一辈子都不能离开万岭箐。"说到这里，苏先生幽幽地叹了口。

"不离开就不离开呗，这有什么关系？"陈之问并不觉得这算得上是一个厉害的惩罚。

"师傅一辈子不能离开万岭箐，不管他的手艺再好，做出来的作品再好，都只能困在这万岭竹山之中，一辈子默默无闻，无人问津。咱们的这位师祖，表面上十分大度放过了我们师傅，实际上却断了他一辈子的前程。因为那个时候，人们的眼界都不够开阔，所以觉得这个惩罚无关紧要。"杜方知紧皱着眉头说道。

"他说不准离开就不准离开，他活着的时候咱们可以遵守这个约定，等他离世之后，谁还能管得着师傅。"陈之问依然不在意。

"没有人能够管得了师傅，能够管制住他的，是他信守承诺的高尚品德，我当年就觉得奇怪，他有着这么好的技术，为什么会那么的籍籍无名？为什么要一个人留在那大山里？我从来都没有想过，他居然还有这么一段过往。偷师是为了学到东西，不荒废那段学艺时光。信守承诺，一辈子没有离开万岭箐，那是他高贵的人格。"

"你说得对，后来师门解散，我就开始了外出闯荡，可一个竹匠在那个时代里，连吃饭都成了问题，就更顾不上其他了。随着生活慢慢稳定了下来，各个地方的文化开始逐渐复兴，我也算是赶上了这一趟东风，取得了小小的一点成绩。等我终于有点成就回到了万岭箐，找到他时，他已经不记得我了，但他却非常热情地教我很多他自己自创出来的编织手法。其中有好几种，都是我无论怎么学都学不会的，我想要带他离开，让他跟我出去看看这外面日新月异的世界。可他，忘记了我们一起拜师学艺的事，忘记了我们一起在山上偷师的事，却始终没有忘记对那老家伙的承诺，一辈子都不踏出万岭箐一步。无论我如何劝说，他都不愿意跟我离开，等到过了几年，我手上得了空闲，再去看他的时候，却没有在他住的地方找到他，我想，他也许搬家了，又或者偷偷地离开了万岭箐,不想让别人知道。我唯独没有想过,他会这么早离开人世,如果可以,我当初就是用绑的办法也要把他给绑下山来。"苏先生万分感慨地说完,眼睛里除了惋惜,还有一股沉重的悲伤。

杜方知一直都知道,自家师傅绝对是一个有故事的人,可这些故事,他从来都不敢去探索。因为很多时候,那位老人喜欢独自一人坐在摇椅上发呆,眼里时而清楚时而混沌,仿佛在承受着某种没办法言喻的折磨。随着他的离世,这些疑惑就直接封存了,却没有想到在今天,可以听到自家师傅平生的故事。

看苏先生眼睛里的悲切不像作假,虽说在师傅接受惩罚的时候他没有主动站出来,可在那个时代,如果他真得主动站出来了,这个世界上就不会有苏大师了,万岭箐里只会多一个可怜的老竹匠。也不知道这是好,又或者是不好,可是很显然,眼前这个老人主动讲述完自己的故事后,肯定还想听听当年挚友后来的故事。

眉头微微地皱了皱,杜方知主动讲起了自己知道的事:"我十八岁那年,正好上高三,一心想要考一个好大学。可有一天,我爷爷火急火燎地跑到了学校,逼着我退学,说是在山上给我找了个师傅,让我赶快过去学艺。我不愿意自己的人生规划被打乱,并没有听我爷爷的话,甚至为了能够参加高考,我还故意割腕自杀来吓唬我爷爷。"

杜方知说到这里,忍不住苦笑了笑,虽然只是简简单单的一句话,许悠然却听得心上隐隐犯痛。有可能他并不是想要吓唬杜爷爷,而是真的心如死灰想要寻死。这件事情从别人口中听说,和从当事人口中说出来感觉又有一些不一样。

许悠然伸手轻轻地拍了拍他的手臂,杜方知偏过头冲她微笑着点了点头才继续说道:"最后,姜还是老的辣,我爷爷二话不说,直接跳进了清江,比我做得要决绝多了。我哪里敢再去逆他的意,只得顺着他上山见到了师傅。"

"方知……"许悠然轻喊出声,杜方知表情看起来很平淡,许悠然却能够感觉到他心里的难受。这种被至亲之人以命逼迫改变自己未来人生规划又不得不从的痛苦,会变成一个人一辈子的伤痛。

杜方知感觉到自己放在桌下的手被许悠然给紧紧握住了,心里先是一震,复又升起了一丝暖意。反手将她的手给握在了自己手心,还轻轻地拍了拍她的手背,传达着让她安心的信号后,才不急不缓地继续说道:"我第一次见到师傅,他的脸色苍白得就像是一张纸,说一句话都要咳嗽好几声,就像是下一刻就会咳断气一样。我实在想不明白,他这个样子到底能教会我什么东西?我甚至觉得我爷爷疯了,是真真正正地疯了。可是他,那一个看起来风烛残年了的老人,只用了一天时间,就让我打开了一道新世界的大门,让我第一次见识到了一个竹匠的本事。我很小的时候就开始玩刀子,只要碰上有关竹子的东西,跟我同年的人根本就没有人玩得有我好。我自认为自己的技术非常不错,甚至那个时候已经可以独立完成很多的生活用品。可在他面前,我才明白我就像是一个刚入门的白痴,哪怕是他随随便便动动手,做出来的东西也会比我做得要好上千倍万倍。他教会我许多我以前根本就不敢想的东西,哪怕是后面他躺在躺椅上起不来了,却也依然在坚持传授我编织技艺。他所教授的方法,和外面的那些师傅教的完全不一样,不管是多难的东西,他都能想到最合理的方法进行解决。我那个时候才知道,原来做一个竹匠,不但需要天赋,还得会动脑子,想要学会更深层次的东西,并不比高考简单。"

杜方知简直就是一个鬼才,能够让他信服敬佩的人实在是少之又少。可对那位教了自己只有半年时间的师傅,他的眼里心里全是推崇、尊敬、佩服,由此可见,那一位老竹匠技术到底有多好。

陈之问见状,也忍不住开口讲述起自己的拜师经历:"我和方知有些不一样,我是因为学习成绩不好,主动缠着我爸要出去拜师学艺的。我爸给我找了好几个师傅,可他们的技术我都看不上,直到后面才遇上了冯师傅。等我到了师傅家的时候,方知已经学会了好几种编织手法。师傅说,我们不能拘泥于一种技艺,要多学一些东西,博采万家之长,然后融会贯通,才能成就出惊世的佳作。他说他一辈子的时间,都用在研究新的编织手法上面了,也拿不出什么好的作品,只盼着我们往后,能够做得比他更好。我爸是一个竹雕师傅,我也算是有一些底子在身的,所以我选择了主学竹雕竹根雕。那半年的时间里,我和方知一边照顾师傅的生活，一边学习师傅教授的东西，我们的进步特别大，冯师傅也不像别的师傅一样藏私，完全做到了知无不言言无不尽。相反，他恨不得把他所有会的东西，全部都教授给我们。可他的身体早就油尽灯枯，就是因为要教我们的东西还没有教完，才苦苦支撑着，可这样的支撑，也只支撑了半年时间。"陈之问回忆起那个时候的事情，眼睛里已经泛起了泪光，显然那一位老竹匠只用了短短的半年时间，就在他心里刻下了不可磨灭的记忆。

"他走的时候……有没有留下过什么话？"苏先生带着颤抖的声音开口问道，眼睛里却全是期冀，就像是一个渴望能够得到棒棒糖的孩子。

"苏先生放心，我们师傅走的时候，脸上还带着笑容，他跟我们说的最后一句话是，技艺要传承下去，要让更多人去学会它，才能真正地发光发热。"杜方知淡淡地复述着自家师傅临死前的话，苏先生的脸上先是动容，可看着他停了口，眼睛里又出现了一丝失望。

"我就知道……我就知道，在他的心目中，没有什么能够大过技艺传承。当年我没有他勇敢，不敢和他一起承担偷师的后果，这些年以来，之所以不敢去见他，表面上可以用一个忙字来推脱，真正的原因不过是因为心里的这一份愧对。我不敢面对他，每一次看到他，就像是一面镜子，一边告诉我偷师的人也有我，我应该和他一起承受这一份责罚。另一边又在告诉我，还好我当初没有勇气站出来承认，不然我的一辈子就会像他一样，被困在那竹山里面。我成立了篝语之后，以为得到了解脱，我专门上山找他，我特别想要告诉他，篝语有他的一份。我想邀请他下山，让他做篝语的首席老师，只要他愿意，不管他带多少弟子都可以。我高高兴兴地上山去找他，他却早忘记了我是谁，我向他请教各种各样他新创的编织技艺，他都毫无保留地教给我，甚至还再三嘱托，一定要让更多的人学会。从不问我来历，也不关心我来意，仿佛只要我愿意学，他都愿意教，我让他跟我一起离开，却再次被他拒绝了。他说，他忘记了对谁承诺过，这一辈子都不离开万岭箐。我甚至有些怀疑，他是故意装着不认识我的，他是在责备我当初没有站出来和他一起承担责任。可是我又觉得我好小人之心，当初明明是他再三嘱咐我，无论如何也不能暴露了自己的技艺。这些年以来，每当夜深人静的时候我都备受煎熬，我根本就不知道我当初的选择到底是对的还是错的，如果一切能够重新来过，我一定会毫不犹豫地和他一起面对。"苏先生红着双眼，说话都已经变得颠三倒四，毫无逻辑条理。

"竹里知苏词，此生有箐语足矣。"杜方知口里面忽然吐出了一句莫名其妙的话，让苏先生瞬间清醒了过来。只见他站起来望着杜方知，眼里全是激动。

"苏先生的名讳，可是叫苏词？"

"是，原本是辞典的辞，后来登记户口的时候，被登记人员给写成了词语的词。"苏先生激动不已地回道。

"我一直以为，师傅口中的苏词，指的是苏轼填的词，可是刚刚苏先生提到箐语，我才想起来这句话应该跟你有关系。"

"我也以为指的是苏东坡的词，没想到居然是苏先生，师傅病得很重，可他每天都要喝上二两白酒。每当喝酒的时候，他都会端着酒杯向着远方遥敬，口里一直重复着这句话。我们以为是文人骚客喝酒时的习性，却从来没有想过他是在思念故人。"

随着陈之问的话，苏先生脑子里不由得浮现出全身疲倦的冯竹里，倚坐在门槛上，手里还端着一个酒杯，一遍一遍地念着那一句话："竹里知苏词，此生有箐语足矣。"

"所以……他一直都是记得我的，他也知道我的箐语是因他才成立的？"怀疑了半生，愧疚了半生，甚至还不惜问出他临死之前是否对自己有所挂念，直到这一刻，苏先生才知道，那人原来一直都记得自己，一直都在关心着自己。只是怕自己变得和他一样，所以才故意装着忘记。晶莹的泪珠从干涩的眼睛里滚落了下来，苏先生终于忍不住坐回了位置上，埋头痛哭起来。

二

"箐语……青竹之语，只有真正高深的竹匠和爱竹之人，才能体会你创办公司的心境。冯师傅他当然是懂你心意的，他有他的原则，他也有他的执着，他为他自己坚守原则，可你却为他完成了执着。"苏先生用袖子擦干了眼泪，一脸懵懂地抬头望着许悠然，那样子根本就不像是一位功成名就的工匠大师，反而像是一个急于等人答疑解惑的学生。

许悠然继续开口说道："刚刚我们在门口碰到了郑家姐妹，那位小郑姐说，箐语是一个注重文化艺术创作的公司，是一个尊敬匠人自由发展的地方。"

"她为什么要跟你们说这些？"苏先生心里面虽然带着疑惑，但又瞬间猜到了郑安怡的目的。

"当然是为了拉方知入伙，我们家方知今日的表现实在是打眼，哪怕评分成绩还没有出来，就已经赢得了宁桥和箐语两个公司同时争夺。"说到这里，陈之问语气里还冒着一股酸味，明明都是一个小组的，怎么就没有人看到他的精彩表现。

"胡闹……我今天回去会跟他们打招呼，不准他们任何人再来烦你。"苏先生显然并不觉得这是好事，眼睛里还出现了一丝怒意。

"苏先生，如果你之前所说的全是事实，按道理你应该算得上是我们的师叔，你与我们家师傅感情要好，你不是更应该想办法让方知加入箐语吗？"陈之问被他搞得有些莫名其妙，在赛场上相认，又在此交心，难道不是为了跟宁桥抢人？别说是陈之问了，甚至连许悠然都有这种想法，几十年前的感情，两个人偏偏又联系不多，这个时候来打感情牌，怎么可能没有别的图谋？

"我知道你们俩的技术都很好，我心里也希望你们能够加入箐语，可是我更希望能够看到你们展翅飞翔。没有所谓的派系所累，做一些能够体现你们真心实意的作品。现在的年轻人里，想要找到天赋像你们这么好的人或许并不难。但是没有匠气，又拥有着匠心的实在是太少了，箐语在一定的程度上给予了匠人们自由，但却也同时变成了束缚他们自由的绳索。所以，我不希望你们加入任何一家公司、任何一个团体，我希望你们的创作能够一直自由下去。然而我能做的事，就是不管你们是不是箐语的，箐语也会一直向你们提供无条件的帮助。但凡你们有所需，只要你们提出来，我苏词必不辞。"苏先生字字句句铿锵有声，这样的承诺，他这一辈子没有向任何人许过。可是面对故人留下来的两个徒弟，他只盼望着他们能够走得更高更远，这样的承诺一说出口，曾经压在心里几十年的担子，居然变得轻松了不少。

"我要十年的漆彩针丝篾，三十六种颜色一样也不少。"杜方知没有被他的话给感动，而是当场提出了自己的要求，一个非常难完成的要求。十年以上的腊篾，可能很多竹匠手上都存的有，就算是漆彩针丝篾，想要找到也并不难，可要集齐三十六种颜色，如果不是十年前有人提前备好，全靠着在外面收集，根本就不可能完成。

陈之问见他开口提要求，也不甘落后，连忙跟着开口说道："我要一百年以上的完整硬头黄竹根，要全须全尾的。"硬头黄竹根很好找，在万岭箐里几乎随处可见，可是要有百年竹龄的，这个就有些困难，毕竟竹跟树不一样，因为生长周期比较短，所以寿命也不会很长。而且就算能够找到，全须全尾又是一道难题，埋在地下的东西，要把它挖掘出来需知竹根须多，很难做到一根不伤。这绝对不是在提要求，而是在故意为难。

可哪怕知道他们是故意为难，苏先生却非常爽快地答应了下来："好，你们给我七天时间，我保证给你们找到！"

陈之问见他答应得爽快，一时之间反而没了主意，只能将眼光移向杜方知。

"那就先谢过苏先生的好意了！"杜方知刚道完谢，门外就响起了一道爽朗的声音。

"苏先生，你可真的是半点也不讲道义，在我宁桥的会客厅里，把这些有资质的小辈给哄得服服帖帖！"一名头发稀疏的老者，手里拿着一把雕花竹扇，笑语晏晏地从大门口走了进来，可这样的笑容，配上他之前所说的话，任谁都能看出来他是来者不善。

"何大师好！"陈之问之前听过他的课，也等于有半师之谊，立刻便站起来打招呼。许悠然和杜方知也跟着站起来打起了招呼。

"用不着客气，随意一些就是，我就是比较好奇，想要看看苏词这老东西会怎样忽悠你们这些后起之秀。"何大师脸上虽然带着笑容，可说话的语气任谁听着都知道跟苏先生不对付。

"何应生，你不要血口喷人，我与方知他们……"原本想说同门，可直到现在，这俩孩子都没有叫过自己一声师叔，苏先生感觉到有些无力，只能改口说道："准许你爱才，就不准我惜才了吗？"

"我看过这俩孩子的作品，确实算得上是这一代年轻人里比较杰出的，但还没有好到让我亲自出来和你这老家伙抢的地步。不过是被阿朵缠得厉害了，她又刚好看这两小子顺眼，我就不惜放下这张老脸，过来跟你抢抢人了。杜小友，你要是愿意加入宁桥，不管这老家伙给你开出了什么条件，我都可以把待遇直接加倍。"

作为宁桥的老板，何先生一向财大气粗惯了，对他来说，人才就等于金钱，没有请不到的，只有舍不得花钱的。杜方知特别不喜欢这种感觉，皱着眉头望着许悠然，许悠然也可以明显感觉到他正在克制自己的情绪。真怕他开口又吐出什么金句，直接把主办方给得罪了。连忙开口说道："何大师误会了，苏先生找我们，只是为了了解一个他们共同认识的故人，并没有在宁桥的会客厅里给箐语招人。"

"果真如此？"何大师的语气显然是不相信的。

"我们没有必要骗你,而且我们也不会加入箐语。"杜方知直接开口说道。

"小友聪明,知道箐语不行,欢迎你们加入宁桥,我会给你开出一级匠人的待遇,这可是所有新人都没有的。"何大师特别自信,这些年以来几乎周围几个县城里,凡是有一点本事的竹匠,都被他给招募了来。

"非常抱歉,我们也不会加入宁桥,我们有我们自己的规划,感谢何大师的认可,时间不早了,我们还要去门口看放榜,改日再向二位大师请教。"杜方知说完,冲着他们恭恭敬敬地施了一个告别礼,许悠然和陈之问有样学样,跟着杜方知迅速离开了会客室。

"哎……"何大师看着他们如同逃窜的身影,这还是他第一次亲自开口被拒绝的,而且偏偏是在自己的对手面前,等同打脸。

"你也不要生气,不能总把有天赋的年轻人给关起来,也得放一些出去,说不定到时候还能闯些名堂回来。"苏先生看着他红一阵青一阵的脸色,忍不住开口笑道。

何大师回过头重重地瞪了他一眼:"你跟他们真的有故事?"苏先生冲着他勾了勾手,示意他往自己面前走几步。

何大师居然真的朝他面前走过去,在离苏先生两步远的距离时,苏先生才微微地点了点头,小声开口说道:"他们……是竹里的弟子。"

"竹里……冯竹里?"何大师眼睛里全是疑问,这个名字他有近四十年的时间没有再听到了。

苏先生冲着他点了点头,何大师沉默了一会儿,才喃喃自语地说道:"怪不得,我觉得那个姓陈的小子雕功眼熟,却没想到,居然是他的弟子!"

"所以,希望你能看在竹里的份上,对这两个孩子多照顾一些。"苏先生说完之后忍不住长叹了一口气。何大师拖开面前的凳子坐了下来,静静地望着面前光滑的桌面出神。两人就这样一个站着一个坐着,谁也没有再开口说一句话。

第八章
争分夺秒决赛忙

一

杜方知他们来到大门口时,都已经四点半了,宣布成绩的主持人早已不见,只能自己去榜单上寻找比赛结果。好在围观的群众并不多,非常容易就挤到了最前面,杜方知一抬头,就看到了红色榜单第一个位置上,正端端正正地写着自己的名字。哪怕是一向沉着稳重的他,这一刻脸上也多出了一丝笑意。

"第一名……第一名?"陈之问激动得直接蹦了起来,虽然知道这一轮的成绩绝对不差,可谁又不想拿个第一名呢?

"你小声一点!"杜方知怕引起别人的注意,一手拉着陈之问,一手拉着许悠然,穿过人群车站方向走去。运气不错,刚好买到了最后一班车的票,等班车走走停停来到竹海镇后,都已经七点过了。三人没有回家,直接去了竹海饭店。

杜觉远远地就看到了他们,高兴地招呼着翠湖上菜,显然已经提前准备好了多时。

陈之问边吃饭边把比赛的情况说了一遍,杜觉高兴得手舞足蹈起来，仿佛他们今天拿下了第一名，明天就能稳拿冠军一样。翠湖也很高兴，轻轻地拍了拍杜方知肩膀，笑着说道："方知，你总算是快要熬出头了。"

"还早。"杜方知简洁地回了两个字，与其说是谦虚，还不如说是自信。

三人快速吃完晚饭，就被翠湖撵着他们回去早点休息。杜方知心情不错，回到家就直接去了厨房烧水，甚至连那一堆工具都没有检查收拾。几人早早洗漱休息，只为了养足精神，参加明日的最终决赛。

同样是早班车，今天却和昨天不一样，超载了十几人，许悠然他们因为上车早的原因，倒都有座位。可架不住司机在中途又上了人，其中更有一些老弱妇孺。杜方知和陈之问先后让出了座位，可面对一个抱着婴儿上车的妇人，许悠然终于还是站了起来。拥挤的车厢，坑坑洼洼的大路，坐着的时候就有一些难受，站起来这种感受却更加直观。

许悠然双手紧紧地扶着旁边的座椅，整个人被挤得都快要透不过气了。可随着车子的一个急转弯，脚下一个不稳，整个身子跟着惯性往前扑去，在这么拥挤的情况下，就算是扑下去也不会摔着，最多只是扑在别人的身上。许悠然生怕自己砸到了别人，拼命地用力稳住脚下，更是伸手想要去抓上面的吊环，就在手忙脚乱之间，被人抓住双臂给稳稳地扶正了。

"小心，别摔着了！"杜方知的声音在她头顶响起，虽然隔着厚厚的衣料，却依然能够直观地感受到那一双满是茧子的粗糙大手上传过来的力道。这一种力量，特别有安全感，至少在这一刻，不管汽车有多颠簸，许悠然都能在不费力的情况下，稳稳地站立在那里。仰起头正好对上杜方知关切的眼睛，许悠然觉得心跳猛然加速了起来，耳边却听到了杜方知的小声安慰："今天是江安的大集，车上的人比较多，等进了场口就好。"

"嗯！"接下来的半个多小时车程里，杜方知一直保持着这样的姿势扶着许悠然，直到汽车进入了江安的场口，车上的人才变得少了起来，甚至还空出了多余的座位。

杜方知让许悠然坐下，自己则站在她旁边，视线却一直没有离开过她。许悠然第一次发现他目光里的灼热，有些不适应地回避了起来，装着欣赏窗外的风景，心里却一直都在回味那一双扶着自己有力的双手，仿佛充满着某种力量的魔力，让她想要再次感受一下。

等来到宁桥，三人直接进入了赛场，经过了昨天的比赛，淘汰了近七成的参赛选手，只剩下了进入前五十名的小组。三人按照指定的划分区域，进到了属于自己的领地，一眼就看到了挨着他们不远的郑安怡小组。郑安怡礼貌地冲着许悠然点了点头，许悠然连忙回了她一个甜甜的笑容。

眼看着临近比赛的时间，所有的参赛选手都已经到位，观赛区更是人山人海。主持人荷落笑语盈盈地出现在了舞台上，只见她拿着话筒高声说道："还没有从千人大赛的震撼之中走出来，就迎来了今日的最终决赛。能够从严苛的淘汰赛中杀出，荷落希望在这里的良工师傅们，都能够凭借着精湛的技术，出现在下个月的市区赛上。闲话少说，咱们回归正题，现在就由我来向大家宣布，咱们今天比赛的比赛规则。为了让咱们接下来的比赛变得更加精彩，主办方今天调整了一下最后决赛的比赛方式。同样是采取抽签式的比赛，但咱们这一轮，却是直接命定主题。每个小组，不用像之前一样按人数来完成作品数量，也就是说大家可以一起齐心协力共同完成所抽中的作品主题。作品完成之后，每个小组选出一位主讲人，带上你们小组完成的作品，上台给大家介绍作品的编织方式和制作步骤。再由评委老师们和现场的观众朋友们同时打分，获得前二十名的参赛小组，可以直接参加一个月以后的市区赛。"

许悠然这才发现，前方的观众席上，有好多观众手里都拿着一个打分器，看来这最后一轮的比赛，胜负的决定权还有一半掌握在观众手中。

如果说之前抽的大分类，还有选择的余地，那么现在，不管你抽中什么题目，也不管你会不会，都必须去做，没有任何别的选择。所以运气这个东西，真的是特别重要的。

二

"那现在请每个参赛小组选一个代表上台抽签，拿到你们的参赛作品题目。"主持人声音一落，两名礼仪小姐共同捧着一个大大的抽奖盒，从后台走了出来，直接停在了舞台中央。

主持人这才高声喊道："现在取得初赛第一名的杜方知小组，为大家带头抽签。"

杜方知看了一眼陈之问，淡淡开口说道："还是你去！"

"哥，抽签的压力很大的，我要是抽到不好的签，你可别怪我。"陈之问丢下了这么一句，人已昂首挺胸地走向了舞台，在路过郑安怡身边时，冲着她得意地笑了笑。要知道现在，他可是第一名，这种扬眉吐气的感觉，陈之问整个人都透着一丝洋洋得意。像是一阵风一样踏上了舞台，在主持人的引导下，在所有人的注视之下，伸手抽出了第一张签文。

"大家是不是很想知道，咱们初赛第一名，抽到了什么题目？"主持人话音一落，现场整齐地响起了一个"想"字。主持人点了点头开口说道："那我们就让这位抽签的小哥，自己来揭开答案吧！"话筒就这样递在了陈之问面前，陈之问激动地看了一眼签文上的字，脸上的笑容顿时呆滞了下来。

"怎么了，这表情看起来应该是抽了一只很臭的签？"

"不会是运气正好，刚好抽中自己不会做的吧？"

不过是片刻的呆滞，现场就响起了各种各样的议论声。

"怎么啦？是否需要帮助？"主持人带着几分关切地问道。

"筷子，我抽中的是筷子。"陈之问连忙开口回答，这东西可以说是非常地简单，别说在场的参赛选手，就算是观众席上有不少观众都会做。可也正是因为它的简单，才很难做出别的花样来，做不出花样来，自然而然就拿不到高分。

"看来咱们的第一名运气不错，抽中了大家生活之中每日都离不开的必备用品筷子。那么现在有请我们获得昨日第二名的参赛小组上前抽签。"主持人从陈之问手中拿过话筒，等待着第二名的小组成员上台抽签。

陈之问拿着手中的签文，脸上不得不做出强颜欢笑的模样回到了自己的比赛区域。直接把签文递给杜方知："我就知道我运气臭极了，现在怎么办，一双筷子再怎么样也做不出花来呀！"

"有何不可？"杜方知展开手上的签文，胸有成竹地开口反问道。

"你不会又有主意了吧？"陈之问满脸的不服气，凭什么每一次他的脑子转得都比自己快。杜方知点了点头，丝毫不在意他的不满，开口说道："这上面只有筷子两个字，并没有规定只做一双。"

"可你就算做出一百双来，它也只是筷子，我就不信你能在这么小的东西上面玩出别的花样来？"陈之问垂头丧气地说道，显然并不觉得杜方知能够拿出什么好的主意来。

"用不着做一百多双，十二双就够了。"杜方知笑道。

"为什么？一桌不是八双吗？"陈之问傻傻地问道。

"你这脑子也真跟猪差不多了，方知的意思是说，我们可以做一整套的十二生肖筷子。"许悠然恨不得伸手去敲敲陈之问的脑袋，明明师出同门怎么区别这么大？

"这个主意真好，十二双……"陈之问总算是回味过来，直接开口嚷道。却被许悠然一把抓过放在他背篓里的皮裙，展开之后直接捂向他的嘴，低声说道："我说猪先生，你就不能小声一点，刚刚我已经听到有好几个小组抽到了跟我们一样的签题。你是想让我们的创意，被别人给偷学了去?"杜方知看着她再次去捂陈之问的嘴巴,眼睛明显地闪过了一丝不悦,可当看到她手中的皮裙时,嘴角又不自觉地浮现出了一丝笑意。

"唔……"许悠然的力气不大,很快被陈之问给挣了开去,看着她手上的皮裙,陈之问直接用袖子擦了几下自己的嘴巴。这东西是自己平时干活的时候系在腰间用的,又旧又破,而且至少有半年没有清洗了,怎么就被许悠然给直接拿着捂了自己的嘴巴?越想越觉得恶心,陈之问更是一阵阵地反胃,险些把早上吃的早餐都给吐了出来。

"你至于吗?这东西可是你的,你用得着嫌弃成这样?"许悠然看着他的样子,忍不住开口抱怨起来。

"就是因为是我的东西,我才知道它有多脏好不,这玩意儿我都半年没有洗过了,你怎么可以拿它来捂我的嘴巴?许悠然,这种行为特别地不好,你就不知道君子动口不动手吗?"陈之问是真的委屈,可杜方知的心情却非常地好,悠哉悠哉地站了起来,往主办方领取材料的地方走去。

"半年没洗,那也不是我的错啊!明明是你自己不爱干净,看你委屈成这样?"

"罢了,我跟你说这些干吗,我去准备工具干活了,你一边玩去吧。"陈之问说完之后,拿过皮裙往腰间一系,开始把背篓里的工具,小心翼翼地拿了出来。

杜方知领回来了材料,是一根大约两米多长的硬头黄竹干,陈之问十分狗腿地迎了上去,双手接过,满脸堆笑地开口说道:"方知的眼光就是独到,我还是第一次见到这么好的竹料,特别是正中间的这两节,简直就是做筷子的上佳之选。"

"你先动手劈出来,我想一下咱们用什么样的图案。"杜方知说完之后,从背篓里面拿出一个小小的图画本和一支铅笔,就直接坐在小凳子上,把本子放在膝盖上埋头勾勒起图案来。

许悠然看着他握笔的手,在画纸上不断地滑动,一个个形象十足的生肖图案就这样在他的笔下跃然而现。那专注的神情、熟练的动作、各种各样看起来凌乱的线条，逐渐变成了神态各异的十二生肖。机灵古怪的老鼠、勤劳健壮的水牛、耀武扬威的老虎、活泼可爱的兔子、威风凛凛的神龙……不过才二十几分钟时间，十二生肖带着形态各异的造型全部都出现在了纸上，许悠然早就知道他的书法厉害，却没有想过他画画的技术还能这么精湛。一双眼睛恨不得黏在杜方知身上，就怕错过了他的一丝一毫技能。

"杜方知，你怎么可以这么能？"许悠然默默地在心里赞叹，杜方知就像是一本书，一本看起来总觉得能够一目了然的书，可是每翻开一页，都有惊喜在等着自己发现。越是对他了解，就越是觉得他神秘，仿佛他已经变成了一个无所不能的人一样。许悠然对他的仰慕不知道又添加了多少，可某人对自己笔下绘出来的图案并不满意，只见他皱了皱眉头，拿起笔在小老鼠的图案下面继续进行着勾画。仅仅十几笔功夫，老鼠的脚下出现了二零零零四个大字，杜方知直到这一刻才出现了满意的神色，放下手中的笔，把图纸递向陈之问小声地说道："就采用这图纸上的造型，下面的字体用镂空雕，上面的生肖动物采用实体雕刻，筷子我们做成方筷，这样更能凸显咱们的雕刻水平。"

"好，"陈之问原本还在想应该雕什么样的图形比较好，结果人家居然连样式都已经绘画出来了。好在自己的手脚不慢，已经把那两个竹筒劈开，就等着制作筷子了。十二双方筷，从制作直到打磨根本就花不了多长时间，可最难的是，要在筷子头部位置进行雕刻。杜方知设计的雕刻手法，下镂空上实体更是考究技术，下方的镂空要是一个雕刻不好，就会导致上方的雕刻没办法承受。

"你负责前面的六个生肖，我负责后面的六个生肖，必须要注意，左右的生肖兽形成对称，一定要保证大小一致字体相同，方向绝对不能反了，镂空雕出来的字体，不但要清晰明了，而且还要无论从哪一个方位都能看出是二零零零。"

"知道了，说得好像你的雕功比我好一样！"陈之问没好气地说道，明明是自己最擅长的，可却不得不服从他的指令。仔细看了一遍他绘画出来的图纸，保证自己能够完好无缺地雕刻出来后，陈之问终于敢问出那一个一直埋藏在心里的质疑。

"你……应该有好几年没有动雕刻刀了吧？"陈之问当然知道杜方知会雕刻，当年两人一起在山上学艺的时候，杜方知会经常借用他的刀具练手。可分开之后，杜方知连劈篾用的都是自己家里的那把老柴刀，根本就没钱去置办其他的刀具，显然也就没有再练过雕刻了。

"你把你自己的做好就是，我这边用不着你来担心。"杜方知说完从他手中接过六双还不成形的筷子，直接从他刀具里拿出一把看起来比较顺手的小雕刻刀，迅速投入了雕刻工作中。

许悠然再次变成了闲人，不过这一次和之前又有一些不一样，和杜方知认识前后加起来差不多有一个多月时间了，已经见识到了他超级厉害的编织手法，却从来没有见他动手雕刻过半点东西。许悠然直接把凳子搬来坐在了杜方知对面，生怕打扰到了他的操作，又悄悄地往后面退了大概有半米远的样子。她眼睛则一直停留在他那双手上，原本还没有成形的竹筷，其实就是一根竹棍儿，慢慢在他手中变得有棱有角起来。

他采用的是先从筷头顶最上端的实体雕刻做起，削、转、劈……各种各样的手势简直可以说得上是变化莫测。那熟练的动作，就连在一旁看的人都觉得眼花缭乱，根本就看不清楚步骤的先后顺序。

三

"你居然还会雕刻？"何大师不知什么时候来到了他们面前，一双眼睛死死地盯着杜方知手上的雕刻刀。杜方知没有理会他，而是继续着手上的工作，虽说比赛时间有三个小时，但要交出六双筷子来，时间还是有些紧的。

"何大师好！"面对前来造访的大师，此刻也只有许悠然这个闲人有时间接待，为了表示自己小组对他的尊敬，许悠然迅速从小凳子上站了起来。

"你们不用管我，我就随便看看，他这手法果然颇有冯竹里风范，不愧是他的关门弟子。"何大师眼睛里带着几分激动，声音里也透着前所未有的亲切，仿佛正在看自家小辈一样，毫不掩饰那即将溢出来的赞许。许悠然看得有些莫名其妙，这位别又是来认亲的吧？那位冯师傅到底跟多少大师有交情？口中却连声应道："方知技术确实挺好的。"

"你们继续忙，我去别处看看！"少了昨日在会议客厅里的咄咄逼人，何大师居然变得和蔼可亲起来，只见他背着双手，继续穿梭在赛场上。

许悠然看着他走远后，才再次坐了下去，眼睛从杜方知手上移到了陈之问这边。此刻的陈之问，出现了前所未有的专心，对周围的一切都充耳不闻，仿佛全部身心都投入进了手中的雕刻刀里。之前两人分工不同，陈之问做什么都没有压力，可现在杜方知跟他一起雕刻筷子，陈之问不得不打起精神来，想要在速度和质量上跟杜方知一较高下。

过了大概有二十几分钟，一直保持着沉默不语的陈之问终于停下了手中动作，高兴地抬起头举着手中的一双筷子说道："搞定一双，哈哈，方知这下你总快不过我了吧？"杜方知抬头看了一眼他手中的筷子，筷子最上端的位置，一对活灵活现的小老鼠，简直和他绘出的图样一模一样。筷子竖立着，那两只小老鼠就像是面对面站在了筷子上一样，下面的镂空字体，做得更是特别精致，不管从哪一个方向，都能辨认得清清楚楚，完全和自己画的图样没有丝毫差别。

"不错！"杜方知很难得开口夸奖了他一句，在他得意扬扬的注视下，从地上拿了一双已经早做好了的生肖猪筷，不急不缓地放在陈之问手里："陈良工，你帮忙看看，我这手艺可还能见人？"

"你……"陈之问看着他手上已经快要雕完的一只狗头，深受打击地说道："怎么玩雕刀我的速度也玩不过你，姓杜的，你根本就不是人。"陈之问知道杜方知要么不做，要做就一定会做到最好，他亲自动手雕刻，所雕刻出来的东西就不会有问题。只见他直接把两双已经完工了的筷子，递到了早就想要上前摸上一把的许悠然手中，再次投入了接下来的工作中。

受到了刺激后的陈之问在保证质量的情况下，加快了手上的速度，不说要超过杜方知，无论如何也不能落他太远。

许悠然看着手中的两双筷子，虽然还没有经过上色打磨，但摸起来却感觉不到半点粗糙，可见他们在削切的时候切口做得有多好。两只伶俐可爱的小老鼠，两只憨头憨脑的大肚猪，再加上下面镂空的字体，虽然细小，但却精致得让人根本就移不开眼睛。许悠然伸出手指，轻轻地在小老鼠的头上摸了摸，又忍不住用手指去戳了戳小猪的肚子，只觉得越来越有意思。再三仔细地打量着手中的筷子，做工这么细致的筷子，难不成还真有人舍得拿它们来吃饭？

怕被别人学了去，许悠然小心翼翼地把筷子放进背篓里的一个小竹盒里，看了看比赛时间，还剩下两个小时不到，也不知道这十二双筷子到底能不能准时完成。目光再次停在了杜方知手上，许悠然从来都不知道，原来手指可以这么的有力道，原来手指也可以这么的好看。

粗糙黝黑的皮肤，满是伤痕的手掌，甚至连手指上都布满了明显的裂痕。哪怕是再修长，骨节分明，也跟好看两个字沾不上半点关系，可许悠然就是觉得好看，她不由得有些怀疑自己的脑子，到底是哪里出了问题。慢慢地将目光往上移，许悠然第一次发现，杜方知不管干了多久的活，都能一直保持神采奕奕。

那双手是那样的有力，仿佛永远都不知道疲倦一样。目光再往上移，清晰地看到了他的喉结，总感觉比很多男人的喉结要明显不少，而且特别的性感。性感这两个字就这样忽然地跳进了许悠然的脑子里，居然有一种想要伸手过去摸摸的感觉。再往上，便看到了他薄薄的嘴唇，看起来好像很柔软的样子，许悠然不知道想到了什么，顿时觉得耳朵变得火辣辣的，脸上的温度也在迅速上升。果然，不能盯着一个男人看太久，特别是那个男人还长得不错的情况下。

咬了咬牙，迅速移开自己的目光，装着打量周围赛场上的情况来调节自己此刻有些加速的心跳。这一看才发现，这场比赛，赛场上出现了很多跟自己一样的闲人，之所以说是闲人，就是小组里的其他成员忙得马不停蹄，而作为里面的一员，却只能无所事事地在一旁看热闹。

就连郑安怡小组，那一个前两场比赛团结得不得了的小组，今天都出现了两个闲人，看来这种特定命题的比赛方式，很多人都没办法参与其中。

大约过了十几分钟，原本加速了的心跳，总算恢复了平静，回过头来，看着依然沉浸在雕刻工作之中的杜方知，居然多了一丝心虚。好在杜方知此刻对外界浑然不知，一心扑在了雕刻上，只见他速度越到后面越快，不大一会儿工夫，就又做出了两双生肖筷。

许悠然不敢再盯着他久看，只需要看上一分钟左右，脑子就会控制不住胡思乱想起来。而且有些想法都特别地莫名其妙，就比如看到他的耳垂，就想要伸手过去捏一把，看到他的睫毛，就想要过去扯一扯，甚至看到那双手，都想要跟他扳扳手劲。实在是想不明白，自己怎么会有这种自不量力的想法，甚是觉得荒谬。只能将目光移向陈之问，瞬间感觉好多了，陈之问长得不差，皮肤明显要比杜方知白了不少，完全可以用眉目如画来形容。可即使是这样,许悠然依然觉得他不如杜方知耐看。

"嫂子,你怎么盯着我看?"陈之问在接连完成了两双筷子后,终于抬头想要休息片刻,结果就看到了许悠然正望着自己发呆。

"你少自作多情,我是在看你手中的龙,雕得不错。"许悠然指着他手中的生肖龙说道,陈之问直接把雕好的筷子全部递给了她,原本还想着再废话几句,耳边就传来了杜方知冷冷的声音:"时间不多了,还不赶快干活。"

"你以为人人都像你一样,可以连续工作个七八个小时,不喝水不吃饭的。我可是普通人,总得要休息一下,这手都酸死了!"陈之问说完之后,还十分配合地甩了甩手腕。

"你不想参加市区赛了?你说这十二生肖要是做不完,比赛结果会怎么样?"杜方知头也不抬地说道,陈之问当场被他怼得说不出话来,只得继续工作。

大概过了两个小时,杜方知速度明显变得缓慢了下来,可能因为很久没有碰刀子的原因,时间一长手指就有一些不受掌控。相反,陈之问一直保持着最初的水平,而且动作还变得越来越快,在临近比赛结束前半个小时,陈之问的六对生肖筷已经全部制作完毕。

而杜方知这边,还剩一双生肖猴没有做,当他做好手中的最后一只生肖羊后,正准备动手做生肖猴时,手里的筷子却被陈之问给拿走了:"我都快要以为你不是人了,好在你还有点人气,这双猴我来雕,你负责打磨吧!"接连三天的比赛,几年的同门之谊,陈之问终于在这一刻,迎来了自己与杜方知相识这么长时间以来的高光时刻。

"好。"杜方知脸上难得出现对陈之问的认可,显然不管他再怎么厉害,对于雕刻这一方面的基础功底,确实是比不上陈之问夜以继日的锻炼。他连忙拿出打磨工具,对已经做好了的筷子进行打磨和修整。

陈之问脸上写满了小得意,手上的动作更是不停,只见刀片在他手指下转得飞快,不大一会儿时间就出现了一个活灵活现的小猴猴头。

所谓的打磨，在赛场上根本就做不到精致，只需要把不平整的地方给弄平整，不光滑的地方给弄光滑。不过才十分钟时间不到，十一双筷子就全部被杜方知给打磨完了。看了看比赛时间，还有二十几分钟，杜方知拿起剩下的竹片，迅速地做了一个如同笔架一样的筷架。在架子下方，还专门做了十二个小孔，不管是孔与孔之间的距离，还是孔与孔之间的大小，都没有动用尺寸，好像他的那一双眼睛就是标准的直尺。

许悠然看着他把筷子一双一双地插在了小孔里面，严丝合缝大小一致。之前并不理解他为什么要做这么一个筷架，现在算是看明白了，把筷子插在这筷架上，一眼就可以把上面雕刻的部位看得清清楚楚。十一双筷子整齐地并成一排，每一个生肖兽都是成双成对的，原本只是不起眼的小东西，这样一排列顿时变得高大上起来。

当荷落再次登上舞台的时候，离比赛结束就只剩下十五分钟了，陈之问这个时候已经雕好了最后一只猴子，正在自己做着打磨。

十二双筷子就这样整齐地立放在那筷架上，如果不是因为许悠然早就知道这是两个人共同完成的作品，恐怕根本就没有人能够看得出来，这些形神相似的小生肖不是出自一人之手。

"各位敬爱的评委老师，亲爱的观众朋友们，还有我们这些巧夺天工的参赛选手们大家好！我是荷落，又到了我给比赛报倒计时的时间了。今天比昨日提前了五分钟，还没有完成作品的参赛朋友们大家不要着急，我可不是来催促你们的。之所以这么积极地上来，是因为我早就已经急不可耐想要欣赏大家的作品了，不只是我想要早些欣赏到大家的作品，咱们主办方也希望那些已经完成了的作品，可以早点上台展示。所以专门提出，场上已经完成作品的参赛选手们，现在就可以带着你们的参赛作品上台展示。带上你们参赛小组的号码，带上你们开赛之前抽的签文，带上你们耗时了好几个小时完成的作品前来展示吧！"荷落温和的声音里带着蛊惑，可整个现场却安静得不得了，这一个时间段里至少有一半的参赛选手都已经完成了作品，可却没有谁敢第一个站上去。

沉默了大概有三十秒钟左右，荷落只得再次开口说道："咱们今天这一场决赛的评分方式分成两种，一种是由现场观众评分，然后取平均分值，另一种则是由所有的评委老师评分，同样取平均分值，双方分数最后的平均分值，就是作品最后的成绩。

"所以不管是最先上场的朋友，还是最后上场的朋友，你们成绩的好与坏，与先后上场的次序无关，只要你们的作品足够地优秀，你们就一定能够取得好的成绩。咱们所有的评分采取的都是最公平公正的方式，要相信在场所有评委老师和观众评委们的眼光。这一刻我特别地期待，第一个敢吃螃蟹的参赛选手可以赶快站出来。"

杜方知看了一眼陈之问，陈之问立马冲他摆了摆手："你可别打我的主意，我虽然平时废话比较多，像这样的场面我还真没有上过，不如让嫂子去吧！"

"我不懂如何介绍技术和步骤，你们确定让我一个外行上场？"许悠然倒是不惧，作为传媒专业的人，这样的舞台可以说得上是她见过的最小的舞台。可上台之后，还要对手中的作品做一些细致的介绍，甚至连编制技巧和步骤都需要当众阐述。

这里坐着的人，哪怕是观众席上的那些观众，有几个和许悠然一样是外行？这活当然不能接，本来自己就已经拖后腿了，如果再因为专业水平被拖了分数，那才是真正对不起这两位的辛苦。

"那就我们先来吧！"舞台下面响起了一个比较直爽的男高音，是一个矮胖的中年男人，只见他双手捧着一个大约有半米高的瓷胎花瓶，小心翼翼地走上了舞台。

第九章
顺利晋级声名传

一

等他把花瓶放好之后,荷落这才拿着话筒当着大家的面开口问道:"好大的花瓶,这做功实在是太精细了,还请这位参赛选手给我们大家介绍一下你们的参赛号以及这个作品的编制方法和来历。"

"我们是来自夕佳山的参赛选手,参赛号为零二七六,至于这个花瓶,我想很多人都知道它叫瓷胎花瓶。为什么选择做它嘞?还不是因为我们的签文抽到了它?这个是主办方决定好的,我们也没办法选择!"零二七六一脸无辜地抱怨,立刻逗得现场哈哈大笑起来。

"这位先生可真是幽默,我只是想问问,这种瓷胎花瓶是怎样形成的,明明就已经是一个非常好看的花瓶了,为什么还要用篾丝在外面再编一层呢?"主持生怕他再继续胡扯下去,连忙抛出话茬将他拉回主题。

"这个你都不知道吗?就是因为花瓶做得精致美观,但它是瓷的呀!瓷的东西可是很容易摔碎的,所以才要在外面做一层防护。刚开始人们的用意是为了保护花瓶,免得它被撞损或者撞坏,可是慢慢地,大家就发现，用篾丝编织过的花瓶，居然比原来的瓷胎更漂亮！渐渐地对于这种花瓶编织方法要求就越来越多，各种各样的精美图案、各种各样的纹饰慢慢取代了原本花瓶的本身，造就了今天的美丽精巧，也就形成了大众喜好的竹编工艺品之一。"

这个回答有些粗糙，但却特别在理，主持人笑了笑继续问道："那么现在荷落想了解一下这个花瓶的编织程序和步骤，不知道这位参赛大哥可否帮忙解惑？"

"这有何难，找到合适的瓷胎，再挑选合适的竹料，劈丝时一定要注意精细，越细的篾丝织出来的效果就越加光滑。至于编织手法，那就更简单了，标准的田字编底，周围采用插花的方法，一直往上走，就是最后锁边的时候有些困难，必须把接头全部埋进去。"零二七六稀里糊涂地乱说一通，总算把所有的步骤全部给交代了出来。主持人知道，再跟他扯下去，也扯不清楚，直接让他把花瓶给举高一些，对着台下的摄像机做了一个三百六十度的慢慢旋转。

摄像机采集到的内容，投放在了舞台后面那一块大大的银幕上，让在场所有的观众都能清清楚楚地看到瓷胎花瓶的每一个细节。

"听完了这位参赛选手精彩的介绍，相信我们大家对瓷胎花瓶都有了局部的了解。这可是咱们第一个上台展示的作品，由零二七六小组六名成员共同完成的瓷胎花瓶。还请大家仔细欣赏，一分钟之后进行现场打分，祝你们心仪的作品取得好成绩。"所有人都看着屏幕上的瓷胎花瓶，之前那位男子虽然介绍得稀里糊涂，但这个花瓶做得是真的好。整个外观的编织浑然天成，根本就看不出里面的瓷胎，篾丝的粗细大小几乎一模一样，去青去得并不是特别地彻底，反而还透露着点点翠色，让这整个花瓶看起来充满着生机。

"好的东西，总让人忍不住想要多看几眼，可咱们后面还有更多精彩的作品等着上场，所以关于瓷胎花瓶的欣赏就到此结束！"主持人的声音一落，银幕上滚动的画面便立刻停止了下来。

"现在有请现场的观众朋友们对零二七六小组今天制作的瓷胎花瓶进行打分。"大银幕上面的花瓶在这一刻消失了，随着大家的计分器开始活动，一个个观众评委打出来的分数在大屏幕上不断地跳跃着，足足持续了两分钟左右，这才停了下来。计分器连接电脑程序，停留下来的那个分数，就是所有观众们打出来的平均分。

主持人看着屏幕上面出现的最后分数，笑着开口说道："恭喜零二七六小组，你们获得的观众评分为九十五点四。"像这样的赛场上，能够拿下九十五分以上的都可以称得上是佳作，更何况这还是第一个上场的作品，有不少人打分的时候都会有一些习惯性的压制，因为他们期盼着后面还有更好的作品出现，这也是很多人不愿意提前上场的原因。

"感谢各位观众评委的打分，现在有请咱们的评委老师打分！"评委席上，评委老师们此刻纷纷拿起面前的笔，在专门记分的小白板上写上了自己心仪的分数。

主持人看着他们纷纷亮起的提分板，开始从左到右念起分数来："储大师九十四点三、龚大师九十五点一、何大师九十五点零、苏大师九十六、蔡大师九十四点九……"等一连串的分数报完之后，记分员已经核算出了最后的平均分九十五点二。主持人再一次高声唱着得分，送走了零二七六小组的代表，开始请下一组代表人员上场。

这一次比之前明显要好了很多，声音才刚落，舞台上面就出现了第二个上前展示的小组。许悠然看着他双手捧着的福禄寿三星竹根雕，虽然距离有些远，但依然能够看清楚人物的眉目。

"厉害了，就这么小小的一根竹根，竟然雕出了三个人头。"

"福禄寿三星，可以说是竹根雕的人物启蒙雕，只要是技术稍微好一点的竹匠，都能做出来！"听到许悠然在夸奖别人，陈之问表示特别地不开心，谁都知道，像自己面前的这种筷子小件，那才是真正考验技术的。舞台上一番介绍下来，迅速地进入了评分环节，大概是因为有人展示了流程，这一轮的速度特别地快。在许悠然眼中栩栩如生的福禄寿三星竹根雕，并没有取得好的成绩，最终只拿到了九十四点三分，可见陈之问眼光之准。

各种各样的作品纷纷登场，等到第四件作品打完分之后，主持人开始宣布比赛时间结束。有工作人员在场上巡视，阻止那些还没有完成作品的人继续动手。

随着比赛结束的宣布，舞台上的评分速度变得更加快速起来，那些等待着上台展示的参赛作品，井然有序地在下面排着队。杜方知小组显然并不急着上台展示，而是饶有兴致地欣赏看别人的作品。舞台上出现了和他们同样的作品，一双筷子被一名参赛选手小心翼翼地捧在手心。经过了摄像机的拍摄之后，众人才从大屏幕上面看到了这双筷子的庐山真面目，一只雕的是龙，一只雕的是凤，寓意非常地简单，取的是龙凤呈祥之意。全镂空的雕刻，有些细小连结的地方，连一毫米都不到，不得不说真的是巧夺天工。

"漂亮……"不止许悠然一个人有这样的想法，在场不少观众的脑子里面都浮现出了这个词。

"没意思……"正在陈之问准备长篇大论的时候，杜方知忽然冷冷地瞪了他一眼。

这一双龙凤吉祥的筷子，算是之前上场的所有作品里面，取得分数最高的一个，直接拿下了九十六点五的高分。大概又过了十几轮之后，舞台上面响起了郑安怡的声音。

"大家好！我是零三三六小组的成员代表，今天我给大家带来的作品是脸谱台屏。"

"什么叫作台屏？"许悠然显然第一次听到这个词语，撑着长长的脖子盯着郑安怡手中的台屏打量个不停。

"台屏，顾名思义就是摆放陈列在桌面上的中小型摆件，大多数都是采用宝石镶刻或者大理石切面、竹木雕刻、瓷板书画及绣面织锦等，自从一九八〇年后，咱们川中技艺高超的艺人们用瓷胎竹编的方式创造出了瓷盘台屏，采用瓷盘为底在上面编制细巧的图案，形成了一股非常热烈的收藏风。随着时间的推移，小台屏不再依托瓷盘，经过了艺术大家刘大师设计出了托架形式的竹编台屏，采用提花织物的编制原理，通过竹丝篾片自然色泽的经纬交织，以双面编的观赏效果造就了今日的画面编台屏。"

仿佛是在专门回答许悠然的疑问，郑安怡用短短的几句话就交代出了台屏的制作原理和来历。

"真的是双面的吗？"许悠然好奇不已，因为是在舞台下的原因，只能看到台屏的一面，看着那带着各种色彩的脸谱，许悠然还是第一次直观地感受到了漆彩与竹编相结合的华丽。

"等一下大银屏展示，你就能够看到是不是双面的了。"杜方知温和地回答道。

"既然是画面编，为什么你会选择编脸谱呢？荷落觉得咱们女孩子不是应该多做一些比如嫦娥奔月、西施浣纱之类的作品吗？"主持人笑语盈盈地问道，在这样的赛场上，是很难碰到女匠人的，更何况思路如此清晰、技术如此高超的女匠人。

"这个还得感谢零二四七小组，他们昨日编制的是熊猫罐，但我觉得做咱们四川特色的作品，会更容易引起大家的共鸣。众所周知，川戏变脸可是我们四川的大戏，脸谱也是我们川中地域代表，值得广泛推广。"

"看来小姐姐对咱们自己的文化特别地推崇，这么漂亮的脸谱台屏我都恨不得能够直接带回家中，摆在办公桌上了。现在有请我们的摄影师上前摄影投屏，让大家能够更加仔细直观地欣赏到如此佳作。"脸谱台屏在大荧屏下三百六十度无死角地进行着展示，果然如郑安怡所说的那样是双面的，而且前后两面呈现出来的画面，并不是同一张脸谱，甚至连颜色神采都没有一丝相同。不只许悠然看得目瞪口呆，就连现场的那些观众们也跟着赞不绝口。展示完了之后，就迎来了现场观众的评分环节以及评委的评分环节。

毫无疑问的高分终于出现了，陈之问听着主持人口中报出来的分数，几乎是下意识地看了一眼杜方知手中捧着的筷架，面对着一个九十八点七的高分，某人终于觉得压力山大起来。随着郑安怡离开了舞台，又陆陆续续上去了十几个展示作品，但却再没有出过像她那么好成绩的东西。眼看着只剩下最后十几个小组还没有进行展示了，杜方知这才带着自己的作品加入了舞台左边的排队之中。

二

可杜方知这不急不缓地出现，立马引起了前面排队的人的注意，几乎大多数的参赛选手都认识他，昨天拿下第一名的小组，这一张黑脸实在是太具标志性了。站在他前面的那一个小组代表，回过头看了一眼他手中的作品，满脸堆笑地往队伍旁边移开了两步。"你请！"

杜方知并没有插队的打算，依然规规矩矩地站在原地不动，那一位小组代表成员尴尬地揉了揉鼻子，抱着自己的作品又重新站回了原来的位置。

每一个作品上台展示直到评分结束，大约要用到三至五分钟时间，所以杜方知并没有等太长时间，就轮到他上台了。他双手捧着筷架，大步走上了舞台，这还是他第一次站在这么多人面前，还没开口说话，心里就打起了鼓。好在他的肤色本来就比较黑，还真没有人能够看得出他此刻的紧张，只觉得这个小年轻人好严肃。

荷落听着他报完自己的参赛号码，激动地对着大家说道："这位可是拿下了咱们昨日比赛第一名的杜方知先生，好年轻啊！果真是应了那一句自古英雄出少年！你这做的是筷子吧？怎么做了这么多双？"荷落看着架子上直立的十二双筷子，眼睛里面全是疑问。

别说她了，就连那些评委席上的评委，也觉得有些莫名其妙，筷子不是八双为一桌，实在不行也可以十双为一套啊！做十二双是个什么意思？"这筷子上面雕的是十二生肖，下方是采用镂空雕的二零零零年，代表着这一套筷子制作的日期。上面的十二生肖，采用的是实物雕刻,用棱角比较分明的方形做筷身,目的是为了让雕刻看起来更加立体形象。"

"怪不得要做十二双筷子,原来在上面做的是十二生肖啊!十二生肖可是家喻户晓的故事,要整套把它做出来,恐怕得费不少心思吧!而且还要在这么细小的筷子上进行雕刻,这可不是普通的雕刻师傅能够做得到的,最主要的还有时间限制,你们这技术和速度我只能用三个字来形容,杠杠的。"主持人忍不住惊叹起来,立马让摄像机的镜头对准筷架进行着旋转式的拍摄。原本看不到筷子上面内容的观众们这一刻可以从大荧屏上清清楚楚地看到上面各种各样的小动物了,甚至有人已经发现,无论从筷子的哪个角度去看,那二零零零四个字,都能让人看得清清楚楚。

"这么精致的作品,杜先生有没有什么话要给我们大家讲讲!"对于好的作品,哪怕是主持人,也会多给制作人一些阐述的机会。

当话筒举到自己面前的时候,杜方知稍微沉吟了一下才开口说道:"艺术工艺都是出自生活之中的一些常见物品,经过了不断的打磨和不断的进步,才成就了我们眼中所看到的艺术。筷子就是筷子,不可能因为它制作精美就会变成别的东西,不管我们将它如何打造,它也只是我们生活中的一个普通用品而已。"

"我去……你确定他是在拉分?"陈之问伸手指着舞台上的杜方知,险些当场爆了粗口。

"我觉得他说的没问题啊!不可能因为你们在上面刻了生肖,它就可以换一个名字不叫筷子了。"许悠然力挺杜方知,实在是想不到,这人居然会在这种场合说出这样的话来,这分明就是单纯得可爱。现场的观众显然没有许悠然这样的想法,主持人也是第一次遇到这种不按规则出牌的参赛选手。长达三秒钟的冷场,终于在稀稀落落的掌声中结束了。

接下来的评分环节,显然是所有人都期待的,一个个分数在大银幕上来回跳动,评委老师们手中的提分榜更是相继举起。杜方知面无表情的双手举着手中的架子,仿佛他也变成了一个架子。

"恭喜零二四七小组，最后获得的分数为九十八点八分。"随着主持人报出了最后分数，舞台上的杜方知还没有反应过来，舞台下方的陈之问却直接跳了起来。

"太好了！这分数实在是太漂亮了，少零点零一分不行，多零点零一分也不要，这个数字我喜欢。"

"为何？"许悠然看着他一脸得意的样子，忍不住开口问道。

"九十八点七……你还记得郑安怡吗？他们小组拿的是九十八点七，我们比她多了零点零一分，哪怕只是零点零一分，我们的名字也排在他们前面。我让她看不起我，要知道这次的作品，我才是主要操刀选手，军功章至少有我的一半。"

原来是这样啊！许悠然总算是见识到了陈之问一心想要赢过郑安怡的执着了。

参加过展示的作品，下了舞台之后就直接交给了主办方，杜方知缓步回到了许悠然他们这边，脸上不喜不悲让人看不出神色。陈之问就不一样了，一把拖着他坐了下来，在他耳边小声念叨着："现在咱们的分数是全场最高的，你说我们这一次能不能拿到第一名？"

"不要太过得意，还有好几组没有评分呢！"杜方知直接开口提醒着他。陈之问抬头看了一下舞台左边排队的位置，得意扬扬地说道："就只剩下三个小组了，我就不信还能杀出黑马来。"他的话音刚落，主持人荷落带着几分惊讶的声音就传了过来："恭喜咱们零幺二五小组，获得了最后总分为九十八点九九分的高分，这可是咱们赛场上面目前取得的最高分数！"一听到最高分数几个字，陈之问吓得直接抬起了头，盯着舞台上一个高高瘦瘦的男人，手中捧着的桃形竹丝扇瞬间愣住了："这怎么回事？"

"就是你听到的这么回事，刚刚就让你不要得意忘形了，这样的赛场上有的是高手，现在总该心服口服了吧？"杜方知淡淡地说道，仿佛被横空夺走了第一名并不是什么值得上心的大事儿。

"这扇子可真够漂亮的，在太阳光的照射下就像是锦缎一样闪闪发光,如果不是因为出现在这里,我都要怀疑他们不是用竹子编的了。"其实整个竹丝扇的制作原理,那一位持扇人之前已经做过了介绍。

许悠然因为和陈之问聊天的原因,直接错过了之前的展示投分环节,如果不是因为他拿了最高分,恐怕这两人到现在都还没有发现赛场上面出现了这么一把扇子。

对于她的疑问,陈之问没办法作答,却难不倒杜方知。对许悠然一向有问必答的杜方知,看着她一脸求指教的样子,只得小声开口介绍了起来:"竹丝扇在选材上要求特别高,必须要用长在背阴地里的一年生青黄竹,还必须要取叶小节长的那一种。而且砍伐的时间也有要求,只能在秋分和白露之后,其他任何时间砍下来的竹子都等同废料。竹料的加工更为讲究,用清水浸渍后,选用每个竹节的中段部分,色泽必须要保持一致不能有斑疵,还必须要用特制的小刀将竹材匀细、刮青、起薄。竹丝长控制到四十厘米,宽零点一厘米,厚度不能高于零点零零二厘米,透明莹洁、薄如细绸,五十千克重的竹材才能取得竹丝零点二千克。编制的时候也特别地讲究,工作台必须要用布幔将三方围住,不能有一丝微风,运用提花植物的组织原理,将不同的图案和画面编制在上面。不过最常见的应该是人字编和点子编这些技法来制造锻纹,做出来的成品,就像是绢扇一样柔和,而且还可以采用破丝冰丝等绝技,使画面的神形更加真实具备神韵。"

"怪不得之前,我看到有一个小组,用布幔把他们的操作台全部给围了起来,当时我还以为,他们是怕技术被别人给偷学了去呢。又或者是在故意想要搞点什么特立独行的作品来一鸣惊人,却从来都没有想过,原来这只是他们创作之中的一个正常过程。"

"竹丝扇可不是谁都会做的,他们应该是跟龚大师从自贡过来的,你说他们运气怎么那么好,刚好就抽中了扇子这一个他们擅长的题材。"原本已经到手了的第一名,就这样被别人给抢走了,陈之问是真的很不爽。

"你也不用太过灰心,我记得扇子这个主题,之前也有几个小组展示过,反响平平,成绩也不是很好,可见不是所有抽到扇子的人,都能做出竹丝扇来。"许悠然边说边盯着舞台上展示的那些作品,隐隐记得之前确实有出现过好几种竹扇,因为作品看起来普通,也就没放在心上。被陈之问这么一说,才想起来抽到这种题目的参赛小组应该也不止一两家。

"还好,我们没有抽到扇子?"陈之问伸手拍了拍胸口,脸上更是写满了后怕。

"抽到也没关系,只要材料准备充足,我也是能够做出来的。"杜方知自信满满地说道。

接下来还剩下的几个作品,没有再掀起什么水花,等到所有的作品全部展示完了之后,专业的计分人员开始计算出前二十名的得主。虽然只有前三名有奖金,但是前二十名却有参加市赛的资格,所以很多人都伸长着脖子等待着最后的成绩出来。

趁着计分的空隙,主持人又开始在舞台上给现场的观众们互动了起来,聊到激烈的时候,还忍不住请现场的评委大师上场,给大家科普一些比较常见的竹编竹雕技艺。许悠然聚精会神地听着大师们现场讲学,确实受益匪浅,每每遇到了有听不懂的专业名词,陈之问都会主动解释。许悠然就像是打开了一道新世界的大门一样,一双眼睛里面都写满了求知欲,恨不得能够了解得更多一些。

杜方知坐在她旁边,看着她望着舞台上那位正在讲解识竹技巧的大师入神,眉头微微地皱了皱,眼睛里出现了一丝不满,也不知道是针对谁的。

大概过了二十分钟左右,一名礼仪小姐走上了舞台,对荷落小声地耳语了几句。

荷落等着舞台上的大师不急不慢地将最后一小段内容讲完,这才开口说道:"让我们用热烈的掌声,感谢周大师给我们大家科普这些基础知识,竹文化艺术是一门高深的技艺,可也是一门特别寻常的技艺。不管是专业的良工巧匠,还是家中的老翁大婶,只要是有竹的地方,他们都可以信手拈来,织就出一个个无可替代的生活用品。"

热烈的掌声,把那位周大师给送回了评委席上,荷落这才继续开口说道:"时间过得飞快,转眼就十二点半了,非常感谢大家忍受着饥肠辘辘的同时,依然还耐心地等待着成绩出炉。也非常感谢咱们后台的计分人员,这么快的时间就排出了今日的获奖名次,那么现在有请咱们主办方的负责人刘总,上台来给大家宣布比赛成绩。"在一阵阵热烈的掌声之中,刘阿朵手里拿着一张金色的卡片,踩着恨天高大步走上了舞台,礼仪小姐连忙递了一个话筒给她。

"大家好,我是刘阿朵,本次比赛的主要负责人,现在由我给大家宣布咱们这次决赛的最后成绩。"刘阿朵的声音一落,舞台下面爆发出了剧烈的掌声。直到掌声停止之后,她才扬了扬手中的金色卡片,微微一笑开口说道:"咱们每一位参赛选手的成绩都是公开的,所以夺得前三名的那三个小组,大家心里都有数了。那么前二十名呢?关系到能否直接晋级市区比赛名额,我相信大家都和我一样地期待。"

"刘总,你赶快宣布结果吧!我们可都等不及了!"舞台下面有人带头高声喧哗,其他人也跟着催促了起来。

刘阿朵微微一笑,开口说道:"其实我和大家都一样,非常非常地激动,想要知道是哪些参赛小组能够顺利进入市区比赛?既然大家伙儿都等不及了,那么我现在就来宣布咱们顺利晋级前二十名的小组名单。"又是一阵如雷的掌声,随着她微微地摇了摇手,整个现场瞬间安静了下来,显然大家都想要知道,顺利晋级前二十名的有哪些人。特别是那些成绩还算不错的,因为参赛小组过多的原因,一时之间也拿不准自己到底有没有进入前二十名的可能。就只能倾耳静听,盼着自己小组的参赛号,能够从她口中吐出来。

刘阿朵拿出手中金色的卡片,看了看上面的名单,开始公布结果。"恭喜咱们的零二六一小组共同完成的提花竹篮!"她刚刚说到"提花竹篮"四个字,身后的大荧屏上就出现了提花竹篮这个作品。就在现场所有人的眼睛都盯着这个竹篮看的时候,刘阿朵带着几分慷慨激昂的声音高声喊道:"这是一个让人看一眼就能喜欢上的作品,处处充满着细致和美丽,在众多优秀的作品中杀出重围。以九十四点六二分顺利拿到本次比赛的第二十名，有请零二六一小组全体成员上台领取市区比赛的入场券。"这个小组是由四名参赛选手组成，年龄大概在三十到四十岁之间，听到刘阿朵喊到他们的参赛号码，四人激动得胡乱地拥抱在了一起。

"高兴和激动是正常的，我要是拿到这么好的成绩，也会恨不得能够蹦出三米高来，但是现在，可不可以请你们先上台领取你们的市赛入场券？"主持人温婉的声音，在现场观众们的笑声和掌声之中响起，几个五大三粗的男人都有一些不好意思地低下了头，但还是依言登上了舞台。一名礼仪小姐捧来了入场券，另一名礼仪小姐手中还捧着一张写有"优秀作品"四个字的获奖证书。因为小组成员是四个，主办方特别体贴地给他们准备了四份证书，上面清晰地写上了每一个参赛成员的名字。主持人专门请了一位评委老师和刘阿朵一起上前颁发证书和入场券。等他们领了入场券和证书过后，在全场热烈的掌声之中离开了舞台，刘阿朵又开始宣布第十九名的得主上台。

许悠然一直盯着舞台后面的大荧屏看，之前因为展示的作品太多太快，所以看得有些眼花缭乱，还有一些视觉疲劳。可这一次把入围作品进行重新展示，这种只欣赏精品的感觉实在是太好了，直观得都让人移不开眼睛。

随着一个个获奖小组上台领奖，大荧屏上轮流播放着他们的获奖作品，对许悠然来说简直就像是一场视觉的盛宴。不大一会儿工夫，就轮到第三名上台了，获得第三名的正是他们的老熟人郑安怡小组。

郑安怡和她的参赛小组组员一起站在了舞台上，大荧屏上出现了他们制作的作品脸谱台屏，正在滚动地进行着播放。许悠然之前就觉得特别惊艳，现在再看，更是喜欢得移不开眼睛。刘阿朵虽然跟郑安怡私底下也相互看不顺眼，可两人在舞台上相遇，脸上都带着客气的笑容。

"大家都知道，我们公司举办的这一场比赛，前三名不但能够获得市区比赛的入场券和宁桥专门颁发的纪念证书，还有一笔不菲的奖金呢！现在就有请龚大师上台，为咱们此次比赛的第三名颁发证书和奖金。"当厚厚的一叠人民币从龚大师的手上放到了郑安怡手中后，现场所有人眼睛都盯着那一笔现金奖励。

"宁桥还真的是说到做到，不收取一分报名费，主动承担这么一场大赛，还自己掏腰包补贴奖金，不愧是川西南半壁代表。"

"两千块？那得要做多少东西才能卖得出这个钱来，宁桥也实在是太大方了，一个第三名就能拿到这么多奖金。"听着周围有人在窃窃私语，许悠然也觉得宁桥确实财大气粗，忍不住对这位刘阿朵升起了几分好感。

"都是一群傻儿，他虽然没有收取报名费，但咱们参赛选手所做的这些作品，到时候他再做一个简单的包装卖出去，不知道要赚多少钱呢！你以为他真的是慈善公司啊，那些原材料不要钱吗？先不说这些普通的竹料，你就看这个台屏，用的至少是好几年的漆彩篾丝，这玩意儿拿钱在市场上也不一定买得到，更何况那个竹丝扇，想要编织成一把扇子，材料都得提前一年准备。咱们先不说其他东西，就篝语做的那个台屏，送到省城去卖，至少可以卖到这个数。"陈之问显然没有跟别人争论的意思，而是小声地提醒着许悠然，千万别被企业家的外表给蒙骗了，说到最后的时候，还舞了舞自己的右手手掌。许悠然知道了宁桥的套路，不由得有些羡慕起刘阿朵了，等到这比赛一结束，她是不是可以任意地挑选她喜欢的东西进行收藏？

"怎么了？"明显感觉身侧的人有些漫不经心，也没有了之前盯着大荧屏看的劲头，杜方知忍不住关切地问道。

"你说这么多的参赛作品，刘阿朵会不会选两件拿来私藏？"终于还是问出了口，实在抵抗不了这种羡慕嫉妒。

"把你喜欢的都记下来，往后你会拥有更多更好的。"等这一句话从杜方知口中吐出，许悠然和陈之问几乎同时望向他。许悠然看着他双眼坚定的模样，只觉得这种没有来由的承诺总带着几分说不清道不明的感觉，当然就更不敢当真了，只得故意没话找话地说道："我记得刚刚拿了第四名的那个小组，明明就差了零点五分的距离，就痛失了整整两千块的奖金，还不知道得伤心成什么样。"

三

"嗯!"杜方知淡淡地应了一声,带着几分别扭将目光移回了舞台上,许悠然也搞不清楚,他的这个字到底是什么意思,耳边就响起了刘阿朵兴高采烈的声音:"郑小姐,恭喜你们能够取得这么好的成绩,可以跟我们分享一下你此时此刻的感想吗?"

刘阿朵绝对是故意的,原本这样的台词应该由主持人来说,可却直接被她抢了先。你别看她一脸温和的样子,其实她心里是在等着看好戏呢!第二名和第三名之间的分数差距为零点零一分。先不说奖金之间的差距,这对箐语来说简直就是一种侮辱。

郑安怡又哪里察觉不到她的用意,微微一笑接过递过来的话筒,淡淡地开口说道:"能够在这样的千人大赛上取得如此好的成绩,对我们整个小组成员来说,都是一件非常值得庆贺的事。"看着她礼貌灿烂的笑容,刘阿朵忍不住在心里面默默地补道:"别以为你笑得灿烂,姐就不知道你们箐语是冲着拿第一名来的。"

"对于和第二名之间的差距,郑小姐有什么看法?"刘阿朵怎么肯这么容易放过她,都是两家公司的负责人,一人负责业务,一人却专研技术,原本是八竿子都打不到一块儿的,却因为杜方知的原因,彼此都看不上彼此。

"我相信评委老师们的专业水平,我也相信现场观众们的眼光,我们成绩比第二名差,所以我们就只能拿到第三名!一个赛场上的得失,代表不了什么,我相信和杜方知先生他们,还会在接下来的市区比赛上相遇，未来的路长着呢！咱们手艺人，只会凭手艺说话。"郑安怡声音里面隐藏着对刘阿朵的鄙视，意思也特别地清楚明了，你又不是手艺人，我们之间的事情轮不到你来置喙。

刘阿朵脸上的笑容并没有因此而少上半分，声音反而比之前更加温柔，拿着话筒开口说道："郑小姐如此豁达，阿朵佩服得很，也借着今日这个舞台，在这里祝你们在市区比赛上取得好的成绩，诸位加油！"

送走了第三名参赛小组，刘阿朵开始请第二名上台领奖了，毫无意外，第二名正是杜方知他们小组。

三人迅速来到了舞台之上，大荧屏此刻正滚动播放着他们之前做的十二生肖筷。

大概是因为拿了第二名的原因，在场的所有人眼睛都盯着那大银幕仔细地打量着，想要仔细看看这十二双小小的筷子凭什么能够夺得第二名的成绩？之前的评分环节，大家伙儿虽然惊艳于上面的雕工，可当第二次再看到那筷子上面成双成对的十二生肖时，都忍不住发出了惊叹之声。能够在这么短的时间里，做出这么精致的作品，这可不是一般的匠人能够做到的。

"杜方知先生，我想知道你们是怎么在这么短的时间内，做出十二双这样高难度的筷子来的？"刘阿朵当场问出了现场观众们的心声，丝毫不掩饰自己对杜方知的欣赏，眼睛里面的笑容已经从之前的敷衍变得真诚起来。

"十二生肖本来就是一个组合，也是我们中国传统文化的一种，少了一个都不行。之问擅长雕刻，我与他同出师门自然也学了一二，时间虽然紧迫了一些，但只要我们团结起来，想要完成任务也并不困难。"

"你的意思是说，这十二双筷子是出自你们两人之手？"刘阿朵故作惊讶地问道，对于自己喜欢的人，总会多给他表现的时间。

杜方知点了点头，刘阿朵立刻提高了声量惊讶地喊道："若不是你这么说，我们实在没办法相信这十二双筷子是出自于两人之手。这雕工，这呈现出来的动物图形，虽然说是十二种不同的生肖，可都带着一种特别相同的气质，不管是大小还是用刀的手法，一眼看去，真的很难分辨，这样的默契程度实在是太少见了。"有了刘阿朵的引导，现场的众人才明白了这十二生肖筷的难能可贵。像杜方知他们这种，不管是竹编还是竹雕都能够共同完成的，整个赛场上出现得实在太少了，由此可见，两人的底子有多厚，会的东西有多庞杂。

主持人请了偖大师上台帮忙颁发奖品，陈之问十分高兴地接过了证书，这可是自己第一次比赛的收获，完全可以说得上意义非凡。回去之后一定要雕一个漂亮的竹框，直接把它给装裱在里面，挂在自家堂屋的正中间。

杜方知神色平淡地接过偖大师递过来的入场券和证书，有了这东西，自己就可以继续参加比赛了。总有一日，自己会去省城参加比赛，省城……那可是有许悠然的地方。

也不知是有意还是无意，整场比赛下来半分力气都没出的人，这一刻正双手捧着一叠厚厚的奖金。偖大师颁发完证书和奖金后，又说了几句勉励的话，这才离开了舞台，回到了评委席上。

"三位，可以跟我们大家聊聊这一刻的感受吗？"刘阿朵开口询问着他们的获奖感受，语气里没有半点之前对郑安怡的那种挑衅。

第十章

杜家百年有故事

一

"很高兴!"面对递过来的话筒,杜方知面无表情地说出了三个字,因为他长得比较黑,硬是没有人从他脸上看出很高兴的存在。

"这确实是一件值得高兴的事情,请问陈先生,你有没有什么话要跟我们大家说?"陈之问觉得自己得到了尊重,故意调整了一下的嗓音,露出了最自信的笑容说道:"从小我就知道,跟着方知一起,绝对可以闯出名堂来。我决定往后,一直跟在方知身边,随时能够跟他组队,参加更多的比赛,让更多的人知道我们的万岭箐。"

"原来,陈先生是方知先生的头号粉丝啊!"刘阿朵笑着打趣了一句,这才重新开口说道:"陈先生只管放心,往后像这样的组团比赛只会越来越多,只有精英的团队才能一直生存下去。"陈之问高兴地点着头,只要能跟着杜方知组队,动脑子的事儿基本上都轮不到由他来考虑,只需要把手上的功夫练好就行。

"许小姐,对于你们小组赢得了第二名这样的好成绩,你可有什么心里话想要跟我们大家说说?"如果说刘阿朵对郑安怡是带着一种明目张胆的敌意，那么对许悠然却是隐藏着一份无人知晓的羡慕。这一分羡慕，刘阿朵直到现在还弄不清楚来源，就直接把它给归纳成许悠然比自己年轻的原因。

面对话筒，作为一个传媒专业的人，第一次出现了紧张，能够站在这个舞台上，靠的可不是真本事，而是滥竽充数。许悠然的脸颊微微地红了起来，作为一个长相不错的年轻女孩，而且还是在这样的赛场上，自然能够吸引不少人的注视。所有人都以为她的脸红是因为害羞，却没有人知道，她是因为心虚。要知道在场的这么多参赛人员，许悠然是最没有资格站在这领奖台上的人。

"我很高兴，都有些期待市里的比赛了。"简单明了的回答，谁都知道下一场比赛是市区大赛，如果能够在那个赛场上面顺利晋级，那就可以去参加今明年省城举办的省赛了。

"我也非常地期待，期待你们能够在市区比赛上获得更好的成绩。"刘阿朵带着现场的观众一起用热烈的掌声送走了杜方知小组。她身后的大荧屏上，已经从十二生肖竹筷直接切换成了竹丝扇。之前没有仔细观察到这一把桃形扇子，在它取得优异的成绩杀出重围之后，许悠然想要再多看几眼却也失去了机会。不过现在正好，那把扇子就这样静静地在大荧屏上不断地翻滚，那扇面还微微地发着一丝亮光，如同丝绸般的柔和让人都忍不住想要伸手去摸上一把。

"喜欢？"杜方知在她耳边轻声问道。

许悠然想也没想就点了点头，这样的扇子拿在手上，感觉一定会很舒服吧！知道了它整个制作工艺流程，许悠然知道自己的经济实力，是绝对不够资格买它的。

"给我一年的时间,我提前把材料准备好,到时候给你做一个……"望着一双眼睛都快要黏在大荧屏上的许悠然，这句话，杜方知却只能在心里说。一年过后，自己是否还能遇上她？对于杜方知来说，这就是一个未知数。

第一名的奖金，足足高出了第二名三千块，但杜方知他们却输得心服口服，因为人家的作品确实做得不错。

听到刘阿朵对这一个小组成员进行着简单的介绍,大体上和他们的猜测其实并没有相距太远。这一个做出竹丝扇的小组,确实是龚大师的弟子,不只龚大师,现场的所有评委老师,都有得意门生,在赛场上厮杀。也正因为如此,他们的成名绝技也或多或少变成了这一场比赛的主题。想要收集材料也很容易,只需要向他们开口,他们自然而然能够送上几份过来。

但是抽签制的比赛讲的就是运气,偏偏在一位龚大师名下的小组运气就是好,正好抽到了自己最擅长的东西。

随着第一名的诞生之后,这一场比赛在主持人慷慨激昂的声音之中结束了。参赛选手和现场的观众分成两个方向默默退出赛场。

等离开了赛场,三人再一次来到了之前吃饭的那一个巷陌小店,点了好几个具有着当地特色的菜肴。许悠然把那五千块钱的奖金分成了两份,一份递给了杜方知,一份递给了陈之问。两人都没有伸手过来接,而是就这么直直地望着她。

"你们俩看着我干吗?"

"都是一个小组的,这一笔钱当然是得由我们三个人分。"陈之问笑着开口说道,不管是不是打酱油,但她确实是这一个小组的成员,这一笔奖金就应该有她的一份。

"我能走进这样的赛场,身临其境地经历了这么一场比赛,对我来说已经很知足了,奖金我不能要,因为从头到尾我都没有帮上忙。"这钱要是自己真的拿了,那才真的不是人了。

"收下吧!"杜方知忽然伸手接过递向自己的这一份,还轻轻地拍了一下陈之问的手。陈之问原本还要推辞,可却对上了杜方知有些微怒的眼神,只能伸手接过了另一份。

许悠然拿着手上剩下的证书和入场券,反复打量着上面写着自己名字的位置,眼睛里面全是激动和欣喜。从小到大,参加了各种各样的比赛,也拿了各种各样的奖杯奖章,可却从来没有这一张小小的证书,看起来让她心情愉悦。

"你们看，宁桥这事儿办得真好，连我这个打酱油的都有证书，也不枉我千里迢迢地过来一趟。第一次觉得我的名字这么好看，这证书我一定会好好地保存起来，等到我老了的时候再翻出来看。"

"对，我也一定会保管好这一张证书，这可是我们三人第一次参加比赛，希望往后我们还能一起去更多的赛场，拿到更好的成绩。"陈之问也拿出了自己的证书，眼里布满了喜悦。

"好，以后你们要去哪里比赛，提前通知我一声，我虽不敢再去滥竽充数了，但好歹可以在观众席上陪你们，给你们呐喊助威。"许悠然原本只是随口说说，根本就没有注意到，杜方知微沉的眸光又变得明亮了起来。

"你们顺利进入了市赛，接下来我也要忙我的活儿了，眼看着离论文答辩的时间快到了，我这边都还没怎么动笔。"许悠然带着几分苦恼说道。

"写论文很难吗？"陈之问好奇地问道。

"写文章很容易，一两万字对我来说都不在话下，可写论文不一样，每一个论证点都需要有数据支撑，我现在除了在你们身上对这门工艺有所了解以外，手上还没有搜集到任数据。眼看着只剩两个月时间了，这数据实在不知道该从什么地方找，也不知道你们竹海镇的档案室里，有没有关于竹文化工艺之类的典籍。最好能够拿到历年比赛的一些成绩数据、工艺品和生活用品的销售数据，看来我还得去找找刘阿朵，让她帮帮忙……"许悠然喃喃自语，虽然还有两个月时间，可却有了一种火烧眉毛的迫切。新闻传媒专业的论文，跟别的专业完全不一样，既要写得有煽动性，又每一个字都不能离开事实依据。其他行业的数据很好收集，可竹工艺这一块，因为现在并不是很辉煌的原因，做起来会比较复杂。可当初选择了这个选题，那么咬着牙也得把它做下去。

"先吃饭，吃完饭我带你去个地方，保证可以让你顺利完成论文。"杜方知说完之后，店老板已经开始陆续上菜。吃完饭后，三人乘坐着公共汽车回到了竹海镇，跟着杜方知回到了杜氏竹艺馆。许悠然才憋不住开口问道："你不是说要带我去一个地方吗？"

"嗯！"杜觉又不在家，杜方知拿出钥匙打开大门，在陈之问的目视下，一把抓住了许悠然的手，迅速地进了天井，顺着楼梯上了二楼。陈之问有些莫名其妙，但更多的则是好奇，只见他顺手关掉了大门，跟着他们一起上了二楼。杜方知带着许悠然停在了许悠然暂时居住的房间对面，那里也有一个房间，不过门上却挂着一把厚重的铜锁，看样子应该很长时间都没有打开过了。许悠然在这里住了快一个多月时间，从来都没有靠近过那个房间，上面的锁告诉了她，里面存放的东西对杜家应该特别重要。

杜方知不知从什么地方拿出了一把长长的钥匙，咔嚓一声打开了铜锁，推开了那扇沾染着不少灰尘的房门。门一打开，三个并排而立的大书架，就这样出现在了许悠然眼前。

"这么多书？"许悠然震惊地望着书架上整整齐齐排列的书籍，甚至还看到了不少带着年轮沧桑的线装版。简简单单地扫视了一下，诗词歌赋、经史子集，成套成套地被专门编织的竹框给装了起来。杜方知带着她来到了最里面的那一个书架前，指着书架开口说道："这书架上的书，全部都是跟竹有关的。竹编竹雕的起源，甚至细分到了各个地域比较擅长的种类，还有很多派系之别的介绍。都是你在市面上面都找不到的绝版，你可以慢慢地看。"

许悠然简单地打量了一下书架上的书名，确实只要是自己想要了解的知识，都能在这上面找到。可有书又有什么用？自己现在想要的是数据，这几年来竹编工艺售价、出口、生产，还有一些赛场上面的数据。

杜方知仿佛看穿了她的心思，带着她走到了旁边的一个书桌前，当着她的面拉开了两个抽屉。里面整整齐齐地堆放着各种各样的报纸，杜方知随手拿出了一摞递在了她面前："我不知道你要的数据到底是什么东西，但是这些年来，几乎所有有关竹制品的新闻报道，我爷爷都收集起来了，绝对比镇上那些所谓的档案室还要齐全。"

二

许悠然接过他递过来的报纸，虽然带着一股淡淡的腐朽味，但却丝毫不影响观读。每一张放在这里的报纸，上面或多或少都有一些关于竹工艺方面的消息。许悠然甚至还特别惊喜地发现，有一篇专门报道全国竹工艺品产量和价格的分析文章，这简直就像是给她吃了一颗定心丸。"方知，你家里这么多书，为什么我不知道？"

陈之问同样被眼前的这几个书架给震撼住了，特别是看到那些有关竹编竹雕技艺的书，根本就移不开眼睛。

"杜家藏书，绝不外传。"杜方知淡淡说道，却没有开口赶他离开。

"不外传，我揍你个不外传，我跟你可是同门师兄弟，这么多年，你家里放着这么多技术性的书籍，都不借给我看看。你跟嫂子才认识几天呀，就忍不住通通拿出来献宝，杜方知我现在才看到你的真面孔，你就是一个重色轻友的东西。"陈之问说完后，还忍不住在他肩上重重地打了两拳。看着杜方知浑然无觉的样子，再想到自己拳头上隐隐传来的疼痛，陈之问再一次变得无力起来。只见他来到了专门放置竹工艺书类的书架，迅速挑了几本竹雕和竹根雕方面的书籍，往那空着的书桌前一坐，准备给自己补充一下精神食粮。

杜方知却一把将他给拖了起来："出去，不许留在这里占地方。"

"你……"陈之问满脸委屈地望着他，可一对上他有些冰冷的眼神，连忙抱着怀里的书往外走。还没有出门，就被杜方知给拦住了去路："把书留下……"

"方知，我没有想过要拿走，我只是想要看看，能不能从中学到些东西。"陈之问急了，他刚刚翻了下这几本书，对于一个本来就不喜欢学习的人，都能瞬间被里面提到的一些技巧知识给吸引住了。他恨不得能够一下把书中的内容全部给吸收进脑里，却没有想到杜方知居然小气到这个地步。

"一次只能拿一本出去看，看完之后再来换新的。"杜方知声音里没有过多的情绪，但却让陈之问原本死了的心，再次活了过来。

"我又不到处乱跑，我会很小心，绝对不会弄坏这些书籍！"怀里的这几本书，此时此刻无论是哪一本他都舍不得放下。这一道对自己锁着的门，以后还会不会对自己开放，陈之问是半点把握也没有。

"你知道这里面的书是怎么来的吗？"杜方知忽然开口问道。

许悠然和陈之问同时摇头，但心里都清楚，能够收集到这么多专业知识类别的书，绝对不是短时间内能够完成的。

"这是整个杜家集了五六代的时间，才收集到的。近两百多年的时间，经历了战乱、经历了'文革'，经历了无数次的迁移和搬家，甚至还在地底下埋没了好几十年，才有了你们今天看到的。"杜方知只用了几句话就叙述完了这藏书的来历过程，可许悠然却能清晰地想象到整个杜家为了这些书籍经历了多少磨难。指了指那两抽屉里报纸，她开口问道："那这些呢？"

"这些全是爷爷收集的，自从咱们县城有了报纸这样东西，爷爷每个星期都会徒步十几公里的路，去各个报摊进行搜集购买。凡是有关竹工艺方面消息的报纸、书刊，只要是被他发现了，他就算是不吃饭也都会把它们给买回来，收藏在这里。他说我们经济有限，没办法去更远的地方了解更多的东西，就只能从这报纸上多知道些消息。十年前，他知道了青州拿下了"竹编之乡"的称号，还抱着那一张报纸在这楼上呆呆地坐了大半天。

"他问我，为什么咱们这里有箐竹万岭，有那么多优良的传统历史，却得不到'竹编之乡'这样的称号。我只能回答他不知道，那还是我第一次看到他哭，哭得就像是一个三岁小孩被人抢了玩具一样。所有的人都以为，爷爷自从投河之后就疯癫了，只有我知道，他其实并不是真的疯癫，他是疯魔。一念成魔，一念成痴，他想要复制曾经出现在这一片土地上面的盛景，可他除了能够拼命地保护着这些藏书，其他的他都无能为力，他只能将所有的希望寄托在他的儿孙身上。他拉着我就坐在这地上，不厌其烦地给我讲着杜家曾经的故事。杜家的祖上，在清朝时期曾经出过一个手艺厉害得不得了的良工，编织的作品都被当成了贡品，还被当时的皇帝封了'箐竹状元'这么一个称号。可他得罪了权贵，最后客死异乡，只留下了个几岁的孩子被忠仆送了回来，当时名动京城的杜家绝技也就跟着失传了。那一个杜家后人，对自己父辈的技艺有着至深执念，开始不断地收集这方面的书籍，让杜家的儿孙四处拜师学艺。直到我曾祖父的那一代，杜家都没有良工再出现过，不过我曾祖父却攒下了一大笔财富，又重新整理了杜家藏书。自家不行，可这万岭箐中却有的是匠人，民国的时候，美国举办了一场庆祝巴拿马建成的万国展览大赛。曾祖父得到消息，便开始积极地跑起了门路，带着他们精心挑选出来的竹器奔赴大洋彼岸，且一举成名，斩获了不错成绩。可随着战争爆发，曾祖父又一病不起，就只留下了我年幼的爷爷和曾祖母支撑杜家。前些年攒下来的家产，剩下不多，可就算是吃不上饭，杜家的人也不敢打这些藏书的主意。听我爷爷说，战乱发生的时候，他和我曾祖母就悄悄地把家中所有重要的典籍全部给藏了起来。居然完好无损地躲过了战乱，后面又惊心动魄地躲过了'文革'，自从爷爷有了我父亲，爷爷想让我父亲学手艺。可却拜不到好的师傅，我父亲生性不爱读书，直到有了我，三岁不到就被扔到这书房里，爷爷一个字一个字地教我认，一个字一个字地教我写。当别人还在背《咏鹅》的时候，我就已经背会《论语》《诗经》了。当别的孩子才学'山石田土方'时，我就开始练颜体柳字大小楷了。若非琴贵棋耗时，我恐怕还得学更多，就连我父母都以为，他已经彻底死了让我们家出良工的心，开始认真地培养我才学，希望我以后能够在学业上面有所作为。可就在我六岁的那一年，他扔给了我一把柴刀……"杜方知说到这里稍微停顿了一下，陈之问接话说道："这算什么，我三岁的时候就开始玩刀了！"

"你那是玩，我这是学，他让我照着书上的记录，用刀开竹劈竹去青，有的时候一天下来，我要劈三四根竹子。我妈心疼得直掉眼泪，却又不敢反驳他，只能趁他不在的时候偷偷帮忙，等到我八九岁的时候，我妈就已经学会了编织家里面所有的生活用品了。我爷爷发现我妈有天赋，盯我倒是盯得没那么紧了，反而把目光投在了我妈身上，逼我妈学习更多的编织技巧。我妈为了能够让我好好地学习不再受到干扰，就只能一样一样地去埋头苦学，不过才四五年时间，她就能做出很多精美的器具。甚至还参加了一次县上的竹编比赛，拿了个一等奖回来，我爷爷高兴得直接去曾祖父的坟前跪了半天，口口声声说着重振杜家有望了。"

"啊……"许悠然脑子里不由得浮现出了杜方知母亲瘦弱的身影，那一个性情柔弱的女人，为了不让自家公公折腾自家儿子，不得不去接过这一个根本就不可能完成的重担，居然还被她取得了不错的成绩。

"那后来呢？"这样的母亲，是何等地让人感动，许悠然只想听更多关于她的故事。

"后来……后来我们家就开了这一家店铺，靠着我妈妈的手艺为生，爷爷开始不断收集各地有关竹编的消息，只要这附近有举办比赛，就直接报名让我妈去参加。也不知道是因为天赋，还是因为其他别的，我妈每一次上赛场都能取得好成绩。我爷爷高兴了，自然就不再逼我继续学了，也开始关心我的学习成绩了，我爸也高兴，只要让我爷爷觉得有希望，他就不会经常被教育。我也很高兴，虽然经史子集依然要读，书法绘画也不能停，但至少不用每天去重复劈竹这些动作了。可是好景不长，我爸妈坐着牛车在参加一次比赛的途中，那牛忽然发了疯冲向了悬崖，受伤特别严重，等接回来之后，不过短短一个月的时间，他们便先后离世了……"说到这里，杜方知眼眶里泛着淡淡的泪光，声音也变得哽咽起来。

许悠然扶着他坐在竹块铺就的地板上，伸手想要去擦他眼泪，可手才伸了一半又连忙缩了回来。

杜方知平定了一下激动的心情才继续开口说道："这一场意外，

我失去了父母，我爷爷也失去了儿子儿媳，可让他难以接受的却是那一份好不容易到手的希望就这样失去了！办理完我爸妈的后事，我爷爷也病倒了，我看着他日渐消瘦到皮包骨，不管我请多少次医生，喂他吃多少药，都不见好转。后面还是有一位医生告诉我，我爷爷这是心病，只有消除掉他的心疾，他才会有再次求生的意志。我当然知道，他最大的执念是什么，我给学校请了半个月的假，开始苦练竹编技艺，好在之前的底子打得不错，总算在一个星期过后，做出了一个像样子的成品。那个时候的我，只盼着他能恢复生机，好好地活下来，我点燃了他活下来的希望，可也亲手断绝了我自己对未来的规划。直到他毅然决然地跳入渭江河的那一刻，我觉得我这一辈子都完了，我被他的这一份执念给永永远远锁在了这个小镇上。我不知道应该做什么，整个人完全没有了方向感，他喜欢看我做东西，那我就照着他的喜好来做。他看着我手上完成了一个又一个复杂的作品，可我知道他和我一样，我们没有一天过得开心。"

　　杜方知说完之后幽幽地叹了口气，门口却响起了一个苍白无力的声音："我的方知，他打小就比别人聪慧，他能书擅画，能编能刻，他确实变成了我想要重现祖上辉煌的执念。可不管怎么样，终归是我亲手断了他的大学梦，我眼睁睁地看着他变成了一个只会干活的工具，早就失去了少年人应该有的朝气。我严苛地剥夺了他的童年，又亲手断送了他的大学梦，甚至连他的父母，也是因为我执意想要看到成绩，才会外出参加比赛发生意外。我每一次看到他严词拒绝各种各样的比赛，我心里都会升起一丝愧疚，我甚至有些时候都在怀疑，我这样的坚持到底是对是错。我自己都做不到的事情，我却拼命地把这一份愿望强加在他们身上，可每当我了解到外面的情况，日新月异的发展，各地竹文化事业都得到了复苏，有不少靠手艺流传下来的世家都逐渐崛起，凭什么我们杜家做不到？"

　　杜觉站在门口，整个身体依靠在门框上，仿佛随时都有倒下的可能，他声音里带着低泣、颤抖，脸色更是苍白得没有一丝血色。

　　"爷爷……"

杜方知显然惊讶于他的突然出现，立马从地上站了起来，想要走过去扶他一把，可也只走了一步，就停在了原地。

"我知道，我一直都知道你心里难受，我知道，家里面再出一个良工是我的执念，可上大学却是你的执念。你最终因为孝道只能牺牲你自己的执念来成全我，方知，我没有疯，我一直都很清楚，我知道你在熬着日子，熬得很辛苦。我一直想要跟你说声对不起，我又怕被你发现我是装疯的，我怕你知道真相后会一走了之，我怕你从今以后都不再理会我……"

"你既然害怕，那为什么现在又要说出来？"杜方知非常平静地问道，显然对于杜觉装疯的事是早就了解的。

"我给你一个重新选择的机会，这些天我想明白了，你为什么会那么听许丫头的话？"杜觉莫名其妙地来了这一句，杜方知的眼中居然闪过了一丝慌乱，但很快又平静下来，偷偷地打量了一下许悠然，默默地祈求着杜觉不要再说出什么惊人的话语来。

"还不是因为她是大学生，你才会对她处处迁就，言听计从。"

总算是没有说出什么惊世骇俗之语，杜方知又隐隐觉有些失望。

"当年，你离顺利升学只有一步之遥，可却被我硬逼着离开了学校。这些年来，你的技术越来越好，做出来的东西开始逐渐透露着当年箐竹状元的气势。可我却能够清晰地感觉到，方知你过得不开心。我是真的疯，我怎么可以做下那么多不可理喻的事来。方知！我想放你自由，从今往后不用为了我而负担你不喜欢做的事情，你可以有你自己的人生规划，去做你自己想做的事。"杜觉说完这一席话，仿佛全身的力气都被抽干了，伸手紧紧地抓住门框，低头间，泪水直接滚落到了地板上。

"那好……我把这屋子里的所有藏书全部拿出去卖掉，足够咱们爷孙俩过一辈子的富足生活了。"杜方知突然开口说道，杜觉却吓得直接滑坐在地上，伸手张大着嘴巴指着他，小半晌都发不出声音来，显然是被他突然的话给气急了。

杜方知上前伸手想要扶他，却直接被他一掌拍开，只见他偏过头去，倔强地不愿意再看杜方知。杜方知直接跪坐在他面前，淡淡地笑着说道："看吧！我不过是随口一说，你便生了这么大的气性，你又如何让我相信，你是真的放得下？爷爷，我心里面确实非常介意没有上大学，可你却从来都没有问过我，我上了大学后要做什么？"

杜觉一脸疑问地回过头，脸上的不高兴显然减轻了不少。

"我一直都知道，你希望咱们家里能够再出一个篾竹状元，可是你却不知道，我从收到你给我准备的第一把柴刀开始，我就给自己立下了志愿，将来要做一个真正的良工。其实我妈一直都知道我的想法，所以她才会那么努力地想要走得更远一些，好给我的未来铺路。我妈说，咱们家的这些书虽然珍贵，但有很多的内容都已经跟现实社会脱节了。想要学到更好的东西，就只能去学校，去更好更好的学校。我当时想要报考的理工专业，目的就是想着毕业以后，再回来继续更深层次地学手艺。"

"对不起……对不起！"这么多年以来，祖孙二人一直相依为命，可杜觉还是第一次听到自家孙子给自己吐露心扉。当这个八十几岁的老爷子听到这一席话之后，再一次变得又恼又羞起来，口里除了说对不起，实在是想不到别的话了。

"爷爷，你无需自责，如果没有你当初的坚持，我也拜不了那么好的师傅。师傅自创的那些编织法，也有可能就这样永远消失了，那半年的时间，我学到了很多很多的东西，虽有失亦有得也。从今往后，我会更加努力地钻研技术，参加各种各样的比赛，不管能不能重现篾竹状元之风采，但此生的杜方知，也一定会像曾祖一样，进一次万国赛场。"

杜方知没有伸手去扶杜觉，而是就这样望着他，看着他扶着门框缓缓地站了起来。颤颤巍巍地对自己伸出手，杜方知把手搭在他的手掌心，顺着他的力也站了起来。

"你和之问先出去，我想跟许丫头说会儿话。"

老爷子声音里充满着疲倦，折腾了这么多年的时间，再一次出现了希望，却沉重地压着他，让他差点透不过气来。

刚刚回来的时候，他看到了下面柜台上的获奖证书，虽说只拿到了个第二名，但他却知道宁桥这一场比赛聚集了四面八方上千名参赛选手，以他们两个现在的年龄，能够拿到这样的成绩已属不易。他正高兴不已的时候，却听到了楼上的谈话声，他慢慢上了楼，站在门口，静静地听着杜方知叙述着杜家的过往，那么辉煌的一段家族历史，他觉得骄傲极了。

可当杜方知转了话锋，他才发现原来这么多年，这个一直埋头苦练技艺的孙子，心里有多么的委屈和难受。看着平时哪怕是连天塌下来都不会眨眼的孙儿，这一刻，把内心里的软弱忽然展示出来，杜觉才意识到自己错得有多离谱。听他向自己保证，一定会努力取得更多好成绩时，杜觉丝毫不觉得安慰，心里反而更加地愧疚了。

陈之问看了一眼杜方知，两人相继离开了书房，还顺手关上了门。杜方知走到窗前，看着下面的小巷发起了呆，陈之问走到他身旁，伸手轻轻地拍了拍他肩膀，却实在说不出一句安慰的话来。

"你不用担心，我现在心情好得很！"

第十一章
比翼成双心意通

一

陈之问是真的没办法从他那一张微沉的脸上看出他心情好来,这人就是这样,不管什么事情都喜欢藏在心里。

今天如若不是因为许悠然在,恐怕他心里面压着的这些话和想法,是永远都不会吐出的。杜觉走到许悠然面前,仔细打量着眼前的小姑娘,无论在什么时候,她身上都带着鲜活的青春气息。也就是这一股气息,让自己那死气沉沉的孙子,慢慢地有了一丝人气。

"杜爷爷,你想跟我说什么?"

许悠然此刻被他看得满头雾水,这种时候,他难道不应该去安慰一下杜方知?

"我记得,一个多月前你忽然来到了咱们小镇,因为请我吃抄手碰上了方知。从那一刻开始,我家方知终于有了一丝人气,你就像是一束光,瞬间点亮了他生活里的黑暗。许丫头,我家方知虽然不是大学生,可他同样学识渊博,多才多艺,不过只是少了那一张被世人认可的证书而已,我跟你说这些你明白吗?"

不但不明白,许悠然更糊涂了,杜方知多才多艺,是自己早就认定了的事实,这老爷子忽然说这些,到底想要表达个什么意思?若说他一直都在装疯卖傻,这一刻说的话又前言不搭后语,实在是让人难解得很。

"记得你刚来我们家的时候,你让他做五只灯笼做路标,方知是什么样的人,只要他答应了你要做的事,就会不管不顾地尽力完成。可那天晚上,他放下了手中做了一半的灯笼,去做一条青竹蛇。那是我第一次看到,他全副心思地做一件东西,哪怕只是一件对他来说并非常容易的物件,可每一个步骤他都那么小心翼翼。昏暗的灯光下,他眼睛里出现了十几年都没有出现过的笑意。直到第二天,我看到他把做好了的竹叶青蛇送给你,我才明白,他为何会那么高兴,那时,我并不能确定,他对你有别样的想法,直到后面,你劝他去参加宁桥的比赛,我以为他会跟你大闹一场,或者直接不理会你,可他却一口应下了。我知道他爸妈出去比赛发生意外的事,一直是他心里的结,所以不管他的技术练就得多好,他都没有参加过任何赛事。我也早对他出去比赛拿成绩死了心,可你却只用三言两语就把他劝进了赛场。他并不是舍不得交那个报名费,他只是过不去心里的那道坎。可他却为了你,愿意勉力一试,我就发现,你对他来说,是完全不同的。他答应了去比赛,我知道他心上的坎虽然还没有完全过去,但至少他已经愿意面对了。"

"我对他,因何不同?"许悠然心里已经隐隐有了答案,可又怕是自己在自作多情,只得忍不住问出了声。

"他喜欢你,你就是一道光,照亮了他原本暗无生机的人生。许悠然,我希望你这道光能够一直照着他,足够他打开心扉去接受外面这个世界的一切。我知道,只要你愿意陪着他,他就会走得更远,更好,更像一个真正的良工。我承认我自私,我也知道,你是大城市里的姑娘,有足够的本领展翅高飞,可我还是想要勉强一下,作为他活在这个世上唯一的亲人,我实在是忍不住想要帮他主动争取一下,只因为我知道,他对你动了心。杜方知就是一块铁石,一旦融化,这一辈子就只会记得融他的那一炉火,再不会接受这世间其他的温暖源。"八旬老人的卑微，让许悠然心生不忍，更何况对杜方知，本就藏了一份理不清的感觉。不但不觉得勉强，反而心里多了一丝雀跃，她忍不住开口问道："杜爷爷又不是方知，如何知道方知心里的想法？"

许悠然问得很直白，你们之前的对话，完全可以证明你根本就没有真的了解过方知。

杜觉怎么听不出她话里的另有所指，苦笑了笑开口说道："这间书房，是杜家禁地，也是杜家延续了两百多年来唯一剩下的一笔财富。辗转这几十年时光里，你是第一个不是以杜家人身份进来的，可见在他的心里，你对他来说有多重要。"

杜觉的话，让许悠然想起之前陈之问和杜方知的对话，师出同门多年光景且还藏私，却毫不犹豫地为自己大开方便之门。杜方知对自己的好，永远都藏在自己看不见的点滴里，只是杜觉这样身在局外的旁观者才能清清楚楚地看到。

"当然，你是年少有为的大学生，你有着你对人生的前程规划，我已经让方知错过了他自己的人生规划，又有什么资格再要求你留下。许丫头，我只希望你能从心作出选择，不管是去是留，不要伤害他，方知他……太苦了！"

杜觉说完这一句话后，悄悄地退出了书房。

许悠然独自坐在书桌前，翻看着手中的报纸，却半个字也看不进去，脑子里全是杜觉对自己说的那些话，还有杜方知微微发怒的样子，面沉似水的样子，他确实没有属于年轻人该有的朝气，甚至连笑容出现的次数都是屈指可数。

不知道呆坐了多久，书房的门被人推开，许悠然看了一下外面，才发现天都大黑了。

杜方知端着一碗面，站在门口温和地说道："我知道你在忙，所以专门去外面买了面，你将就着吃，接下来的这段时间里，你只需要专心做你的论文。"把面碗放在书桌上，杜方知正准备转身离开，却发现自己的衣角被许悠然给抓住了。

"我静不下心来做论文,我脑子里一片乱麻,杜方知,你可不可以帮帮我?"许悠然带着几分委屈的语气,听得杜方知眼眸微微地沉了沉:"我从来都没有写过论文,实在是帮不上你忙。"

"那你帮我整理一下我脑子里的乱麻,让我清醒过来,我就可以自己写了。"许悠然站了起来,走在杜方知面前,抬头仰视着他,静静地等着他回答。

不过才短短的瞬间,许悠然便紧张得整个手心都是汗,心跳更是不自觉地加快,却拼命忍住想要用手指划过他双唇的冲动。

"你脑子里的乱麻,我该如何整理?我总不能钻到你的脑子里去吧!"杜方知还是第一次用这种期期艾艾的语气说话。可偏偏却带着一种无以言喻的蛊惑性,让许悠然脑里崩直的那根线直接断了。

只见她伸手环住杜方知的脖子,踮起脚尖直接用自己的唇贴在了他的唇上,偏偏还睁大着眼睛盯着他的眼眸看,硬是从他眼睛里看到了一丝慌乱。

许悠然满意地放开他,迅速后退了两步和他保持距离,带着几分得意的语气开口说道:"你现在是不是也觉得,脑子里很乱?"

"许悠然……你这种行为,会让我产生错觉,以后别乱来了!"

某人留下了这么一句话,铁青着脸直接往外走去。

许悠然一脸挫败地看着他的背影,突然之间,对杜方知喜欢自己这一种认知产生了怀疑。正常的情况下,自己都已经如此主动了,那杜方知不是应该顺势而为地进行表白吗?如果他觉得话说不出口,完全可以采用行动来表示,自己应该也不会有异议?

我去……这都是什么危险念头,许悠然猛然地甩了甩脑袋,坐到书桌前,把那碗热腾腾的面吃完,实在难得去猜测对方心思,强迫自己打起精神,查阅资料。

此时此刻,什么东西都比不过论文答辩来得重要。

接下来的几日里,许悠然几乎全副心思投入那瀚海一般的资料里面,甚至连给自己送饭的人换成了陈之问,也没怎么在意。

二

　　杜家书房，只有自己想不到的，就没有自己找不到的，各种各样的技术技巧性书册，甚至还有好多明清时期留下来的古典，每一本都让许悠然大开眼界。

　　原来小小的一棵竹子，居然如此地博大精深，竹文化只有三个字，可这三个字却默默地包含着这整个大千世界，只要是你能看到的东西，都能通过一棵小小的竹子给复制展现出来。

　　专业技术性的书籍绝对可以媲美那些图书馆收藏室了，然而许悠然所需要的那些事实数据，杜觉对杜家的执念却变成了对她的成全。那堆积如山的报纸期刊，最早的可以追溯到一九五〇年，而且因为杜觉只关心这一方面内容的原因，这里面根本就不用整理，随便拿一份出来，都能找到自己需要的知识点。

　　一个星期左右，许悠然就收集了整整两个笔记本的笔记，对接下来要写的论文，心里已经有了一个初步的规划，甚至还做了一个完整的提纲，准备休息一下再正式动工。

　　因为一直都待在这楼上，走得最远的地方就是从书房到自己房间，偶尔看书看得累了，就在原地做一些简单的伸展动作。就连一日三餐，都是陈之问送上来的，自从之前和杜方知有了那一次的亲密接触，杜方知就再也没来过书房了。

　　许悠然伸了伸懒腰，扣上书房的门，往楼下走去，刚走到一半楼梯的位置，就看到杜方知在片蔑。听到了脚步声，杜方知没有抬头，而是把头埋得更低,加快了手上的速度。许悠然见状,顿时觉得心里有些堵得慌,正准备直接冲过去找他问话,门外却响起了陈之问的声音。

"方知,苏先生来了!"杜方知就像是得到了特赦令,迅速地应了一声好,站了起来头也不回地往外面的店铺走去,还带着一丝仓皇而逃的样子。许悠然下了楼梯,并没有跟着去外面,随便拉了个凳子,就坐在天井里,静静地听着外面的动静。

"方知,好久不见!"苏先生看到杜方知,眼睛瞬间也跟着亮了起来,丝毫不在意自己才是长辈,抢先打起了招呼。

"苏先生好!"杜方知中规中矩地问了一声好,苏先生的眼眸瞬间变得暗淡了起来,忍不住在心里默默地叹了口气,终究还是不愿意承认自己这个师叔身份。

"杜师兄好!"杜方知这一刻才发现,郑安怡居然也跟着来了,正站在苏先生后面冲他微笑。

"请坐!"指望杜方知待客,显然是不切实际的,陈之问搬来了几把椅子,招呼着苏先生师徒坐下。苏先生却摇头拒绝了,笑着开口说道:"还没有恭喜你们晋级市赛,原本前两天就该过来了,可十年的漆彩针丝篾确实不太好找,今天上午才勉强凑够了三十六色,让你们久候了!"苏先生说完,站在他身后的郑安怡连忙转身往外面走去,两分钟时间不到,带着几个青壮,抬着几个大大的竹筐子走了进来。

看着那一摞摞卷得整整齐齐的篾丝,在灯光的照耀下变得五光十色起来。后面的两个竹筐里,放着两个偌大的竹根,根须顺得就像是人的头发一样,让陈之问强忍着上前摸摸的冲动。

"完整的竹根特别难找,这两棵是我们公司里面最齐全的,但也伤了三五根根须的样子,我就全部给你拿过来了。"陈之问看着竹筐里的竹根,如果不是因为苏先生专门提醒,他根本就发现不了有受伤的根须。这两棵竹根,可以说是自己做竹根雕这么多年以来,看到的最好最完整的材料。哪怕心里喜欢极了,看到杜方知没有表示,陈之问只得小声说道:"其实我们也只是随口说说,您根本就没必要当真……"

明知道那天方知是在故意刁难苏先生,自己居然也跟着有样学样。做梦都没有想到,不过是随口说说的话,苏先生居然真的去办了,且从这些材料的成色和质量上面来看,就算他是箐语的创始人,恐怕也得费不少的心思。陈之问有被感动到,可杜方知不开口,他是无论如何也不敢表态。因为他清楚了解杜方知的脾气,要是逆了他意,恐怕自己一辈子也进不了杜氏竹艺馆了。

在场所有人的目光都停留在了杜方知身上,等着他开口表态。

"我现在改主意了,我想要做竹丝扇的原材料,不用太多,一套就够了。"杜方知说出这句话的时候,陈之问惊讶得下巴都快掉下来了。这家伙绝对是故意的,故意在挑战苏先生的耐性,摆在自己面前的这些原材料,可是无数竹匠们可遇而不可求的。以杜方知的性格,是绝对做不出这种得陇望蜀的事情来,唯一能够解释的是,他因为师傅的原因,在故意迁怒,故意为难。

"箐语不做竹丝扇,根本就没有备原材料。"郑安怡当然也知道他是在有意为难,虽然没有开口拒绝,但这话里的意思已很明显。

"我与龚大师有些交情,找他寻一些应该不难,我现在就去……"苏先生说完,转身就往门外走去,杜方知在郑安怡的怒目之下,不轻不重地吐出了几个字:"苏先生,慢走。"

"你……"从认识开始,不管如何地针对陈之问,郑安怡对杜方知都是特别和气的,可是今天,郑安怡终于对他发火了。纤细的手指指着杜方知,怒目圆睁之下,硬是气得吐不出一句骂人的话来。

"安怡师姐,先生让你赶快跟上。"身后响起了一个青年男子的催促之声。郑安怡气得重重地跺了跺脚,又恨恨地瞪了杜方知一眼,这才转身出了门。

"方知,你这是故意为难?"

等到所有人都离开了,陈之问才开口说道。

"为难吗?再为难,能有咱们师傅为难?箐语再好又能如何,师傅终是不在了。"

杜方知说完，看都不看一眼地上那几筐价值不菲的漆彩细篾，头也不回地回到了天井里。刚一进去，就看到了放在地上的柴刀此刻正被许悠然拿在手里把玩，那人好像丝毫不觉得危险，一脸漫不经心地用手指的指腹，摩擦着柴刀的刀刃。杜方知吓得一个箭步上前，从她手中抢过柴刀，冷冰冰地说道："刀锋利，别乱碰。"

"杜方知，你就没有什么话要跟我说？"许悠然抬头望着他，眼睛里全是委屈，总觉得自己都已经表现到这个地步了，这人怎么还是半点反应都没有？

"好好写你的论文，离你返校答辩的时间已经不多了，听说论文过不了关，是不能毕业的。"杜方知冷冷地说完，拖了一个小凳子坐下，继续着之前没有做完的事。这样的情形，仿佛又回到了他们最初相处的样子，那个会嘘寒问暖、处处对她呵护照顾的杜方知就像是从来都没有出现过一样。

"有杜良工慷慨相借藏书，许悠然定……不负您的期望。"许悠然几乎是咬牙切齿地说完这一句话的，可很显然，杜方知早已进入了浑然忘我的地步。许悠然狠狠地瞪了他一眼，转身上了楼梯，重重地关上了书房的门，那响亮的关门声让杜方知停下了手中的动作，扬起头望着头顶上方的位置入神。

"你最近有些奇怪，一副看谁都不顺眼的样子，人家苏先生好心好意送了这么多好东西过来。你不但连谢谢两个字都不说，反而还继续刁难，方知，现在你也算得上是咱们这周围有名有姓的匠人了，你得收起以前的那些无所谓态度，这样才能走得更稳，走得更远。"陈之问把苏先生送过来的那些东西，一筐一筐地搬进了天井，搬完最后一筐后，才蹲到杜方知面前语重心长地说道。

"她要走了！"

"谁要走了？许悠然要走了，那你干吗要对苏先生发脾气？"陈之问是真的被苏先生的诚意给打动了，偏偏他们之间能够作主说话的，却是面前这个没心没肺的家伙。

"我没有发脾气，我是真的需要竹丝扇的材料，如果他能给我送过来，我会非常感激的。"杜方知面无表情地说着，那样子根本就不像是心存感激的人。

"方知，你到底懂不懂应该怎样跟人相处？你对苏先生这个态度，我可以把它理解成你对我们师傅的心疼。可你对许悠然，这忽冷忽热的样子，真的很让人想不明白？"

"她要走了！"杜方知再一次重复着这句话。

"就是因为她要走了，所以你才应该更加地对她好啊！想方设法厚颜无耻地把她留下来。就算是最后没有把人给留下来，你不是应该更加珍惜这剩下不多的相处时光？谁都知道，这样的分别以后想要再重逢就难了。"陈之问觉得有些莫名其妙，有眼睛的人都看得出来，杜方知对许悠然的不同。明明这是他剩下不多的机会，可他却偏偏选择反其道而行之，恨不得早早地把人给气走。

"君子当为人坦荡，不能因为我自己的一己私欲，而去折断人家原本可以展翅高飞的翅膀。"

"你这又是说的什么浑话，人哪里会有翅膀？"陈之问即刻开口反驳。

"我从第一次见到她的时候，我就知道她不属于咱们这个小地方，她拥有着不错的家境，拥有着我们梦寐以求的大学文凭，还是现在这个世上最为热门的专业之一。她聪慧、漂亮、能干，迟早都会回到属于她的那一片天地里，前程似锦展翅飞翔，反正最后都要离开，就不应有太多的牵绊。"

"杜良工可真是善解人意，既如此，你为何不仔细考虑一下，让我与你共用一双翅膀，咱们一起展翅飞翔？"许悠然不知道什么时候出现在了二楼天井的栏杆前，居高临下地望着下方的杜方知。

"人生的规划并不是一蹴而就的，而是要经过不断的调整才能成型，杜方知，我愿意为你调整我未来的方向，只要你一句话，一句愿意承载我终身的承诺。"许悠然觉得自己已经把话说得很直白了，陈之问看着依然在发呆的杜方知，心里生起了一丝恨铁不成钢的挫败感来，没好气地吐了一句:"我懒得管你了!"直接离开了天井,往外面的门市走去。最近这段时间,根本就没时间动刀,与其跟他扯不清楚,还不如静静地多看会儿书学点东西。要知道,那书房的门,随时都有可能再次被锁上。

杜方知沉默了好一会儿,就像是下了很大的决心一样,抬头看着站在二楼天井栏杆处的许悠然,带着几分小心翼翼地开口说道:"你真的愿意跟我共用一双翅膀,甚至有可能这双翅膀,这辈子也飞不起来?"大概过了一分钟左右,杜方知没有等来许悠然的答案,自嘲地低头笑了笑,带着几分缓解气氛的语气开口说道:"赶快去写你的论文吧!"

许悠然转身消失在二楼天井里,杜方知失落地低下了头。刚准备拿起柴刀,就听见了楼梯上的脚步声,抬首间,许悠然已经出现在了他面前。

"我特别看好这一对翅膀,我知道他会飞得很高很高,我只是有些不确定,他在扶摇万里的时候,可不可以把我也带上?我自认为,我有能力不拖他的后腿,可我还是希望,我能够得到他真正的认可。杜方知,只要你肯点点头,往后不管你要飞多高,只需要一个转身,我绝对会站在你身后。"

许悠然蹲在杜方知面前,一字一句地开口说道,那样子看起来虽然有些卑微,可许悠然知道,其实在这一刻,真正卑微的是自己对面的这个男孩。

"好,我答应你……"杜方知说到这里时,稍微停顿后,才又继续开口说道:"那你现在可以去写论文了吗?"

"……"此时此刻,不是应该山盟海誓、互诉衷肠吗?杜方知的脑回路确实与别人不一样,许悠然忍不住苦笑了笑,却也知道,他是在担心自己不能够顺利毕业。

"好,我现在就去写,可是今天晚上的晚餐,得你给我送!"许悠然带着几分撒娇的语气说道,杜方知却郑重其事地点点头:"本该如此。"知道自己确实是在谈恋爱了,可这样的对话,实在不像是一对情侣之间该说的话。许悠然只得站了起来，往楼上走去，此刻的步伐，和之前相比明显变得轻快了不少。

杜方知等她上楼的声音完全消失，才抬起头看了一下二楼方向，脸上出现了一丝若有若无的笑意。看了看手上的篾片，杜方知突然站了起来往楼上走去，敲开书房的门开口问道："悠然，我想问你个问题？"

许悠然放下刚刚才拿起来的笔，回头满脸疑惑地望着他，口中却不自觉地吐出了两个字："你问！"

"咱们俩确定了要在一起，我总得让你知道一下我的情况，我叫杜方知，今年二十四岁，是一个落魄的竹匠，父母早亡，和八十六岁的爷爷杜觉相依为命，家庭状况如你所见。"他口中所说的这一切，许悠然都早就知道了，甚至连杜家上百年的家史都可以说得上是了如指掌。杜方知兴头匆匆，许悠然静静地听着他说完，看着他带着几分手足无措的模样，忽然明白了他专程跑上来做这番介绍的目的。

"我叫许悠然，今年二十二岁，省城双流人，父亲许留安今年五十岁，母亲魏玺，今年四十八岁，家有小弟许悠闲年十九岁，就读于华西医大。"许悠然说完之后，杜方知点了点头再次问道："去留的留？安全的安吗？"

许悠然点了点头，杜方知这才满意地开口说道："我记下了，你继续忙。"许悠然看着他转身离开，甚至还十分体贴地关上了门，对于他这一行为虽然感觉到有些莫名其妙，但一想到这个人是杜方知，也就不觉得奇怪了。

在杜方知身上找不到半点浪漫的感觉，但让他开口承认自己，已经算是非常难得了。毕竟这家伙表面上看起来冷冷酷酷的，骨子里却是一个纠结得不得了的人，如果不是自己步步相逼，恐怕连让他点头的机会都没有。解决了这么一个大难题后，眼下最重要的事情当然是要用最快的时间把论文写好。大概是因为心情变好了的原因，就连下笔都如同有神相助，不大一会儿工夫，就写了一千多字，丝毫都没有注意书房的门再次打开。

杜方知端着两个小菜、一碗饭出现在了书桌旁，就这样看着那个沉浸在忘我境界里面的女孩，正聚精会神地进行着书写。虽说她的字迹看起来漂亮，字体也不差，可对于杜方知这样的人，对书法的要求却是特别高的，眉头微微地皱了皱，还是忍住没有说话。

如果不是担心饭菜冷掉，杜方知是半点也舍不得将她打扰，把饭菜放在她旁边空闲的位置，轻轻地拍了拍她肩膀。许悠然这才发现了他，回首冲着他微微一笑，停下了手中的笔，把那满满的好几页稿纸带着几分邀功的模样递给了他。

"杜良工，你帮我看看这上面有没有什么纰漏，我也好及时改正。"虽然说，自己现在就坐在这个超级无敌的大资料库里面，可论其专业水准，哪里比得过杜方知从小就在这书房里浸泡式成长的专业。

"你先吃饭，我帮你看！"杜方知接过稿纸，仔仔细细地读起了上面的内容。

许悠然吃完饭，杜方知才把纸上的内容看完。微微点了点头，带着几分品评的意味开口说道："写得不错，就是有些地方对专业技巧介绍的连接不够流畅，比如这个位置。"

杜方知伸手指着其中一张稿纸正中间的位置，耐心地指导着许悠然该怎样修改才会更加合适。许悠然立马拿出一只红色的笔，把那一个段落勾了起来，在旁边写了一下修改后的句式。等到修改完有问题的地方，杜方知看着桌上的稿纸，开口说道："你把写好的稿子给我，我帮你用瘦金体重新抄录一遍。"

杜方知的字，许悠然是拍马也追不上，听说他愿意帮自己抄录，高兴得连忙点头，把前面两页已经完成修改好了的稿纸塞进了他手中。杜方知一手拿着空碗，一手拿着稿纸，十分难得地嘱托许悠然，注意劳逸结合，不要整天都坐在书桌前，偶尔也得出去散散步。口里面那句固有的赶快去写你的论文，终于发生了一些许改变，许悠然顿时觉得老大怀安，还把他送到了楼梯口。这才做了几节体操运动，伸展了一下身体关节，再一次投入了论文写作之中。

杜方知回到楼下，招呼着陈之问洗碗，自己则拿来笔墨，走到了外面的收银台上，对着稿纸上面的内容进行着抄录。等陈之问洗完碗出来，杜方知已经抄了整整的一大篇了。陈之问擦干净手上的水珠，正准备上前围观看热闹，杜方知直接把抄录好的那一页递给了陈之问。

"按照这个字体，帮我制作一部竹书，字数大概在一万到两万字左右，必须得在悠然离开之前做好。"

"做竹书倒没什么问题，可我现在得抓紧时间看书，我还有很多技巧性的东西想要学习呢！"陈之问说完之后，忍不住在心里面偷偷地补上一句："傻子都知道等许悠然离开，你那个书房的门又会被锁上。"

"你如果能把竹书做好，我家书房的门可以为你开上半年时间，你如果不做竹书，那么从现在开始，你就可以收拾东西走人了。"杜方知冷冷地望着陈之问，他说话的声音虽然不大，但陈之问知道，这绝对不是威胁，如果自己敢拒绝的话，那收银台下的那本书，立刻就会回到楼上的书架上，自己这一辈子都会看不到了。

"我做，你说话算数，我现在就上山去选材！"陈之问说完后，直接走到天井里，拎了一把柴刀，准备往后面的山上去。

杜方知指了指摆在天井里的楠竹："我给你选好了，你现在就可以动工，不能误了悠然的答辩时间。也不能做成竹简那样厚重难拿，必须要轻薄，字体一定要清晰，就按照我上面的体裁做。"杜方知交代完了注意事项，又继续回到外面的收银台上，把没有抄录完的字一个个抄录下来。

陈之问手艺不错，拓刻的功夫更是了得，可偏偏对字体之间的转换变化掌握得并不深刻，应该是小的时候对基础书画没有足够的认知和练习。这也是之前在赛场上，杜方知要求他雕刻十二生肖筷时，不得不先绘制图纸的原因。只要一想到那一书架的专业书籍，陈之问这活儿干得没有半分不情愿，劈竹、去青、开片简直手到擒来。

杜方知抄录完了手上所有的稿子，看了一眼外面的天色，准备早些把店门关上，回到天井里做事。就看到了苏大师和郑安怡正朝着自己这个方向走来。杜方知停下关门动作，静静等着他们上前，不冷不热地打了声招呼："苏先生怎么又来了！"

"不是你让我们帮你找竹丝扇的原材料吗？我师傅专门去找了龚大师，不过龚大师已经返回家乡了。就只能去宁桥求了何大师，这才寻来了一份，杜良工实在是多才多艺，居然连竹丝扇都会，不知道你会不会缂丝工艺，如果会的话，我们是不是还得帮你定制金丝？"

郑安怡声音里面带着淡淡的讽刺，怒气冲冲地把手中抱着的一个小竹筐，直接往杜方知怀中一塞。

看着杜方知低头认真检查材料的样子，郑安怡顿时眼圈一红，觉得委屈极了。自家师傅德高望重，这些年来在这西南半壁，何曾受过这样的委屈？四处求人求物，越想越觉得眼前之人可恨得很。

第十二章
初心不改苏师叔

一

"谢谢苏先生,这么晚了还没吃饭吧?"听他这么一问,苏先生满眼期待地点了点头,看了看他身后天井里的光亮,正等着他请自己登堂入室。

可杜方知接下来的话,却让他眼睛再次暗了下来。"你们稍等一下,我去叫阿问,让他带你们去外面饭店吃。"杜方知说完,抱着竹筐转身进了屋,冲着天井的方向喊了两声陈之问。

苏先生连忙开口说道:"不用麻烦了,我们回长宁再吃不晚,往后你这边需要什么帮助,可以直接去箐语找我。"

"苏先生……"

看着他转身离开的背影,杜方知虽然没有追过去,却还是忍不住开口喊住了他。

"方知还有什么事,需要老朽帮忙做的吗?"苏先生语气里面带着激动,仿佛只要杜方知肯叫他做事,就是对他的一种认可。

只有郑安怡知道，自己师傅自从遇上了杜方知，表面上虽然看起来卑微了不少，可心情却明显要比以前好上太多，就连那常年埋藏在眼睛里面的郁色，也消退了不少。

"你说你创办箐语，是为了我师傅，我怎知这不是你的一面之词？"杜方知淡淡地开口问道，苏先生被他这么一问，顿时给愣到了当场。几十年前的事，两人又很少有过来往，当年那些同门的师兄弟，离世的离世，搬家的搬家，根本就找不到行踪。如何证明自己所说的是事实？苏先生还真找不到证据。

"我……我没有证据，冯竹里真的是我师兄，我所说的每一句话都是真的。我如今在业界也算是小有姓名，没有必要去做冒名顶替的事来哄骗你们这些后起之秀。你非要看证据，那就是师兄当年发明的那些编法，我也学会了一大半，方知若不信，我现在就动手操作给你看。"

苏先生急于证明自己，居然跨步就要往屋里走去，杜方知眉头微微地皱了皱，郑安怡却抓住了苏先生的手："师傅不要着急，我有办法给你作证。"

"什么办法？"苏先生回头问道。

郑安怡从手提袋里面拿出一个文件夹，开口说道："你是真给忘了，咱们过来除了送材料，还有一份股权认证书要给方知处理。"

"对，股权认证书！"苏先生激动地打开文件夹，从里面抽出一张股权认证书递给了杜方知，开口说道："箐语是一九七八年正式创立，创始人总共有四位，冯竹里苏词共持70%股权。这是我们最初成立的时候所签订的协议，因为没有找到师兄，他的那一份是由我代签的。"

杜方知看着股权协议书上的名字，排在第一的就是冯竹里，剩下的三名分别是苏词、代华章、刘延阿。而且落款的年限为一九七八年六月十六日，从纸张的颜色，到章印的陈旧，完全可以确定不是才仿造出来的。也就是说，苏词创办箐语还真的是为了自家师傅。

"这些年，公司的分红收益，竹里的那一份我专门开了一个账户全部给存了起来。我就想着，等我什么时候有脸去见他的时候，我再给他,这些年来,我虽然一直都在寻找他。但一直都杳无音讯,我原本以为哪怕是找不到他,想着以他的本领,他也一定能够过得很好。我若早知道他如此地孤苦无依,我就是翻遍了这万岭箐,也得把他找出来。"苏先生说到这里的时候,整个人的情绪看起已经面临崩溃。

外面的动静惊动了天井里正在制作竹书的陈之问,只见他缓缓地从里面走了出来,还随手拖了一个凳子放在了苏先生旁边,扶着他坐下。

带着几分埋怨地对杜方知说道:"你如果不想认这个师叔,就不要故意去刁难别人,终归是上了年纪的人,哪里经得起你几次三番的折腾。"这还是陈之问第一次用这样的语气跟杜方知说话,实在是眼前这人,那一脸的悲伤让人看得难受。

"不关方知的事,是我自己心有悔恨,难受罢了!"苏先生冲着陈之问罢了罢手,继续开口说道:"师兄没有后人,这一辈子也只收了你们两个传人。那么他的那一份,往后就由你们两人打理处置,当年因为没有师兄的身份证明,所有的东西都是由我来代理。我会让安怡找时间跟你们交接一些法律程序,把受益人给确定清楚。时间不早了,我要回去休息了,你们兄弟好好商量一下,等法律程序走完,再把这些年所有的分红收益全部转给你们。"

苏先生说完,在陈之问一头雾水的情况下,在郑安怡扶持下,转身就要离开。就在他脚步刚刚离开大门的时候,耳边响起了杜方知清冷的声音:"漆彩篾丝你带回去吧!"

苏先生整个脸都沉了下来,为了收集到这些颜色,几乎整整一个星期的时间,跑遍了所有的市场,还有几个比较绝版的颜色,还是自己厚着老脸专程去求来的。苏词一直都想要好好地补偿冯竹里,可是他没有脸面去面对他,甚至连他已经去世多年的消息都是才知道的。

好不容易知道他收了两个徒弟,更拼了命地想要把这一份亏欠给弥补上,才会把杜方知的故意为难,当成一种接受,一种自己和师兄之间在这世上唯一的牵绊。可杜方知开口说出来的话,苏词整颗心都沉到了谷底,如果真的收回自己送过来的东西,往后只怕就会跟师兄彻底断去联系。

"杜方知……你有些过分了？"陈之问虽然此刻还在云山雾绕，但却丝毫不影响他开口斥责杜方知。

"我这里用不到这些，但箐语有用，只有出更多好的作品，把知名度做到更大，才能让更多的人去传承咱们的这一门手艺。我有竹丝扇材料即可，但作为礼尚往来，这店铺里面的东西，苏先生可以任意挑一件回去把玩。"

"不用……箐语很少用到漆彩，你就把它们都留下吧！不过我倒是可以，在你店里面挑一件东西，拿回去做个纪念。"苏词说完后，身体仿佛又添了一些力气，在杜方知和陈之问的目视下面，缓步回到了店里。仔仔细细地打量着店铺里那剩下不多的作品，眼睛最后停在了最靠近角落里的一只竹蜻蜓上面。激动地指着那只竹蜻蜓，他带着几分忐忑不安地开口说道："我要那只竹蜻蜓可以吗？"

"苏先生，你给了我们这么多好东西，你怎么尽捡着便宜的东西挑，你看那个瓷胎花盘，价格标得就不错，拿回去还可以放在家里当摆件！"陈之问上前拿过一旁的瓷胎花盘，带着几分温和的笑容递给苏先生，这东西算得上是整个货架上标价最高的了。

苏先生没有伸手去接，而是眼睁睁地看着杜方知拿过那只竹蜻蜓，递到了眼前。他双手接过竹蜻蜓，脸上出现了一丝温和的笑容："当年，竹里编的第一件东西，就是这样的一只竹蜻蜓。只用一根篾丝借插花的手法给呈现出来，比那些师兄弟做得不知道要精致多少，可却还是被师傅毒打了一顿，说他做得花里胡哨的。那个时候我们并不明白，明明这样的编织手法既漂亮又流畅，为什么会被人贬得一文不值。后面才知道，人家原本就不希望我们学到东西，更盼不得我们好了，也就是从那一天开始。师傅再也没有教过竹里任何东西了，每一次他要教大家技术的时候，都会想方设法地把我和竹里给支出去。不是上山砍竹子，就是上山捡柴，或者其他零零碎碎的打杂工作，反正就是不让我们学到真正的技术。你这只竹蜻蜓，和他当初做的那一只一模一样，简直就像是出自一人之手。"

"方知，我怎么不记得师傅教你编过竹蜻蜓？"陈之问发现自己此刻就像是一个小丑,悻悻地将手中的竹胎瓷盘给放回原位。想到这只小小的蜻蜓背后居然还有这么一段故事,忍不住带着几分委屈地开口问道。

"没有专门教过,只是偶然有一次,看他拿着篾丝插着玩,所以记下了过程。"陈之问惊讶地望着杜方知,自己刚刚已经责备了他好几次,他不但没有生气,还开口给自己解释,这杜方知莫不是假的吧?

"箐语真的不做漆彩?"杜方知再次开口问道。

"不多,偶尔需要几根帮忙调制花色,而且备料很充足,如果你把这三十六色全部给我们,最后的结果也是扔在仓库吃灰。"郑安怡依然还有些火气,这人真是不识抬举,自己要的东西现在又不要了,明摆着就是把人当猴耍,也亏得自家师傅脾气好,肯处处忍让。

"那好,等我有时间多做几件漆彩的大件,到时候再委托箐语帮忙代售。"

箐语有自己的店铺、销售渠道,杜方知现在做的东西根本就不愁卖,之所以愿意交给箐语,在无形之中对苏词也是一种认可。

"好……好,我一定会给你卖个好价钱……一定会。"苏先生知道自己成功了,只要等到法律程序走完,箐语就真真正正地和自己的师兄联系上了,从今往后,冯竹里这个名字,就会从自己的生命里再次活过来。

苏先生双手捧着手中的竹蜻蜓,仿佛回到了那年夏天,在那个被竹子紧紧围住的大院子里,十几岁的冯竹里手中拿着竹蜻蜓那自信充满着阳光的笑容就在自己的眼前。如果一切可以重来,无论如何都不会让他一人去承担那种孤苦,苏先生在心里默默地念道。

"五月十六日,是师傅的忌日,苏先……苏师叔如果有空,早上可以早点过来,我们一起上万岭箐祭拜师傅!"杜方知脸上一如既往地没有表情,可他声音里却带着一丝淡淡的颤抖。

"你说什么?"苏先生激动地问道。

"我说你如果有空,下个月的十六号早点过来,我们带你上山祭拜师傅。"杜方知淡淡地重复道。

"你刚刚叫我……师叔？"

苏词非常确定自己没有听错，这一声师叔，在知道冯竹里已经过世之后，就没有想过能够等来。不但杜方知承认了自己，还答应了要带自己去祭拜师兄，苏先生的声音里还带着一些难以置信，眼眶里却再次泛满了泪花。

"我们从师时短，却是真正行过师礼的，如果你之前所说的一切都是事实的话，唤你一声师叔应该并不出格。"杜方知之所以故意刁难，是因为对苏词持有怀疑的成分在，特别是在箐语和宁桥同时出手抢陈之问和自己的时候，那个忽然出现的师叔，确实让人忍不住怀疑。

可手中的这一份股权书，却是苏词对自家师傅这一段师兄弟情谊最好的证明。有很多人，或许最初的初心是好的，可经历了这么多年的变迁，这一份不具备法律认可，又没有冯竹里身份信息证明的股权书，在箐语经过了这么多年的盈利之后。

苏词不但没有把它转换成己有，听他的语气他还将这些年所有的收益，全部给单独存放进了一个账户，就为了有一天能够亲手交给师傅。苏词或许在年轻的时候确实很懦弱，可依然能够维持最初的初心，确实是值得自己去承认的。

"方知，阿问……你们加油，箐语永远是你们最坚实的后盾。"苏先生此刻早已泪眼婆娑，今天流的眼泪实在太多了，好像这几十年的所有内疚委屈，全部都要在这一天流完一样。

陈之问莫名其妙地望着杜方知，他的态度怎么就忽然发生了一百八十度的转变？

"叫苏师叔！"杜方知伸手敲了敲他额头。

陈之问有些不乐意地说道："你让我叫我就叫，凭什么我们两个人的事情却只能让你一个人做主……"

但他话还没有说完，就在杜方知冰冷的眼神下迅速妥协了下来："苏师叔！"

"好……好！"苏词接连说了好几个好字，激动得仿佛好像是孤魂野鬼终于得到了名分上的承认一样。

"那个……天快黑了，我家没有多余的房间供你们留宿……"

认可了苏先生，杜方知逐客的语气都显得婉转了不少。

"是啊！时间过得可真快，那我们先回去了，你们也早点休息，准备好接下来的市区赛。五月十六，我一定会过来的，谢谢你们……"苏先生说完，再一次忍不住落泪，郑安怡真担心他的情绪再这样宣泄下去得不到控制，直接开口吼了声："杜师兄，陈师兄，再见！"

扶着苏先生出门下了台阶，杜方知和陈之问站在门口，目送着他们的身影消失在巷道里。

"苏先生要跟我们走什么法律程序？"陈之问终于忍不住开口问道，杜方知把手中的股权书递给他。陈之问看了一下上面的内容，惊讶得直接跳了起来："咱们师傅，居然还有……"

实在不知道这个百分比到底价值几何？那箐语在实力上是足够和宁桥拼一把的了，如果按照宁桥的资金实力来看，这个百分比绝对是一笔不小的财富。

"方知，你前后态度变化得这么大，不会是因为师傅的遗产吧？"陈之问忍不住问出了心中的疑问。

杜方知冲着他冷冷地笑了笑，开口反问道："你觉得呢？"

"方知，你别吓我，我知道你不是这样的人，在人品上面，你可比我正直多了。说实话，一下变成箐语的股东，我有一种中彩票的感觉，你说这么好的事情，怎么就落在了你和我身上。要是当年师傅生病的时候，知道有这一笔财富的存在，那他的病是不是能够治好？"陈之问变得有些语无伦次，突然出现的遗产确实让他心里非常雀跃，可一想到当年在病痛折磨之中离世的师傅，陈之问又忍不住惋惜起来。

"我看中的是这份遗产吗？"杜方知摇了摇头叹了口气。

"我当然知道你看不上，守着价值万贯的书房，一日三餐吃煮红薯的你，又怎么可能看得上箐语的股份。"陈之问带着几分酸气说道。

"真正让你认可他的是,这一份股权书上面的这个日期,箐语成立的那一日,咱们师傅的名字却摆在最前面,足以证明他的心里真的从来都没有忘记过师傅。你之前觉得他负了师傅,没有和师傅一起承担那个责任,口中所说的成就师傅梦想的话,不过是为了填平自己内疚的理由。可这一份股权书,却证明了他的真心实意,所以你才从心底里接受了他,愿意带他去拜祭师傅?"对于自己这个同门,陈之问并不是盲目地跟从,而是因为他的三观,这绝对让自己信任的。

其实从某一个方面来说,此时此刻的杜方知,和当年的那一个冯竹里又有什么区别呢?一样的才艺绝伦,一样的天资聪慧,一样的有着几分桀骜不驯。或许也正是因为这样的原因,冯竹里才会在去世时对自己的悲惨一生有了释然。

"是啊!有的人只做错了一次选择,却要用一生的愧疚来补偿。有的人为了一个并不合理的承诺,却要用一辈子来遵守,匠人匠心独运……"

杜方知关上大门,直接踢了一脚还沉浸在感慨之中的陈之问:"还杵在这里干吗?赶快去做你的竹书啊,耽搁了时间,我要你好看。"

"杜方知,你知不知道我此刻正感慨万千、五味杂陈,你这是在破坏气氛,特别地破坏气氛。我真不知道许悠然怎么会看上你这个木头,不……你就是一根朽竹。"

陈之问气急败坏地骂道,这人真的是一点儿也不顾别人的感受。

"就算是朽竹,我家方知也能把它雕刻成才,倒是你,还想不想晋级省赛啦?"

杜觉不知道从什么地方钻了出来,冲着陈之问就是一顿奚落。

"你们祖孙就知道欺负我,等我练成了神功,功成名就的时候,我一定要跟你们划清界限。"

陈之问觉得自己特别地能受虐,这样的气,几乎每天都要承受上几次,可不管怎样,都从来没有生起过打包走人的冲动。

反而恨不得能够一直在杜家住下去,特别是那书房的门打开后,某人都恨不得自己能够改名姓杜了。

"那么在你还没有练成神功功成名就前,请你赶快去做竹书。"

杜方知脸上出现了一丝笑意,显然心情不错,陈之问把手中的股权书塞回了他手上:"这玩意儿还是给你保管,你可别弄丢了,那可是我下半辈子的荣华富贵!"

"你的荣华富贵,是要建立在你自己努力成就上面的,这些外来的东西,只会束缚你展翅飞翔的志气。"

杜方知的话让陈之问忍不住开怀大笑起来,回过头望着他说道:"哥,我的亲哥,如果能够让自己的日子过得更加舒适一点,谁又愿意一直狼狈下去。师傅的遗志我们得发扬光大,那么师傅的遗产我们也应该是有资格继承的,所以你不要心里有负担。你过惯了清苦的日子,你的妻儿嘞?你是想让他们跟着你一起吃煮红薯?"

"我自然有能力,让他们过上好日子。"杜方知说这话的时候,语气坚定,眼睛里面却带着一丝自己也没有察觉到的温柔。

"是,你说得对,我懒得跟你说,我去做我的竹书,我还忙着呢!"陈之问摆出一副妥协的样子,转身回到了天井里,继续和自己的竹书进行着奋战。

杜方知小心翼翼地将股权书对折起来,因为这一张纸上有自己师傅的名字,是唯一一份能够证明,自己师傅对竹工艺行业影响的证据。

杜觉早早地回房休息,杜方知却拿着刚刚才拿到的竹丝扇材料,开始研究起编制竹丝扇来。

二

　　许悠然有了这大型的资料库,在收集完自己所需要的那些资料后,几乎每天都能完成一千多字的内容。而且是一边写一边让杜方知、陈之问、杜觉几人帮忙审文。有了这几位专业人士的提点后,许悠然在进行修改的时候明显轻松了不少,杜觉闲来无事会搬一把躺椅到书房外,翻看着演义小说的同时,随时给许悠然提供资料解析。

　　不管历史历程,还是一些专业的竹工艺作品知识,杜觉就像是一台搜索引擎一样,几乎没有他回答不出来的问题,让许悠然真正见识到了这个疯癫老人博学多才的一面。

　　转眼过去了一个多月,许悠然终于在五月十五号下午写完了自己的毕业论文,得到了杜家这三位勉强算得上是资深行业人士的认可。可也意味着,她该回成都了。为了能够跟他们一起去万岭箐祭拜冯师傅,许悠然买了十七号回成都的票,只想着等论文答辩完,再回来陪方知参加市赛。晚饭结束后,原本想让方知陪自己说说话,可看着杜方知忙得脚不沾地的样子,以为他们是在为市赛做准备,只得早早上楼,回到书房继续看书去了。

　　"后天悠然就要去省城了,明天咱们又得上山祭拜师傅,今天晚上多加会儿班,把手上的事做完。"

　　"是,你是我哥你说了算,大不了今天晚上陪你通宵,为美人兮,方知已狂,制竹扇兮,赠一夏清凉,作茶具兮,表迹泰山,刻竹书兮,师长皆知,长夜通宵兮,悠然浅笑兮……"

陈之问手上动作不停，口中也在不断地胡扯，杜方知有些心虚地看了一下楼上，确定许悠然听不到，才低声呵斥了一句："你能不能安静一点？"

"不能，我心喜悦兮小鹿乱撞，我心高兴兮……"陈之问声音变得更大了，但听到他没有再拿自己和许悠然出来胡扯，杜方知也就不理会他了。

竹书剩下的内容并不多，几乎每一次许悠然写完修改之后，杜方知都会用瘦金体抄录一遍，陈之问就直接开始进行雕刻。哪怕是今天下午才完的稿，其实也只剩下了两千字左右没有刻录了，而且材料是提前备足了的，陈之问做起来速度也并不慢，凌晨两点，就完成了整个竹书论文的制作。厚厚的一叠竹卷，展开之后足有两三米长，好在竹片特别薄，体积看起来庞大，重量却还算是能够承受。陈之问从头到尾检查了一遍，又做了一些简单的调整，这才把整卷竹书交给了杜方知。

杜方知缓缓展开，仔仔细细地检查了一遍，点了点头，虽然有些位置看起来有些小瑕疵，但能够在这么短时间内做出来，已经是非常地不容易了。把它放在自己早就准备好的一个竹筐里，满满地装了一筐，杜方知看着这个有些沉重的筐子，眉头微微地皱了皱："我不是让你做轻薄一些吗？"

"整个厚薄度我已经控制在了 0.3 厘米左右，这已经是我的极限了。"陈之问没好气地回了他一句，转身进了自己房间，带着几分发泄的气势，重重关上了房门。

"谢谢！"就在房门关上的那一刻，陈之问以为自己的耳朵出现了幻觉，杜方知居然有给自己说谢谢的时候。

早上天微微发亮，杜氏竹艺馆的门就被人敲响了。最先听到动静的是杜觉，只见他拉亮了灯，嘴里还带着几分埋怨："这么早来敲门，还让不让人睡觉了！"人却已经走到了店门口，边开门边喊道："来了来了！"房门打开，就看到了苏先生和郑安怡一人背着一个小背篓，笔直地站在大门口。

"二位有事？"

"杜老先生好！方知说，今天要带我们上山去祭拜，所以我们来得早了一点。"苏先生看着这个年纪比自己还要长的老人，语气里带着尊敬。

"确实有些早，孩子们昨天晚上忙了大半夜，才刚睡去没多久呢！你们先进来坐会！我去买好早餐，再叫他们起床。"杜觉对苏先生，虽然没有碰面，家里放着的那些漆彩篾丝的来历却是知道的，自然放心地把他们给迎进了屋。等到他们坐下来后，便急匆匆地准备出去买早餐，想着让家里的孩子们多睡会，买了早餐之后再叫他们。

"不用，我们过来的时候，带了碧玉溪东岸的小笼包和蒸饺，给你们每人都准备了一份。"郑安怡说完后，打开了自己面前的小背篓，从里面取出了好几个精致的饭盒，一一摆在了收银桌上。

杜觉看了一下分量，确实都给准备了，只得悻悻地搔了下后脑勺，开口说道："那我现在就叫他们起床。"人已经回到了天井方向，先后敲响了杜方知和陈之问的门，直到听到里面的回应，这才转身往楼上走去。许悠然房间的灯也亮了起来，显然楼下的动静早就惊醒了她，杜觉只是冲着门里喊了一声吃饭了。

自从店铺里的生意好起来，杜觉手中也有了一份自己可以决定的钱财，所以这段时间家里的早餐几乎都是他在跑腿。从之前人人厌烦喊滚的地步逆转成了到处都有了逢迎的笑容，特别是杜方知他们拿到了宁桥的第二名后，街坊邻居明显对杜家改变了态度和看法。

等到三人洗漱完后，苏先生就招呼着大家一起吃早餐，特色的小笼包和蒸饺，还有好几种味道不同的酱料，确实比镇上好多小吃味道都要好。

"苏先生你来得可真早。"许悠然看了一眼外面的天色，直到现在都还没有大亮。

"师傅昨天晚上激动得一个晚上都没睡，四点过就让我收拾东西直接开车过来，又担心你们没有准备早餐，所以专门去了碧玉溪那边，买了那里最好吃的小笼包过来。"郑安怡简简单单地解释了一下他们出现得比较早的原因,可在场的几个年轻人都陷入了沉默。

苏先生这么大的年纪了,居然对冯竹里还有这么深的感情,哪怕只是一个祭拜,都能让他激动得睡不着觉。如果当年他能够及时地找到冯竹里,那么现在会不会又是另一番景象?

大家把饭吃完后,杜方知在众人的不解中打发着陈之问去买方便面。"为什么要买方便面?"许悠然率先问了出来。

"我们往年上山,都会在山上住上一晚,今天,虽然不用留宿,但路程比较远,可能要下午五六点才能回来,方便面可以当午餐。"陈之问开口解释了一下,许悠然继续问道:"山上可有厨房?"

"有。"

"家里面还有一些菜,是我昨天买回来的,我再准备一些调料,中午的时候我们自己做饭。总不能让苏先生跟着他们一起吃方便面吧!毕竟这么大的年纪了,还要走这么远的山路。"

许悠然说完之后,就直接去了厨房收拾东西,不大一会儿就整理了大半背篓出来。杜方知看了一下天色:"昨天应该把祭拜的那些东西都准备好,这么一大早的时间,香烛店都还没开门呢!"

虽然想要早点出发,可却忘记提前备东西了,以前每一次上山最迟都要待一个晚上,所以并不急着赶早路,可今天等一会儿还要回来,却不得不提前出发。

"东西我们都准备了,咱们现在就走吧!"苏先生说完之后,伸手指了指放在门口的小背篓,郑安怡走了过去,揭开上面覆盖了一层的油纸,里面竟然是满满的一背篓香烛鞭炮。杜觉这一刻才明白,苏先生为什么要把自己的那个背篓给放在大门口,因为里面装的这些东西,全是祭拜用品,是不好放进别人家里的,特别是家里还有像自己年龄这么大、随时都有可能走了的老人。不由得对这位苏先生的教养又高看了几眼,虽然只是一些并不重要的习俗,可却不是每一个人都能放在心上,而且还能遵守的。

"那好，咱们现在就走！"杜方知开口说完，把许悠然准备的那个背篓直接给提起来背在了肩上。陈之问也主动抢了苏先生的背篓背上，杜觉把他们送出了门，看着他们出了小巷，才大声喊道："你们有没有带电筒，今天晚上能回来吗？"

"带了的，悠然明天早上的车，所以我们晚上不管多晚都会回来！"杜方知开口回答道。

"好，我提前让翠湖准备饭菜，直接去饭店那边等你们了。"

杜觉等着他们走出了小巷，这才回到了店里，简单整理了一下清洁卫生，坐在收银台前自觉地看起店来。

自从那一次谈心后，杜觉终于不再像往日一样疯疯癫癫，只要几个年轻人忙不过来，他都非常自觉地开门看店，哪怕经手的生意并不是很多，但陆陆续续却有了不少好的开张。

而且因为他博古通今，能够把每一件作品的历史过往、编制方法全部讲解得清清楚楚，倒是得到了不少真心喜欢竹工艺文化游客的喜欢。有时候行事也有一些疯癫，却也逐渐回到了正常生活之中，大概是因为心里有了希望，杜觉整个人看起来都干净利落了不少。

一行人顺着街道走到了镇子郊外，陈之问在前面负责带路，郑安怡和苏先生紧跟其后。

许悠然虽然空着手，却走在最后，杜方知在频频回头关切之下，直接让她走在自己的前面。

竹海镇以万岭箐而得名，只要眼睛能够看到的地方，几乎到处都是竹子，而且还品种繁多，不过才爬完几个看起来并不大的小山岭，许悠然就已经看到了至少有七八种竹子。

刚开始还兴致勃勃地一路打量，利用自己在书房里面学到的一些知识，对一些少见品种，跟大家一起品头论足一番。可慢慢地走了大概有十几里路之后，许悠然脸上明显出现了疲倦，不是绕山而行，就是一路上山，一座座的山岭就像是没有尽头一样，根本不知道还要翻多久。

看着郑安怡，人家背篓里还有一些水和干粮，不但半点不知疲倦，偶尔遇到陡峭的地方，还要伸手去扶苏先生一把。

许悠然实在不好意思叫累，只能带着几分无奈地开口问道："还有多远？"

"这才走了不到一半路程，你要是走不动了，可以让方知背你。"陈之问站在高处笑着说道。

许悠然看了一眼杜方知背上的背篓，忍不住抬头瞪了陈之问一眼，继续埋头跟脚下的路较起劲来。

杜方知早就跟她说过山路不好走了，而且距离还有些远，但想要看看他学艺的地方，许悠然毅然决然地决定了跟他们一起同行。对于一个很少走这种山路的人来说，刚开始确实特别地具备新鲜劲，可时间稍微一长，体力和耐力就有些承受不了了。

第十三章
万岭箐竹故人泪洒

一

"翻过这座山岭,前方有一个挂水涯,咱们可以在那里歇一会儿再走。"杜方知说完后,把手伸向许悠然,有了他的扶力,许悠然爬起山来明显不如之前那么吃力了。过了大概十几分钟,众人爬到了山顶,当眼睛看着前方悬崖峭壁上挂着的那一帘瀑布时,许悠然感觉所有的疲倦都被一扫而空了。

"这里就是挂水涯了,先把东西放下就地休息一会儿!"陈之问说完后,帮郑安怡把她背上的背篓接到了地上,然后才把自己的背篓也放了下来。

杜方知折来几根竹枝,把旁边的一块大青石清扫干净,让大家坐下休息。

许悠然双腿盘坐在大青石上,看着前方的瀑布,那溅起的水珠在阳光的照射下变得五颜六色晶莹剔透,实在是太漂亮了。

陈之问见他们看得入神,笑着说道:"你们现在看到的这不算什么,若是中午太阳正烈的时候过来,还能看到瀑布上挂的彩虹呢!"

"你见过?"女孩子都是喜欢彩虹的,郑安怡自然也不例外,带着几分怀疑地开口问道。

"当然,跟着师傅学艺的那段时间,我承担了生活用品的采买工作,每个月都要下山几次,每次正午路过这里的时候,都能看到七色的彩虹,就像是长在瀑布上的一样。可惜没有相机,留不住那人间绝美。"陈之问乐呵呵地说着,当初学艺师傅管得严,自己又总想偷懒,就主动承担了采买工作。那段时间,觉得过得最开心的就是在这条路上往返。可后来,眼看着师傅的病情逐渐恶化,耳边也少了严厉的叮咛,陈之问反而有些后悔自己之前的懈怠。

一行人休息了大概有十分钟左右,又继续往另一处山岭爬,途中经过了一个住着十几户人家的小村庄。

苏先生看着村庄停下了脚步,开口说道:"我记得以前竹里,就是住在这个村子里的。"

"那就是说我们快到了?"许悠然立马来了精神,望着杜方知问道。

"师傅确实在这个村子里住过一段时间,可他不喜欢这边的环境,就搬去了一个他自己喜欢的地方。"

"不是不喜欢,可能是为了避开我。"苏先生苦笑了笑说道,怪不得后来,不管自己怎么寻找,都找不到他的踪迹。

"还有多远?"

"也没多远,最多只有四五十分钟路程,加快速度,到地点之后还来得及做午饭。"杜方知说完,大家又继续往前走,穿过了好几处茂密的竹林,甚至有的地方都已经没有路了。还好陈之问带了一把柴刀,尽量把那些拦路的棘刺藤条给砍断,硬生生地给踩出了一条路来。

"差不多有一年时间没上来了,这边人迹罕至,自然而然就会被一些杂草树藤把路给侵占了,你小心一点,那些藤条上可是有刺的。"杜方知口中这样说,却一路伸手护着许悠然,生怕她被那些树枝之类的东西挂伤。郑安怡每次回头,都能看到杜方知小心翼翼回护许悠然的样子,眼里面闪过一丝羡意,却也有样学样地将苏先生给回护了起来。

看着树枝划破她袖子，苏先生冲着她摇了摇头："你不用管我，自己小心些，好好一个女孩，可别把脸给刮花了。"

"好。"郑安怡口中应得积极，手上的动作却没有停，只要发现有能够威胁到苏先生的树枝藤条，郑安怡都会直接用手把它们全部给拨开。她这一系列的小动作总算惊动了在前面开路的陈之问，陈之问开口说道："这个季节荒草正茂，要是咱们冬天上来，路会干净些。"

陈之问放慢了前行速度，尽量把能够伤到行人的一些藤条杂草踩在脚底，该砍的砍干净，让后面的人能够走得更加舒适一些。走了大概有十几分钟左右，终于离开了这一条茅草丛生的小道，出现在了一个山谷里。

在前方地势比较高的地方，一间全部由竹子搭成的茅草屋就这样呈现在了众人眼前。茅草屋外面还围了一大圈篱笆小院，不过整个院子周围除了杂草就是杂草，几乎看不到有人居住的痕迹。

许悠然打量了一下周围环境，竹居后面是一片剑竹林，北面山坡还有一大片慈竹，山坡下有一条小溪，小溪两岸同样生满了杂草，看不到里面的溪水，却能很清晰地听到流水叮咚的声音。整个山谷面积不大，应该也就只有二三十亩的样子，但地理环境却特别好，要是能够稍微收拾一下，绝对算得上是一个世外桃源。

"我跟你去收拾厨房，帮忙做饭，阿问把门口这些杂草整理出条路来，吃完饭休息一会儿，咱们就去祭拜师傅。"杜方知说完，拿出钥匙打开了门上的锁，许悠然做梦都没有想到，外面看起来矮小的竹屋，屋里虽然堆积了不少灰尘，却非常地宽敞明亮。一应家具几乎都是齐的，全部都是用竹子做成，找不到一丝木头的存在痕迹。

跟着杜方知来到厨房，除了一个用石头砌成的大灶，还有一口实在不能用竹子代替的铁锅，里面所有的生活用品都是用竹子编刻而成，由此可以看出，曾经的那位主人手艺之绝。

杜方知指了指放在墙角处的扫把："你先把这里的灰尘扫一下，我去打两桶水过来。"说完拎了两个竹桶就往外面的小溪走去。

陈之问早就拿着柴刀大杀四方,熟练地在小院子里面劈出了一条一米多宽的路后,又开始整理起客厅。

郑安怡从进门的那一刻,一双眼睛就盯着那些竹制品看。

桌子、板凳、躺椅、箱、笼、柜,虽然已经覆盖了不少的灰尘,但每一样东西都做得非常的精致,哪怕是看起来有些年生了,却依然给人一种结实耐用的感觉。甚至每一把竹椅上都有镂空雕花,郑安怡完全被这神乎其神的各种技艺给迷住了。

之前听自己师傅说过,这个师伯的手有多巧,脑子有多灵活,天赋有多高?郑安怡从来都没有相信过。

如果一个人的技术真的到了这种地步,为何会一直默默无名?可是现在,这些证据就这样摆在了自己眼前,郑安怡惊讶得都合不上嘴了,这里的每一件器具,虽然都是极为普通的生活用品,可它们的制作技巧,却是自己前所未见的精良,作为长宁竹工艺的后起之秀,郑安怡除了对自家的师傅,从来就没有对其他匠人生起过这样的崇敬之心。这些物件随便拿出一件,送到箐语去卖,都能卖到一个不错的价钱。

苏先生的眼睛早就黏在了屋里的这些器具上,这里所有东西,都有着冯竹里以前生活过的气息。每种编织手法,每种雕刻手法,甚至每一种成型的手法,都是苏先生熟悉得不得了的东西。

"这屋子这么多年都没有人住了,这些东西为什么会保存得这么好?"见到陈之问进来,郑安怡问出了心里疑问。

"每年到了师傅的祭日,我和方知都会到山上来小住几天,把这屋子前前后后检修一遍,只要遮住了风雨,屋里的东西就不会受到多大影响。师傅当年做这些家具的时候,图的就是能够多用几年,所以在选材方面,都特别下功夫。就像这把躺椅,这上面用的竹子,都是在腊月的时候从山上砍下来,卤煮之后浸泡了整整三年,不但结实,而且还不易生虫。还有这张桌子,采用的篾丝也是浸泡了好几年的腊篾制作的,只要不风吹日晒雨淋,就可以一直这样保存下去,不会出现腐烂。"郑安怡当然知腊篾的功效,可像自家师伯这样,每一件东西都冲着长长久久去制作的匠人,现在实在是太少了。

第十三章 万岭箐竹故人泪洒

苏先生张了张嘴，还是没有问出其他话来，手指拂过面前藤椅上的灰尘，仿佛看到了当初，冯竹里慵懒地躺在椅子上面，教训两个弟子的情景。

终归……是自己来得太迟，没有亲眼看见那样的画面，苏先生的眼眶再一次红了起来，半点也不顾椅子上的灰尘，直接整个人躺了上去。

藤椅的质量很好，只需要脚往前面蹬一下，就开始前后摇动起来。苏先生缓缓闭上了双眼，慢慢地感受着摇晃的节奏，泪水却早已打湿了脸庞。

"苏师……"陈之问正想出言关心，嘴巴却被一只手给捂住了。看着这只手的主人，陈之问眼睛里出现了疑惑。

"年纪大了的人，心就会变得柔软，更何况，这里是师傅一生的执念，让他一个人慢慢去感受，当年师伯存在的点点滴滴吧！"

陈之问点了点头表示自己理解，郑安怡却没有拿开自己的手，而是继续开口问道："有什么活需要我帮忙的，我们一起收拾，尽量不要打搅到他。"这还是郑安怡第一次这么轻言细语地对自己说话，陈之问再次点了点头，示意她把手拿开。

"我们去打盆水过来，先把客厅收拾干净，一会儿吃饭的时候好用。"

"好！"

两人去了厨房，此时厨房已经清理得差不多了，杜方知正在清洗碗筷，许悠然烧了一大锅热水，正准备下米煮饭。陈之问要了两瓢热水，带着郑安怡一起去整理客厅。

大家一起动手，不大一会儿工夫饭就做好了，看着桌上摆着的三菜一汤，虽然有些简陋，但在这种情况下也没有别的讲究了。走了大半天的路，又干了那么久的活，谁都已经饥肠辘辘了，好在煮的饭分量够足，连带着苏先生都吃了两大碗。

二

陈之问带着他们出了门，来到了后面的那一大丛剑竹林里，一眼就看到了那竹林深处一座鼓起的坟包。

苏先生跌跌撞撞地跑了过去，停在了那坟前的青石碑前，看着上面那个自己念叨了一辈子的名字。直接跪在了地上，伸出颤抖的手，想要去抚摸上面的刻字，可又带着几分不敢，那伤心欲绝的样子，让身后的几个年轻人都觉得难过极了。

"师傅，我和方知又来看你了，今年，我们给你带来了两个惊喜呢！"

陈之问说完后拿出香烛，直接跪在地上把墓碑前堆积的那些枯叶全部给清理干净，把香烛插上之后，拿出火柴递给了旁边的苏先生。

杜方知带着许悠然清理起坟上的杂草，郑安怡见状，也主动上前帮忙。

陈之问陪着苏先生燃烧纸钱，口里还喋喋不休地念叨着："师傅，我跟方知顺利进入了市赛，下个星期五就要上战场了，您老可一定得保佑我们，拿一个好成绩回来，我们将来还要参加省赛国赛，为你争光，为咱们堂堂西南半壁争光呢！师傅，你看到那个女孩了吗？穿蓝色衬衫的那一位，她是方知的对象，这世道就是不公平，方知这个闷葫芦居然比我还要先找到女娃。师傅，我错了，我没有抱怨，我也很替方知高兴，看在我把苏师叔给带来的份上，你可不可以不要再打我手板了。"

陈之问对着墓碑念念有词，就好像此刻埋葬在坟墓里面的那人，真能听到他说话一样。每年过来上坟都是这样,方知负责清理打扫,他负责跟师傅聊天说话,说说外面世界的变化,说说行业内出现的各种代表佳作,偶尔还会讲讲宁桥跟箐语之间的各种明争暗斗。

当初不知道箐语跟师傅的关系,作为江安人,陈之问在说话聊天的时候,语气大多数都是偏着宁桥的。做梦都没有想到,有一天自己会把箐语的创始人给带到这里来。

"师傅,你看到苏师叔了吗?他这些年一直都在找你,你是不是也特别想要见他。"

陈之问话刚说完,耳边就响起了苏先生的溃不成声:"竹里……我总算是找到你了!竹里啊!是苏词对不起你,当初偷师明明是我们两个,却偏偏让你一人承担了后果。是我懦弱不敢承担责任,我对不起你,让你一个人在这深山老林里面过着这般清苦的日子,苏词对不起你啊……这些年来,我一直都在四处找你,一直都找不到你,竹里,你心里是不是特别地怨恨我,所以才会搬到这里躲起来,故意让我找不到你……"

声声哭诉,听的人肝肠寸断。

杜方知此刻已经清理完了坟上的杂草,默默地跪在了陈之问旁边,一边帮忙燃烧纸钱,一边听着苏先生悔恨自责。

许悠然十分自然地跪在了他身旁,杜方知偏过头看了她一眼,眼眸明显地亮了亮,把手中的那一叠纸钱分了一半给许悠然。

郑安怡见状,也默默地跪在自己师傅旁边,静静地听着苏先生诉说着他这些年所有的内疚和悔恨。等到香烛纸钱全部烧完,苏先生却依然没有要离开的意思,手指不断地抚摸着冯竹里三个字,仿佛只有这样,才能填平心上的思念。

"苏师叔,你不用过多地伤心,师傅并非如同你想象中的那样孤苦无依,不管是他活着的时候,还是现在,都有他最爱的竹陪伴着他。这片剑竹还是当初他亲手种下的,他说生和死都有竹相伴,这一辈子也知足了。若要说遗憾,他最大的遗憾就是,一辈子只收了我和阿问两个徒弟，不过我们也向他保证过，他发明研究出来的所有编织技巧和雕刻技巧，我们都会全力地传承下去。等到将来我们有能力的时候，我们会广纳弟子，绝不会让冯氏编法断了传承。"

"好……好。"苏先生接连说了好几个好字，却依然没有要离开的样子。杜方知只得继续开口劝道："苏师叔若是愿意，以后每年师傅的祭日，我们都抽上几日时间上来小住。"

"愿意的……愿意的！"苏词不断地重复着这一句话，仿佛只有这样的承诺，才能让自己心里好受上几分。

"时间不早了，下山的路还有那么远，我们收拾收拾回去吧？"杜方知很少用这样的耐心去对待他人，大概是因为师傅的原因，对这位从天而降的师叔，杜方知说话的语气里多了一丝照顾。

可苏先生的样子，依然写满了我不想离开，找了大半辈子的人，总算是找到了，不管是换成谁，不管是生是死，都想要和他多待一会儿。

杜方知没办法，只能用眼睛向郑安怡求助。所谓知师莫若徒，这一点在郑安怡的身上体现得淋漓尽致。只见她伸手抓住苏先生的胳膊，低声说道："师傅，时间不早了，咱们该回去了，许悠然买了明天一大早去省城的车票，可不能让人家错过了车次。"

苏先生被她这么一说，果然点了点头，挣扎着想要站起来，可跪在地上的时间太长，双腿这一刻根本就使不上力，又加上起来的速度有些快，整个人直冲冲地冲墓碑摔去。杜方知眼疾手快，伸手一把将他抱住，帮他稳住了身形，确定他不会再摔倒，才缓缓地将他放开。

"果然是年纪大了没用了，这才多长时间？这双腿就不听使唤了，想当年和竹里一起学艺，被罚跪上个半天那也是常有的事。"苏先生感慨万千，转身顺着来时的路往竹林外走去，郑安怡连忙上前将他扶住，老人家的脚步看起来异常沉重，背影甚至还带着几分孤独和萧瑟，却一直强忍着没有回头。

直到快要走出剑竹林的时候，他才慢慢地转过身，望着竹林里面的那座孤坟说道："等我有时间了，就专门过来陪你几日，我知道你不孤单，可我还是想要陪你，冯竹里……我好想你！"那带着浓浓思念的语气，让许悠然眼眶也跟着红了起来。

冯竹里的悲剧，无论如何都不能复制在杜方知身上了，许悠然默默地在心里想着。杜方知仿佛能够看穿她心思一样，伸手握住了她的手，小声说道："我不是他，你无需为我担心。"

"好！"

一行人出了竹林，杜方知和陈之问前前后后地对竹屋检查了一番，两人商量找时间把屋顶的茅草给翻新一遍和下一次上山来要带些什么后，才收拾东西踏上了下山的路。

上山累，也耗时，因为是往上走的原因，哪怕有些路径陡峭危险，没有向下看的直观感，所以并不放在心上。可下山就不一样了，几乎全靠膝盖用力，还没走多远，就觉得双腿发软，更让人恐怖的是，睁开眼睛往下看，全是悬崖峭壁，胆子小的人，早就被吓得动弹不得了。

也不知道这些住在山上的人，到底是怎样生活的？苏先生还好，虽然年纪比较大，但很显然经常在山路上穿梭，在郑安怡的照顾下，一路都没有出现过疲倦，只是有些黯然神伤，那也是因为舍不得这么快离开的原因。

独苦了许悠然，长这么大爬过最高的山，还是自家大学附近的一个小森林公园。而且因为没有经验，遇到比较陡峭一点的山路，都是采用侧身走的，这还是有杜方知全程扶着才能堪堪保持平衡。走到后面更陡的地方，陈之问直接看不下去了，把杜方知背上的背篓扔在自己的背篓里，开口说道："你们这样走呀走的什么时候才能回去，干脆你直接背她吧！"

杜方知没有意见，许悠然的意见就大了，当双脚不能再脚踏实地的那一刻，眼睛里看到的全是陡峭的山路。

最后，还是得靠自己的双腿走下去，等下了山回到了镇上，都快七点半了。

三

杜觉站在竹海饭店门口焦急地望着他们回来的方向，等看到他们后，迅速跑回店里叫道："翠湖，可以让后厨炒菜了。"

翠湖专门给他们留了个包间，等他们洗漱干净后，就开始带着服务员上菜。等大家吃完饭，郑安怡把车开到了饭店门口，带着苏先生早早就离开了。

苏先生临走的时候对杜方知兄弟说道："我把这些年竹里的那一份分红账本全部整理了出来，你们兄弟俩找时间到箐语来核对一下，到时我会把这笔钱分成两份分别打入你们二人账户。"

"苏师叔，无需如此……"杜方知从头到尾想要的都不是这一笔财富，而是苏词对自家师傅的心意。

之前，郑安怡就带律师来过，要求办理股权过渡，杜方知却以要参加市区比赛为借口给拒绝了。他认为自己对箐语没有贡献，也就无资格去不劳而获。

苏词眉头微微皱了皱，斩钉截铁地说道："该你们的你们就拿着，我并没想把你们和箐语绑在一起的意思，就算是认证了股份，你们也只是单纯的股东，不是箐语的员工。"

"那我们就更不能拿了，我们对公司没有任何贡献，往后的规划也跟公司没有关系，这种白吃白拿的事情我是绝对不能去做的。"杜方知很少把话说得这么直白，陈之问心里虽然有些舍不得，但还是跟着开口附和："方知说得对，我虽然没有什么人生规划，但以后方知往哪走,我就跟着他走,他不要,我当然也不能要。"陈之问早就在心里打定了主意,以后杜方知去哪他就去哪,要是有组团赛就跟他组团,要是有单独赛,就陪他晋级,反正跟着他走,方向绝对不会错。

"你们这俩娃,倒是和竹里一样较真,竹里没有儿女,他把毕生所学全部教给了你们,你们就是他在这个世界上最亲近的人,他所拥有的一切也顺理成章就是你们的了。就拿箐语的那一份来说,我如果有心占为己有,又何必在这里跟你们虚情假意。我是真的非常感谢你们,在他生命最后的时光,有你们陪伴着,我虽然不知道最后的半年他是怎么度过的,但我知道,你们俩是他这一生最后的希望,所以……你们不需要有任何的推辞,我把这一份分给你们,无非是希望你们没有后顾之忧,能够勇往直前而已。不管是参加市赛、省赛,还是往后的国赛,又或者你们能够顺利进入国际赛场,但前提都是要有经济基础支撑的。咱们先不说报名费,材料你们总得准备优质的吧?吃住行哪一样离得开钱?箐语这几年因为风格变化不大的原因,挣不了什么大钱,但却可以保证你们衣食无忧,不管未来有什么规划,咱们得把温饱解决了。作为师叔,我最大的心愿就是盼着你们这些年轻人,能够早日超越我们,做出更多更好的成绩来。明天我会自己带律师过来,你们可不能推辞,市区比赛还有两周时间,最多一个星期后你们就会接到比赛的规则通知,这次比赛的材料是需要自己准备的,有了钱,你们才能去打更有把握的仗。"

苏先生语重心长地说完,不等他们回话,直接钻进了小轿车里,郑安怡从驾驶座伸了一个脑袋出来,冲着陈之问微微地笑了笑:"咱们市赛见,那可是单独赛,陈师兄……我很看好你的,加油!"

随着加油的声音一落,一脚油门顺着长街扬长而去。

许悠然此刻感觉到浑身都痛,特别是那双膝盖,又酸又麻又软,就这样站着都显得特别吃力,不得不伸手扶着旁边的墙壁,口中更是有气无力地问道:"可以回家了吗?"

杜方知看着她一脸的疲倦,直接走到她面前微微蹲下,口中更是不容拒绝地说了两个字:"上来。"

某人虽然此刻是半步也不想挪动，可这个时间段，有不少的街坊邻居正坐在外面说话聊天，许悠然觉得还没有那么厚脸皮要人背。摇了摇头站起来准备往前走，可她实在是小看了今日自己这一双腿的劳损程度。

之前一直都在走路还好，刚刚坐下来吃了会儿饭，这一双本就负荷不堪的膝盖在享受到了片刻的休息之后，居然直接闹起了罢工。而且因为急着要离开的原因，步子跨得有些大，脚下自然就更站不稳了，整个人往前面的街道上扑了下去。眼看着脸就要和石板地面来一个亲密接触，杜方知直接将她捞入怀中，来了一个只有在电视上才能看得到的公主抱，就这样大摇大摆地在两旁街坊邻居的注视下面，穿街而过。许悠然吓得直接将脑袋埋在他的胸膛里面，假装别人看不到她，隐隐约约可以听到身后的议论声。

回到家中，杜方知把许悠然放在了天井的躺椅上，小声说道："你先休息一下，我去烧锅热水给你好好地烫个脚，等明天起来就会舒服一些。"

"好。"

许悠然是真的不想动弹，就这样躺着都觉得膝盖难受极了。

"还是我去烧水吧！你陪她说会话。"陈之问见状，抢先去了厨房，杜觉喊了一声我去帮你，也跟着追了进去。

杜方知搬了一个小竹凳，坐在躺椅旁边，伸手静静地给她揉起膝盖来。当他那粗糙又宽大的手掌覆盖在许悠然膝盖上时，掌心里的温热就像是具有魔力一样消除了不少酸痛。

许悠然看着低头给自己捏着膝盖的人，忍不住开口问道："你怎么就那么确定我是膝盖难受？"

"难道不是吗？"杜方知手上动作不停，抬头望着她。

"……"

原本只是想抛个问题，让两人私下相处看起来稍微融洽一些，可许悠然却忽略了，跟杜方知聊天，绝对是一件困难的事。

"你应该是第一次走山路,下山的时候掌握不了身体的重心,把全身所有的重量全部压在了膝盖上。时间一长膝盖自然承受不住,就会产生一些不良的反应,比如疼痛酸软。一会儿我用热毛巾给你敷敷,睡一觉明天醒过来就好了。"

居然知道解释了,许悠然又觉得眼前之人看起来特别可爱,可爱到忍不住想要伸手去捏捏他的耳垂,肉肉的厚厚的,捏起来应该很舒服。这种想法才刚生起,手就不受控制,已经伸了过去,大拇指和食指迅速锁定目标。触感果然不错,许悠然还忍不住使上了几分力气,看着毫不反抗的杜方知,为了能够掩饰自己的小心思,连忙左顾右盼言之:"听说耳朵耙的人,会疼老婆,所以就想要试试。"

"够耙吗?"

杜方知似笑非笑地望着她。

"应该……还行!"

在他的灼灼目光之下,许悠然不得不放开那触感特别的耳垂,小声回应道。

"悠然满意就好……"

杜方知说完,站了起来:"我去厨房看一下水烧热没有。"

人已经转身走进了厨房,不大一会儿便装了一大盆水出来,还准备了两条毛巾,掀起许悠然的裤腿,非常细致耐心地给她做着热敷。

"明天起床肯定还会难受,要不我去补一张票,陪你去省城?"杜方知手上动作不停,说话的声音却没有半点底气。

"我当然希望你能陪我去,可是你眼下最重要的是参加市赛,虽然我相信你的技术一定没问题,但咱们为什么不趁着这有限的时间,把技艺练得更好一些呢!"许悠然当然知道他心思敏感,说这话的时候,也同时发现了他眼眸里面一闪而过的那一丝暗淡。

不管他技术如何的高超,不管他对于竹工艺制造如何的自信,在许悠然面前,他心里面总是隐藏着一丝自卑。许悠然知道,这是因为他当初没有顺利迈入大学而留下的后遗症。

"我会回来看你比赛的,一定可以在你比赛前赶回来,我要看着你顺利进入省赛,到了成都,我会带你去看我爸妈,我会向所有认识我的人介绍,我的男朋友,他是这个世界上最厉害的巧匠良工杜方知。"

杜方知抬头望着笑语盈盈的许悠然,那眼眸里的暗淡早消失得干干净净,只见他重新打湿毛巾拧干敷在她的双膝上。转身走进了自己的房间,不大一会儿手里便抱着一个制作精美的大竹筐子来到了许悠然面前。那筐子的最上方,放着的是一个正方形的竹编盒,杜方知把盒子递给许悠然,小声说道:"打开看看!"

许悠然早就知道,最近这段时间某人神神秘秘,肯定是给自己准备了好东西,笑着打开盒子,惊讶地喊出了声:"竹丝扇,你做的?"

杜方知点了点头,许悠然拿起竹丝扇,果然和自己第一次看到竹丝扇的想法一样,这哪里是竹子编的?那柔软细腻的感觉就像是用丝绸编制的一样。轻轻地摇动了一下,淡淡的竹香传来,许悠然没有想到当初在赛场上,自己只是多看了几眼这个作品,这才多长时间,自己面前就出现了一把。

"给我的?"某女带着几分得意扬扬地开口问道。

杜方知摇了摇头:"是让你带回去送给你母亲的,天气马上就要转热了,这扇子正好能够用上。"

"哦!你居然偷偷给我妈准备了礼物?说……你到底有何居心?"

"我能有什么居心?若要论居心,你跑到我家竹艺馆来,那才是真正的居心叵测。"

杜方知居然会说出这样的话,许悠然又是惊奇又是欣慰,至少眼前的这根"朽竹",还是具备可雕塑性的。杜方知把扇子从她手中拿了过来,放在旁边,又从竹筐里再次拿了一个竹编盒出来。

这个盒子的体积明显要大些,许悠然甚至还觉得有些眼熟,等他把盒子递过来后,直接伸手打开,里面居然是一套竹编茶具,和自己之前卖出去的那一套一模一样。甚至比之前的那套更加精致美观大气,茶壶和茶具都采用了七彩篾丝穿花技术,看起来特别的赏心悦目。

"我不知道你父亲喜不喜欢喝茶,但是这套茶壶不但具备观赏性,还同时具备把玩性,麻烦你帮我带回去送给你父亲。"

"小女子竟不知,杜良工居然背着我做了这么多事儿,小女子此刻甚是感动,恨不得马上以身相许呢!"心里是真的感动,口里也真的是有些不着调,看着眼前之人瞬间红透脸颊,许悠然越看越觉得欢喜。

杜方知却没有理会她,把茶具收了起来,下面出现了一个更大的竹编盒,只见他双手把那整个盒子抱来放在自己的膝盖上,等着许悠然打开。

"这又是给谁准备的?"许悠然忍不住开口问道。

"你先看……"

许悠然只得先把盒子打开,出现在眼前的是一本被卷得厚厚的竹书。许悠然想要伸手去把竹书给捧起来,因为自己坐在躺椅上,竹书的重量不轻,居然直接从手中滑落了回去。

杜方知把竹书给拿了起来,在她面前缓缓展开,上面出现的正是自己最近写的这篇论文的内容。

"你……这么短的时间,你到底是怎么做到的?"

第十四章

答辩作业惊艳师长

一

一万两千多字,抄起来都困难,更何况要雕刻编制成书,这人居然还有时间去做竹丝扇和茶具,这是熬了多少个通宵啊?有些人从头到尾没有说过一句动听的情话,可许悠然就是知道,他是自己的人间值得。

"竹书是阿问做的,收编的位置有些粗糙,暂时也只能这样了。你写这个论文是为了推广竹工艺文化的,我就想着帮你做得更彻底一些。往后你要有别的作品,我尽量亲自动手做得精致些。"

耳边的温言细语,面前厚重的竹书,许悠然从来都不知道,一个人的心思可以细腻到这个地步。就在许悠然感动不已的时候,天井里响起了陈之问怒气冲冲的声音:"杜方知,你这话是什么意思,怎么我做的就粗糙了?这可是我忙了一个多月的成果,期间还熬了好几个通宵,要不是你求着我做,我才不做呢!"

"我只说事实。"杜方知把竹书重新卷起来,放回盒子里面,头也不回地怼了陈之问一句。

"你……"陈之问从来都没有像今日一样，想要骂人，各种骂人的词汇在他脑子里泛滥成灾起来，正准备奔涌而出的时候，耳边却响起了许悠然温和的声音："谢谢阿问，这竹书我很喜欢。"

"哼，你若敢像他一样嫌弃，从今往后就休想让我再做苦力，这也是因为时间有限，要是能够再多给我一个星期，我保证可以把它做得就像博物馆里面保存的竹书一样。"陈之问一副傲娇的样子，说完了这几句话，又连忙补上一句："水烧热了！"才转身进了厨房。

杜方知把竹筐收拾好，这才把之前的那盆水端出去倒掉，又去打了一盆热水过来，小心翼翼地脱掉许悠然的鞋袜："你先烫会儿脚，我再给你揉揉膝盖，小腿应该也很酸，早知道你没走过山路，我就不应该带你上山。"

"可我很高兴，能够和你一起去看你师傅，在他坟前磕个头，就等于他已经认可我的存在了。你师傅家的景色真的很不错，简直就像世外桃源一样，要是有时间，我还希望你能够带我上去住上一些日子呢！"

因为忙着在厨房做饭的原因，那些家具自己都还没来得及好好打量，但许悠然知道，那间竹屋里，每件竹制品都是精品。

"好！"

杜方知没有确定时间，却给了许悠然最直接的承诺，只要是杜方知应了好的事儿，就没有他做不到的。杜方知控制着手上的力道，轻轻揉捏着她的小腿和膝盖，再加上一双脚完全被热水包围起来，暖洋洋的舒服极了。

许悠然静静地望着旁边的人，身上的疲倦和疼痛得到了大范围的缓解，不大一会儿工夫，便在那躺椅上睡着了。

等到水温逐渐变凉，杜方知拿出毛巾帮她擦干净双脚，看着她的睡颜微微地笑了笑，俯下身子把她从躺椅里抱了起来，小心翼翼地往楼上走去。将她放在床上，杜方知体贴地拉过被子给她盖上，俯身下去在她额头轻轻地吻了吻，喃喃说道："你若此去不回，我也定不怪你，终归我此后一生，心上也只你一人。"

突然，一只手从被子里伸了出来，一把抓住杜方知胸口的衣襟，直接把他往床上拖了下去。杜方知没有防备，等到有所反应的时候，双唇却被许悠然的唇给含住，如同蜻蜓点水一般迅速分离开来，许悠然睁着清澈的眼睛，就这样直直地望着他。

"今晚……我可以的。"这话一说出口，一张脸红得就像要滴出血来一样。

杜方知却像是受到了惊吓一样，迅速站了起来和她拉开距离，淡淡开口说道："你累了，需要早点休息。"

"杜方知，我真的可以，我喜欢你，我想现在就要你。"许悠然从床上坐了起来，再次伸手想要去拉杜方知，杜方知却下意识地往后退了两步。

"我知道，但现在不行！"杜方知温和地说道，许悠然绝对不是那种胡来的女孩，之所以会有这样的反应，不过是察觉到了自己对这一段感情的自卑，想要给自己一个更加明确的承诺而已。可眼前的人，是自己想要奉若珍宝的，怎可伤她分毫？

"我们会结婚，然后一直在一起……"许悠然没有继续纠缠他，而是开口问道。

"会……但不是现在，我要先去拜会你父母，得到他们的认可，再让我爷爷上门提亲。"杜方知无比郑重地做着承诺，许悠然此刻已被他感动得热泪盈眶，杜方知，果然不愧是自己的人间值得。

"早点休息，明天还要坐一天的车，有你辛苦的。"杜方知说完，头也不回地转身离开了房间，直到房门关上的那一刻，那颗紧绷的心才算是放下了。

谁不是血气方刚的年轻人？面对自己喜欢的人，自制力这个东西，哪怕许悠然再坚持一下下，也会变得荡然无存。

直到下了楼梯，杜方知一颗心依然没有平静下来，去厨房舀了一盆冷水，直接洗了个冷水头，这才觉得舒服些了。

陈之问怀抱着双手，站在他房间门口，似笑非笑地看着杜方知。

口中不着调地说道:"我要是你,就先把生米煮成熟饭,把大事儿给定下来,这样不管往后你的泰山同不同意,人也绝对跑不了了。"

"流氓,无耻。"杜方知破口骂出了四个字。

"你是正人君子,那你跑过来用冷水洗头干吗,谁都是热血青年,可找不到几个像你这样坐怀不乱的。你说,你心上的女娃,要是这样一去不回,那你该怎么办?"陈之问是真的担心,许悠然长得好,学历好,而且家世看起来也不错,她家里面的人真的会同意她嫁给一个小竹匠,而且还是这么偏远的小镇?

"她说……她会回来的。"

"这个世上有很多身不由己,并不是她说就可以,你可以想象一下,如果她的父母不同意你们俩在一起,那她又该怎么做决策?可如果她有了你的孩子,那么她家里人就别无选择……"

陈之问话还没有说完,胸膛就结结实实地挨了一拳,耳边还响起了杜方知的警告:"我若是知道你婚前乱来,一定会让你好看。"

"喂……我是在给你出谋划策。"陈之问觉得委屈得紧,连个喜欢的人都没见到,怎么就被扣了一顶婚前乱来的帽子?

杜方知没有再理会他,迅速回了自己房间还顺手关上了门,陈之问捂着胸口觉得自己里外不是人。

二

第二天一大早,杜方知从外面买回了早餐,等着许悠然吃完早餐,直接把她送到了县城车站。将那一只大竹筐给她搬到了车,随着发车时间到来,杜方知才依依不舍下了车,看着汽车出了车站,却停留在原地发呆。

"杜师兄,我猜你一定还在这里,师傅正准备去你家,我们一起吧!"郑安怡从一辆小轿车里探出头来,望着他笑道,小轿车后座上,窗户也跟着摇了下来,露出了苏先生慈祥的面孔。

"苏师叔早!"杜方知开口喊道,拉开车门上了车,才发现前方副驾驶座上坐着一个中年男人。

"这位是罗律师,也是我们公司的法律顾问。"能够当律师,那肯定是读了很多书的,杜方知天生对学历比较高的人敬佩,礼貌地打了一声招呼:"罗律师好!"

"他就是我跟你说的方知。"苏先生带着几分骄傲地做着介绍。

"杜总好!"罗律师回头打量了杜方知一眼,心想有些人的运气真的是好,不过就是拜了一趟师,居然就能收获这么多的遗产。

"悠然走了,她有没有说什么时候回来?"郑安怡忽然开口问道。

"嗯。"杜方知淡淡应了一声。

"你跟她在处对象?"经过了这几次的相处,郑安怡早就摸透了这男人的脾气,除了许悠然,他跟谁说话好像都是这种态度。

"嗯。"回应她的同样是这个语气词,郑安怡知道自己根本就没办法跟他聊下去,也就只好作罢专心开车。

车子停在了杜家巷口外的街道上,因为是直接带律师过来的,苏先生把属于冯竹里的那份股份分成两份,当场和杜方知陈之问签订了股份转让协议。等到所有的手续流程全部办完,杜方知突然开口说道:"我可不可以拿出一部分股份收益,来成立一个箐语竹工艺文化推广教育基金?主要用在竹编竹雕技术教导上,让更多的人能够有机会去学这门技术。"

杜方知翻看着这几年箐语的收支表,觉得自己留一半的收入足够解决后顾之忧,那么剩下的另一半,总得为师傅做点什么才对。

苏先生老怀甚慰地点了点头:"其实像你说的这种技术教导,箐语早在十年前就已经成立了一间专门的教室。因为推广不够的原因,并没有招来多少兴趣爱好者,如果你愿意拿钱出来,我们可以把推广力度加强,一年四季轮番举办免费培训班,效果应该会更好一些。"

"既然是这样,那我也拿一些出来,这些对我来说终归是意外之财,如果能够为师傅的遗愿做点什么,我和方知都是很乐意的。"陈之问这一刻的觉悟也特别地高,当场慷慨解囊起来。

"我也出,我手上存得不多,只能聊表心意。"郑安怡也跟着表明支持。苏先生甚是欣慰,立马点头表示同意,杜方知当场请求罗律师,帮忙拟定基金款向条例,以及各项要遵守的法律事宜。

几个年轻人各抒己见,在短短的两个小时之内,就已经决定出了一套体系,一心想要把这个免费培训给做好。苏先生担任名誉校长,杜方知也决定找时间,把冯竹里研究出来的那些编制方法编撰成册,进行广泛推广。陈之问作为竹雕学徒,自然主要负责竹雕那一块。

几人说干就干,中午吃完饭后,罗律师看着他们没有离开的样子,只得自己去镇上的汽车站坐车回城。几个年轻人开始制作起冯氏教学手册,忙得不亦乐乎,苏先生和杜觉一人霸占了一个躺椅,坐在店铺里面一边照看生意,一边天南地北地摆着龙门阵。

第十四章 答辩作业惊艳师长

许悠然坐了七八个小时的车，总算是到了省城汽车站，怀中抱着沉甸甸的竹筐，直到现在，都还沉浸在杜方知那细腻的温柔之中。

"知道回来了，我就说你怎么想着提前给我打个电话，原来是行李太多拿不动啊！"正看着车水马龙的街道发呆，父亲许留安那显得有些粗犷的声音便在身后响了起来。

许悠然转身，把手中的竹筐放在地上，直接扑入了他怀中，口中更是甜甜地喊着："爸，这些日子我可想你了。"

"你这话说得没有半点诚意，要不是论文答辩时间快到了，你怎么肯规规矩矩地回来？这么长时间，连个电话都不跟家里打，你不知道你妈很担心吗？"

"我错了，我去的那个地方位置比较偏僻，连公用电话都不多。"许悠然有些不好意思地说道，许留安弯腰抱起地上的竹筐，走到他停车的地方，许悠然连忙打开尾厢，看着他把竹筐放了进去。

"都是些什么东西，怎么这么沉？"回到了驾驶室，许留安忍不住开口问道。

"保密，等回家了你就知道了。"

回到家中，又被许妈妈一顿埋怨，许悠然准备早点结束这顿唠叨，打开竹筐，把那装有竹丝扇的竹编盒子递给了许妈妈。满脸堆笑地说道："这是方知专门给你做的，你看看喜不喜欢。"

许妈妈打开盒子，看着里面躺着的竹丝扇，眼睛里立马出现了惊艳："好漂亮的扇子，这玩意儿看起来不便宜吧？"

许悠然点了点头，把扇子从盒子里拿了出来，带着几分讨好的笑容递给她。

"这居然是竹子做的，我的天哪，这做扇子的人手得多巧啊？"许妈妈接过扇子，仔仔细细地打量着上面的纹路，口中更是赞不绝口。

许悠然看着正似笑非笑地望着自己的老爸，连忙拿出另一个盒子递给他："这是方知为你准备的礼物。"

"方知是谁？为什么要给我们准备礼物？"许爸爸并没有伸手去接盒子，眼睛里面反而出现了一丝警惕。对女儿口中出现的方知两个字，更是明显地升起了一丝抵触。

"你处对象了？"被自己丈夫这么一提醒，许妈妈也瞬间变得敏感起来，直接开口问道。

许悠然有些害羞地点了点头，许妈妈激动地开口问道："哪里人？今年多大了？是干什么的？"

"竹海镇的，今年二十四了，他的工作嘛，自然是特别厉害的良工巧匠。"

"竹篾匠就竹篾匠，不是谁都称得上是良工巧匠的。"许爸爸脸色忽然沉了下来，没好气地开口说道。

"你爸说的是真的？"许妈妈显然也不满意对方的工作，之前拿到竹丝扇的喜悦，此刻也已经一扫而尽了。

见许悠然没有开口否认，许妈妈忍不住说道："还好交往的时间不长，你以后也不用再去那边了，成都里面有的是优秀的男孩，你自然会遇到更加合适你的。"

"可是……我已经决定了要跟他过一辈子，是绝对不会反悔的。"许悠然知道父母是为自己好，可他们根本就不知道杜方知有多好，如果仅仅是因为他的工作，就对他进行否决，那才是天大的笑话。

"你年龄还小，冲动下就算是做出了一些不好的行为也是值得理解的，可一辈子的时间说长不长，说短不短，有很多事情都需要三思而后行。你可是西南传媒的大学生，将来是要在镁光灯下工作的，你爸都已经给你找好了省电视台的工作，你跟一个竹匠能够有什么共同语言？"许妈妈语重心长，许悠然立马觉得一个头两个大，但也知道，这种事情必须得当机立断，立刻将他们说服，不然后续麻烦肯定一大堆。

只见她迅速打开盒子，取出那套茶具里面的茶壶，端起桌子上面的水壶，就往里面倒。

"你这丫头是疯了不成，这竹子编的茶壶怎么可能装得了水？"

许爸爸不可思议地看着她这愚蠢的行为,却在下一刻眼睛变得直了起来,因为那小茶壶并没有像自己的想象一样漏出水来。"这怎么可能?这明明是竹子编的,怎么装得了水?"许爸爸惊讶地从她手中接过茶壶,仔仔细细地打量着茶壶外端,想要从中找出一丝漏水出来的痕迹。

"爸爸现在总该相信,方知他就是良工巧匠了吧!他为了给你们准备这些礼物,不知道忙了多少个通宵。他所做的这一切并不是为了讨你们的认可,不过只是想让我高兴而已。"许悠然说完后,打开竹筐下面那一层最大的盒子,把竹书从里面给抱了出来,放在桌子上面慢慢展开。

"这是我这次选择的论文主题,原本我对竹编技艺确实有些喜欢,可选择它来做毕业论文,主要是因为这样的选题做的人少,比较容易过。其实我是带着投机取巧的心思去的,可是这一去,我才算是真正地领略了竹工艺文化的浩瀚和精致。这个小竹匠能不能配得上你们女儿,你们先把这篇论文看完下结论。这上面的字体是他的字体,这上面所有的内容和数据,都是从他家的藏书面找到的,他家,有着完完整整近两百年的传承,虽是竹匠,却不比那些所谓的书香世家差半分。我累了,我先去洗漱休息,你们慢慢看。"许悠然说完,转身回了自己房间,把房门关上之后,才发现自己心跳得砰砰直响,可见之前有多紧张。

三

　　许爸爸还震撼在手中的这个茶壶上，却被许妈妈直接拉到了桌子旁边，拜读起了女儿的论文大作。足足用了半个多小时，才把那一篇论文全部读完，许家父母就这样坐在桌子旁，你望着我我望着你，都在等着对方先开口说话。

　　"你的看法？"许妈妈终于还是忍不住率先开口。

　　"竹匠就竹匠吧！能够写出这么一手好字的人，应该也差不到哪里去。"许爸爸看着那一手瘦金体，比那书法博物馆里面的拓书还要好看。

　　"你哪里是看上了这手字？你分明就是喜欢上了那一套茶具，用竹子编的东西居然可以装水，这下可有得你到外面去吹牛的成本啦！"许妈妈没好气地说道。

　　"你还不一样，自从悠然进了屋，你手里就没有离开过那把扇子，心里嫌弃人家是个竹匠，怕人家配不上你女儿，手倒是诚实得很，拿着人家做的东西放都舍不得放下。"

　　夫妻二人就这样抬着杠，但谁心里都清楚得跟明镜似的，他们认可这个未来女婿，可不是因为他送的这些东西，而是因为自家女儿写的这篇论文。那是一个璀璨的文化，急需要更多的人去传承和推广，而那个年轻人，绝对可以肩负起这个重担。

　　许悠然在家里待了两天，许爸爸许妈妈就像是统一了口径一样，从头到尾都没有再提方知两个字。许悠然也不知道他们到底是同意了，还是另有打算，但至少没有了之前那样激烈的反对，也算是一种进步。

正想着改变计划缓缓图之，就到了回校答辩的时间了。

论文答辩进行得非常顺利，特别是竹书被拿出来的那一刻，立马引起了轩然大波。不只在场的同学，甚至连评委席上有好几位老师都站了起来，恨不得能够围上去一睹为快。在所有的同学都拿着纸稿的时候，这本竹书当然就成了整个上午论文答辩教室里的热点，许悠然生怕竹书影响到别的同学答辩，这边一完事就迅速退出了教室。

出来时已经是中午了，许悠然抱着一个大竹筐，熟门熟路地来到食堂解决午餐问题，这边才刚打好饭找到一张空桌坐下，就看到了刘老师带着很少露面的胡校长正满面笑容地往自己这边走来。许悠然连忙站了起来，礼貌地打起了招呼："胡校长好！刘老师好！你们这是？"

"专门过来找你的，既然遇上了饭点，那咱们就一起用餐，你先跟校长说会儿话，我去打饭。"刘老师笑着说完，转身去了打饭菜的窗口，许悠然看着他挺拔的背影，看来最近的身体状况恢复得不错。

记得自己离开的时候，他可是连走路都需要助力的。

"许同学，你今天的答辩非常精彩，你应该是这一届答辩会上，交作业交得最完美的学生。"胡校长率先开口说道。

"您请坐。"许悠然指了指对面的空位，胡校长端端正正地坐下，静静地打量着眼前的女孩。传媒大学里面的学生，长相都是特别周正的，眼前的姑娘虽然并不出众，但身上却带着一种说不出来的灵动秀气，也难怪能够想出这样的论文主题来。

"谢谢胡校长的夸奖。"许悠然有些尴尬地应着，在不知道这位校长不请自来的目的前，只能以不变应万变了。

"你的论文写得非常精彩，不管是对技术的刻画，对竹编文化的历史来源，以及对现在咱们生活大环境中的各种影响数据，都罗列得清清楚楚有理有据，像这种对非物质文化遗产推崇的好作品，值得广而告之让更多的人学习了解。完全可以成为咱们学校的论文模板，给你未来的那些学弟学妹们树立一个良好的学习方向。"

胡校长看了一眼还在排队的刘老师，知道一时半会儿也吃不上饭，只得率先开口说道。

"能够得到校长您的认可，我觉得特别的荣幸，您专门到食堂来找我，恐怕不只是为了来夸奖我的吧？"原本想着早点把饭吃完，回宿舍去看看那几个玩得不错的舍友还在不在，哪里想到半路杀出个校长，不但吃饭吃得不安宁，反而还引来了整个食堂的瞩目。各种各样探询的目光，许悠然总觉得浑身不自在，只得直接开口问道。

"这么好的论文，许同学不打算上交吗？"胡校长忽然开口问道。

"我早已经按照学校的要求，采用电子邮件的方法上交了，如果不行的话，我再把它打印一份出来，再交一个纸版的吧！"许悠然被他这么一问，还以为自己交稿的流程不对。

胡校长听完之后，脸上的笑容依然没有变，继续开口说道："你那本竹书做得很好，我还是第一次见到一万多字的竹书，瘦金体雕刻得也很好，那字体简直和徽宗留下来的拓本一模一样，花了不少钱吧？"

"没有，是朋友帮忙做的，他说既然是想要做竹工艺文化，用竹书更加容易引起共鸣。"许悠然知道杜方知的字好，却没有想到，居然会引来自己学校校长的注意，看校长的意思，是想要这本竹书了。

如果他真开口要，自己是给？还是不给呢？许悠然顿时纠结得不得了，看了一眼放在自己脚旁边的竹筐，只盼着刘老师能够早点回来解围。看刘老师前面的队伍，许悠然只觉得无比的绝望。

"我知道君子不夺人所好……"胡校长话音一落，许悠然差点把"糟了"两个字喊出了口。

"我也知道我接下来提的要求有些让你为难，可这本竹书，我本人确实非常喜欢。我想以学校的名义请求你，把这本书留在学校，放进学校的文化展览厅，供整个西南传媒的学生观赏学习，方便大家了解竹工艺文化的美和历史。"

给学校要的？许悠然顿时松了口气，这竹书原本自己就没有想过要带回去，刚刚还在苦恼如何让更多的人能够看到它。

胡校长的这个请求，对许悠然来说简直就是瞌睡了立马就来了枕头。见她没有回答，胡校长脸上的笑容微微一滞，继续开口劝道："你放心，学校打算有偿留下竹书，按照市价给你，咱们这么大的学校，是不会占学生便宜的。"

"不是……我不是那个意思。"许悠然被他这么一说，正准备开口解释清楚，胡校长却继续说道。

"这么好的东西，我知道你肯定不舍割爱，可你整个论文的主旨，不就是为了宣传非物质文化遗产竹编艺术的推广和传承吗？你把这套竹书放在家里，哪有放在学校的展厅效果好呢？"

"胡校长你误会了，这套竹书，原本就准备好要留给学校的，我刚刚还在苦恼该如何把它送进展厅呢！竹书是我两个朋友做的，他们的目的也是为了能够更加明确地推广竹工艺文化，所以，我们可以无偿地赠给学校，但必须得注明出处，学校也得向我们保证，永不商用。"以杜方知的技术，往后的前途和价值完全是不可限量，许悠然之所以提出这样的附加条件，就是为了确保他往后的利益不会受到损害。

"这是自然，那我就先谢谢你们几位小友了，等吃完饭，咱们就去拟协议。"胡校长高兴地说道，许悠然也没有别的意见，刘老师总算是回来了，手里端着两个餐盘。

食不言，寝不语，学校里虽然没有做硬性规矩，可在老师校长面前，不止许悠然，附近几个桌的同学都变得特别规矩。等大家吃完饭，把餐盘收捡好，离开饭堂后，胡校长继续开口说道："许小友，我还有一个不情之请，不知道该不该说？"这一刻，已经从许同学升级到了小友身份了。

许悠然眉头皱了皱，心里默默地说了一句："既是不情之请，那肯定也是不该说的啦！"口里面却笑着应道："但凡力有所及，必将尽力而为。"这话其实还有另一层意思，我若是做不到，那也没办法。

胡校长哪里不知道她的心思？现在的小娃儿们一个个都变得鬼精得很，说过话都知道给自己留好余地。

"明年九月，就是学校创办三十周年的纪念日了，到时候会举办一个大型的周年庆。我想做一份学校纪要，把办学之初直到现在，期间发生的一些重大事件，做一个简单的记录。"

"胡校长……我文笔不行，这个工作我担任不了的。"许悠然立马开口拒绝，要是自己接了这活，哪里还有时间去陪方知比赛晋级。

"没有让你写，学校有的是专家教授，还有不少从创校之初一直留下来的元老，再怎么样也轮不到你一个学生来执笔。"看着她一脸慌张的样子，刘老师有些恨铁不成钢地说道，像这种写校纪的执笔，就连自己这个专业导师都没有资格，她倒是拒绝得彻底，半点没有闹笑话的自觉。

许悠然听刘老师这么一说，立马松了口气，口中还接连重复着："那就好！那就好！"可不让自己执笔，干吗要这么认真地给自己说这一件事，还说是不情之请？许悠然脑子转了转，实在想不明白，只能满脸疑问地抬起头看着自己正对面的刘老师和胡校长。

"你朋友懂不懂篆书？"胡校长开口问道。

许悠然点了点头，杜方知会好多书法体，听杜爷爷说，他最早学习的就是篆书，写得最好的也是篆书。可是篆书在市场上，因为懂的人太少，很难卖得出价。所以杜方知很多刻字的作品，都是采用普通的楷书和瘦金体，楷书端正，瘦金体纤细有力，在市场上非常讨人喜欢。

"那可不可以请你那两位朋友，为咱们学校做一本篆书字体的竹书，内容就是咱们学校的纪要，来作为庆祝学校成立三十周年的一份纪念品。你尽管放心，学校会按照市场价付给他们酬劳的。"胡校长生怕她拒绝，立马开口说道。

"我……这件事情我没办法做主，我那两位朋友接下来有场比较重要的赛事，我必须得征得他们的意见才能给你答复。"

"那好，你能不能现在就联系他们？"胡校长是半点也等不及了，虽说离明年九月还有很长的时间，可像这种校庆，却必须得提前做好准备，保证万无一失。

许悠然想了想,摇了摇头,镇上虽然有公用电话,但自己走的时候并没有记电话号码。有给杜方知留了自己的联系方式和住址,可以杜方知的性格,是绝对不会打电话主动联系的。

"要不等我回到竹海镇,询问下他们的意见?"

"说实话,我是一刻也等不及了,主要是因为你这本竹书做得实在是太好了。我特别希望我这个计划能够立刻进行,也算是送给咱们学校三十周年庆的一份礼物。你仔细想想还有没有什么别的方法可以联系到你的那两位朋友,非常抱歉,请理解我对你家的两位朋友所做的作品的期待。"胡校长声音里带着激切、迫切,还有期望,如果不是发自肺腑的喜欢,又怎么会为了一个忽然升起的念头这么执着。

"你仔细想想,有没有其他方法能够很快联系到你朋友他们?"刘老师也跟着开口问道。

"我需要电脑,我想查一下长宁箐语的联系方式,实在不行宁桥也可以。"

"好,咱们先去办公室,那里有电脑还有电话,随便你用。"胡校长说完,许悠然弯腰抱起放在地上的竹筐,跟着他们去了学校的行政大楼,来到了胡校长的专用办公室。胡校长几乎是以最快速度打开了电脑,直接把键盘推给了许悠然。许悠然打开浏览器,往里面输入了箐语的名字,运气还算不错,箐语的网页介绍做得虽然不是很流畅,但却一下就找到了联系方式。电话就挨着电脑,得到了胡校长的同意,许悠然当场拨通了那个电话。响了两声就被人接了起来,带着浓浓的长宁口音:"你好,这儿是箐语,请问你找哪个?"

"麻烦你让郑安怡小姐接个电话。"

"请问你是?"电话那头并没有急着去传话,而是开口询问起许悠然身份。

"我是许悠然,你把我的名字告诉她她就会过来接电话。"某人口里虽然说得自然得很,心里其实还是有些担心人家郑安怡会不会给她面子。

"请稍等两分钟,郑师傅在教室那边,我过去叫她过来。"

电话那一头顿时变得安静了起来,过了大约有两分钟,话筒里面传来了脚步声和郑安怡的声音。

第十五章

野有蔓草表露心迹

一

"许悠然,你怎么会想着跟我打电话?"

"有事相求,可不可以麻烦你一下?"虽说两人也算是熟人了,可却还没有熟到让人家给自己跑腿的程度,许悠然说这话的时候还是有些心虚的。

"你有杜良工,还有什么事情是解决不了的?"这话里带着一丝打趣,让许悠然少了一些拘谨,直接开口说道:"我有事要找方知,可是我现在联系不上他,就在网页上找到你们公司的联系方式。可不可以帮我去一趟竹海镇送信?就是这个电话号码,你让他给我打过来好吗?"

"哈哈……不去!"郑安怡笑了两声,直接朗声拒绝。

许悠然知道她有可能会拒绝,但却没有想到她拒绝得这么直接。有些尴尬地抬起头,冲着胡校长和刘老师苦笑了下。

就在许悠然准备结束聊天的时候,话筒的那一头却再次传来了郑安怡的声音:"杜师兄就在这里,我为什么还要去竹海镇?你先等一下,我现在就叫他过来接电话。"

"谢谢……"许悠然不知道是怎样把这两个字说出来的,这个郑安怡,简直不知道该用什么话来形容了。

反倒是胡校长他们,看起来特别有耐心,居然直接往旁边的茶几走去,两人兴高采烈地煮起茶来。

大概过了两分钟左右,杜方知温和的声音从话筒里传了过来:"喂,悠然,郑师妹说你找我?"

"你怎么会在箐语?"许悠然激动地问道,这简直就叫得来全不费功夫。

"箐语弄了一个冯氏技艺传承教室,我和阿问过来整理记录以前师傅发明的那些编织技巧和雕刻技术,方便箐语以后用来教授学员。"杜方知简单地解释了一下自己现下做的事情,许悠然恍然大悟,也从此处推断出杜方知已经接受了苏先生的股权转让。

"你呢!怎么会想着打电话到这里来找我?论文答辩得可还顺利?什么时候可以……"回来那两个字,杜方知直接给吞回了口中,他心里希望许悠然能够早点回去,但又不敢给她任何压力,生怕自己会影响到她的决定而让她后悔。

"论文答辩得非常顺利,我已经和校长商量好,把咱们的竹书送给学校展厅了。我们学校明年有一个三十年周年庆,校长想要做一本篆书体的竹书,价钱可以按照市场价格给,你和阿问接吗?"胡校长和刘老师同时放下了手中的茶杯,安安静静地听着电话里面的动静。

"我和阿问下周要参加市赛,还得为往后的其他比赛做准备,实在腾不出手了,箐语有很多竹雕高手,你们学校完全可以委托箐语来做。"

"小友,在咱们省城,也有很多竹器制作公司,我之所以选择让你来做,是因为你这本论文做得特别地好。而且你的字体,里面透露出来的劲道,并不是一般的竹匠能够具备的。我想要订制这部竹书,看中的不只是你的竹编技术和竹雕技术,还有你的书法功底。篆书,并不是普通人能够掌握的本领，我希望你可以好好考虑一下。"胡校长走到了办公桌旁，对着免提键的电话开口说道。

"方知，我觉得我们校长说得对，现在会篆书的人真的不多，要不你还是考虑一下？反正以你们俩的能耐，最多半个月就能做完。"许悠然小声劝道。

"你们学校，对你可好？"杜方知没有回答她的问题，反而问了一个其他的问题。这原本只是一个普通得不得了的问题，可这里是校长办公室，电话还开着扩音。杜方知非常成功地让刘老师和胡校长的目光同时停在了许悠然身上。

"我的母校，当然对我好了，不然我干吗要把那本竹书送给它？虽说不是我做的，那也是我千里迢迢抱回来的好不？你就直接告诉我，你能不能抽出时间帮忙做？"许悠然生怕他说出其他话来，立马进入主题。

"这样吧！让他们把要雕刻的内容传真过来，我用篆书先书写一遍，然后再传真给他们过目，他们要是觉得没问题，再由箐语的师傅们雕刻制作。"杜方知以前不急着出人头地，现在更是一副心思都在赛场上，只为了能够取得更好的成绩，有箐语的股份分红作为生活后盾，完全不用再被这些杂务旁枝缠身。

"好，那么小友，你现在方不方便，传篇篆书手迹过来，供我们瞻仰一下？"胡校长虽然特别欣赏他的瘦金体，可此刻更想见证一下他的篆书，有的人一辈子只练习一个字体都没有大成，胡校长还是想先见识一下他的手上功夫。

"好，给我半个小时时间，麻烦把传真号报一下。"杜方知说完，胡校长报了学校的传真号，双方约定半个小时之后再电话联系，杜方知便挂断了电话。

许悠然讪讪地笑了笑说道："箐语是西南地区竹工艺制作代表，创始人就是他们的师叔，所以他们的制作工艺水平，是完全经得起考验的。"

"我知道，宁桥箐语，宜宾双绝，他们做出来的作品，确实深受广大民众的喜爱。可是悠然你得知道,咱们校长看重的并不是制作工艺,而是书法功底,竹书好多匠人都能做出来,可书法才是竹书的灵魂。"刘老师倒了一杯茶递给许悠然:"我当初也是随口说说,哪里想到你这一趟竹海镇之行,还真被你找到了民间高手,你这小妮子呀!果然是有几分运气的。"

"我心里也是非常感谢刘老师的,不过这次回来得比较着急,没有给你准备礼物。等我下次回来,一定让方知给你准备一份,不知道刘老师喜欢什么小件,只要是你叫得出名字的,方知就一定能够做出来。"许悠然觉得有些惭愧,明明是刘老师推荐她去的,自己这一趟回来,居然连份小礼物都没准备。

"方知?就是刚刚电话里面的那位小友,名字叫得这么亲切,看来悠然的这一趟出行,好像还另有收获?"刘老师笑着打趣,许悠然只得低头喝茶,这事,让她自己拿出来说,而且还在自己的老师校长面前说,终归还是有些不好意思的。三人又讨论了一下茶道,不由自主地聊到了宜宾的苦丁茶,仿佛只要说到那个地方,刘老师就会变得滔滔不绝起来。

杜方知几乎是准时拨响了这边办公室的电话,许悠然按下了免提,对面传来了他有些疲倦的声音:"我刚刚发了传真,你们可以去看一下。"

"我去拿!"刘老师站了起来,走出了校长办公室,往宣传办公室走去,那里的传真机正是刚刚校长报的那组号码。

许悠然跟杜方知热火朝天地聊着有关市赛的事情,不过大多数时候都是许悠然在问杜方知在答。大概过了两三分钟,刘老师表情有些怪异地拿着一张传真件走了进来。

"怎么样?"胡校长急切地开口问道。

"你自己看吧?"刘老师把手中的传真件递给了胡校长。

传真过来的文件虽然没有原件那么清晰,字体的格局却依然能够看得清清楚楚。

胡校长看着上面整整齐齐的蝇头小字,再一次震撼于杜方知的笔力,这一手书法,就算拿到他们学校来,也能算得上是数一数二的好了。篆书不只难写,甚至有很多人都不认识,胡校长因为特别喜爱书法的原因,阅读起来倒是不难。

"野有蔓草,零露漙兮。有美一人,清扬婉兮。邂逅美遇,适我愿兮。野有蔓草,零露瀼瀼。有美一人,婉如清扬。邂逅美遇,与子偕臧。"许悠然被他这么一念,顿时觉得脸颊烧得火辣辣的,冲着电话的另一头开口问道:"你写的都是些什么东西?"

"随便写的,他们不是要看字吗?可还满意?"始作俑者半点也不觉得难堪,语气平淡得好像他传真过来的东西,真的是他随便写的一样。

"方知小友,你的字非常的好,你选的这首诗也非常的好,咱们接下来可以谈一下合作事宜吗?"胡校长接连夸了两句,又迅速进入了主题。

"可以,把你要雕刻的内容,传真到箐语,我会用我的字体抄写一篇,让公司这边的负责人再给你传真一份过去,你要是觉得没有问题,就可以让箐语的工匠帮你做了,价格上,你直接和箐语谈就是。"

"小友真的不打算亲自动手?价格上,咱们可以再做协商?"能够写出这么一手好字的人,这一双手到底生得有多强?胡校长心里打着小算盘,决定再继续争取一下,电话那头,那位素未谋面的小友,让他忍不住想要跟他有更多的联系。现在的年轻人,对老祖宗留下的东西都不会很看重,可这位,不但能够写瘦金体,还把篆书写得这么好,简直是太厉害了。

"非常抱歉,我眼下确实忙不过来,校长如果喜欢我的作品,往后我会找时间专门给你做个小件。"杜方知再次开口拒绝,如果不是因为对方是许悠然的校长,恐怕他早就没了耐心挂电话了。

"好,那就按照你说的办,三个月后我会把内容发到箐语,明年我校的三十周年庆,希望小友能够以学生家属的身份前来参加。"胡校长知道,对方是不会改变主意的啦!恐怕再纠缠下去,就连书写人家都不愿意了,连忙开口答应。又从他写的那一首诗里,看出他对自家学生的态度,想着这小子迟早会变成学校的一员,到时候再来收拾也不迟,当机立断下了口头邀请。

"好,谢谢校长,我这边还很忙,我先挂电话了!"声音一落,话筒里就响起了嘟嘟声。

许悠然呆呆地望着眼前的电话,这人居然说挂就挂,从头到尾,都没有问一声自己什么时候可以回去。如果不是许悠然了解他,就他这种挂电话的行为,也足够引人误会的。

"现在的年轻人可真够浪漫的,借着谈工作的便利,堂而皇之地用传真传送情诗,丝毫不顾忌校长老师在场呀!"刘老师忍不住开口打趣了起来。

胡校长也跟着附和了一句:"这也是遇上咱们俩,若是换成了旁人,能把这上面的字认全都已经不得了了,谁还能知道这是一首表白情诗。"刘老师点了点头表示认同,突然偏过头对许悠然说道:"对了悠然,你认识的这位小友,看起来文化造诣颇高,毕业于哪一所高校的?"不只胡校长对杜方知好奇,就连刘老师也对他特别地好奇,许悠然这么优秀的女孩,大学这四年来,身边并不缺乏优秀追求者。可是很显然,这姑娘一心都扑在了学习上,从来都没有多看谁一眼,却没有想到这次,出去写个论文的时间,就遇上了合眼的人。

"他没参加高考,被家里人送到山上去学艺了,他也没有学历,但是他懂的东西,并不比我们这些手持文凭的人少。"一说起杜方知,许悠然的眼睛里面仿佛有星光在闪烁,那个人,乍一看哪里哪里都不好,可仔细相处下来,又找不到他不好的地方。

就这样,三人围坐在茶几旁,一边品尝着胡校长亲手煮出来的清茶,一边说起与杜方知相见相识的过程。

从宁桥举办的比赛到杜家的家学传承,当说到冯竹里的时候,胡校长和刘老师都唏嘘不已,只觉得那人的一生,实在是太过可惜了。后面又听说了苏词成立箐语的初衷,这才算是勉强补足了心里的那丝遗憾。

二

这世上有很多的故事，就像是尘埃一样，直到消失也没有人知道。冯竹里运气已经算是极好的了，在生命即将结束的时候收了这么两个好徒弟。可万岭箐里，其他的老竹匠呢？他们是否有幸把自己的技艺传承下去？在那个交通闭塞通讯落后的大竹山里，恐怕认识他们的人都没有几个吧？

刘老师静静地听许悠然把自己这段时间的所见所闻讲了一遍，心里早已感慨万千，恨不得立马去看看那位年纪轻轻的杜良工，到底是个什么模样？"咱们学校的三十周年庆典，你可一定要把他给带过来，让我和胡校长瞧瞧，可不能忘了你们答应过要送我和胡校长的小件。"

"自然是不敢忘的。"许悠然说完后，把茶几给整理干净，拿出放在竹筐里的竹书，缓缓地在他们面前展开。之前在答辩现场，刘老师和胡校长虽然已经见过了竹书，但能够这么近地伸手触摸，显然感觉和之前又不一样了。

"雕刻和编制竹书的，就是我给你们说的冯师傅的另外一个徒弟陈之问，他有一手特别厉害的雕工。如果不是因为时间紧迫，这本竹书他一定会做得更加完美。"

一个月左右的时间，基本上是自己定下稿子，下面就开始偷偷地进行着雕刻编织，也就是说那一个月里，陈之问恐怕连休息的时间都少得可怜。

"这手艺和编织技巧，完全可以用巧夺天工来形容，我们的匠人实在是太厉害了。"胡校长轻轻地抚摸着竹书上面的刻字,眼睛里全是赞赏和惊叹。

"刚刚好像听你们有在讨论,他们接下来要去参加一场比赛?"刘老师忽然开口问道。

"是的,市区优秀竹匠艺人选拔大赛,要是能够晋级,就可以直接参加明年省城举办的竹工艺文化盛宴大赛了。也就是说,他们明年能到省城来比赛?"对于这两个年轻人的实力,刘老师特别地看好,带着一丝激动地开口问道。

"那也得先在市级赛上晋级才行!"许悠然可不敢随口说大话。

"悠然,我想要见见这两位小友,如果他们真的来参加省赛,你可一定得提前通知我,到时候我去现场帮忙加油助威!"

"好啊!那就先谢谢刘老师了。"许悠然笑着说道,胡校长总算是舍得将目光从竹书上移开了。

只见他迅速回到了办公桌前,用最快的速度打了一份承诺声明出来。无非是之前许悠然和他之间定下的口头协议,一式两份,西南传媒收到杜方知、陈之问亲手所制竹书一套,只用于学校展览厅展览所用,绝不会进行任何盈利性的商用。

许悠然看完后,和胡校长各自签上了名字,还按了红色手印,再盖上学校公章,见证人一栏,签下的却是刘老师的名字。

胡校长亲自捧着竹书,在许悠然的见证下,把它放在了学校展厅的展柜里,还专门用楷书,简单介绍了一下杜方之和陈之问制作这一本竹书的目的。

等做完了这些,都已经是下午五点过了,许悠然早就搬出了宿舍,但还是准备回去一趟,给相处了几年的舍友道个别。等回到家中,已经是八点过了,和许妈妈聊了一会儿天,许悠然正准备洗漱休息,许爸爸却春风得意地回了家,口中还唱着小曲儿,显然心情大好。只见他高兴地走到许妈妈面前,伸手从公文包里面掏出一份文件,带着几分得意扬扬地拍在了茶几上面笑道:"悠然啊!你回来得真好,可算是给我解决了一个天大的难题了。"

"哟……新经济开发区那边的卖场合同拿下来了,你之前不是说很难搞吗?"许妈妈看着他得意扬扬的样子,满脸疑问地开口问道。

"这块可是黄金商圈,未来将会成为咱们整个省城最大的商业新区,附近起建的楼盘都有十好几个,不知道有多少同行眼睛都盯着呢!为了能够拿下这个位置,我这小半年时间几乎天天都守在招商办,前两天我都觉得没戏了,没想到居然就这么成了。"

许爸爸得意之中又带着一份欣喜若狂,本来已经准备放弃了,却没想到还有这么个反转。要知道一起去招标的还有好几家超市,实力都比自己要强上很多,算起来自己根本就没有胜算,前两天打听到了个小道消息,一咬牙就去试了试,没想到居然成了。

"快说说,你到底是用什么办法,拿到这份合同的?我可听说,那位项目负责人是个海归,油盐不进,那些去送礼攀关系的人,不知道使了多少法子都没成,前几日还传出说要进行竞拍。怎么就忽然把合同给了你?你可别在外面乱来!"

"怎么会呢?"许爸爸当场否决后,往那沙发上一坐,指了指茶几上空着的茶杯。

许悠然连忙给他倒了一杯水,递了过去,许爸爸慢条斯理地把水喝完,这才开口说道:"这还得好好感谢咱们家悠然,回来得实在是太巧了。上个星期,我不是专门去了趟项目部吗,我发现焦总居然在他喝茶用的茶杯上,专门用竹子编了个外框。"

"那叫瓷胎茶具,既能保护瓷胎,也能让外观看起来更加地美丽清雅,很多文人雅士,都好这种。"许悠然笑着做了纠正。

许爸爸点了点头继续说道:"然后我就向他的秘书打听,才发现咱们这位从海外回来的焦总,特别喜欢竹编这些东西,甚至家里的很多东西,都是竹制品。我就心思一动,把悠然带回来的那套茶具,拿过去送给了他。我也没想到,他一高兴居然真把那位置批给了我。我原本是想,就算拿不到这个位置,反正他们集团公司还有那么多开发区,先刷个脸熟也不亏。简直就像是天上掉馅饼儿一样,要不是这上面有公章,我都怀疑我是做梦呢!"

"等等……爸,你把方知给你做的那套茶具拿去送人了?"

许悠然心下一沉开口问道。

许爸爸点了点头,眼睛里还带着一丝小得意。

"你怎么可以,那可是方知专门给你做的……"

"那就让他再做一套,我养的这么大一个闺女儿都被他骗走了,要他一套茶具怎么了?"许爸爸见状,没好气地说道。

"我不是那个意思,你如果需要,可以让方知帮你再做,可你不能拿那套茶具去送人。"

"都送给我了,我是把它留下,还是拿去送人,那都是我的自由。"许爸爸不觉得自己有错,据理力争起来。许妈妈轻轻地扯了扯许悠然的衣服,在她耳边小声说道:"你少说两句,你爸铁定喝了酒,你这样一说,分明就是往他头上浇冷水,故意惹他不高兴。"

"妈,我没有别的意思,那套茶具是方知专门做来送给爸的,茶壶和茶杯的底部,都编了爸的名字。"

这两夫妻真是厉害,硬是不让自己把话给说完,许悠然终于逮住机会一口气把这一事实给吼了出来。客厅里顿时陷入了安静,大概过了好几十秒钟,许爸爸才回过神来,脸色苍白地问道:"你说,那套茶具上有我的名字?"

许悠然非常确定地点了点头。

许爸爸直接瘫坐在了沙发上,脸上的得意在这一刻消失得无影无踪,口中更是杂乱无章地喊道:"我的宝贝闺女儿啊,你怎么不早点告诉我,你这是要坑死我的节奏啊!"许爸爸越想越觉得糟糕,自己拿出去送礼的东西,上面还有自己的标示,这要是被焦总发现了,恐怕自己浑身是嘴也解释不清楚啊!

"我不是想着,让你自己慢慢发现这个惊喜嘛!"许悠然也发现了情况有些严重,说话的语气也跟着变得没有底气起来。

"惊喜……这简直就是一个天大的惊喜,你知道焦总是什么人吗?抖一抖脚整个双流商圈都会地震的人物。你们送东西就送东西嘛,还非要故作高深地在上面弄什么名字?我要被你们坑死了……"许爸爸看着手中的合同,如果说之前看到的全是未来即将到临的财富,那么这一刻,就觉得这是个烫手山芋,想甩都甩不掉。

"老许,你说我们现在去找焦总说明情况,会怎么样?"许妈妈开口问道。

"会怎么样?要是在合同还没有签之前还好,现在去,人家会直接把我当成骗子,得罪了这样的大佬,别说新卖场了,咱们现在的家底能不能保住都是问题。"不怪许爸爸悲观,商家重利也重诚意,实在是自己太大意了。

"爸……这事,也不是没有办法解决。"许悠然灵机一动笑着说道。

"哦……那你倒是跟我说说,我该怎样去挽回焦总对我的印象?"许爸爸没好气地说道,显然根本就不看好许悠然所谓的办法。

"那位焦总叫什么名字?我现在想办法联系方知,让他重新再做一套新的茶具,把那位焦总的名字给编在上面。你拿着这套新茶具,去给焦总道歉认错,说清楚前因后果,我相信他一定不会责备你。"

"这倒是个办法,咱们动作一定得快,得在焦总发现之前登门认错,你赶快打电话去!"许爸爸觉得这个办法可行,立马催促起许悠然来。

许悠然看着现在的时间点,也不知道杜方知还在不在箐语,走到电话旁拨响了下午才记牢的号码。电话响了五六声,就在许悠然以为没有人接的时候,那头传来了郑安怡的声音:"你好,这里是箐语,请问你找谁?"

"郑良工,是我许悠然,我想问一下方知还在不在?"

对方沉默了一下打趣道:"你倒是想念他的紧,才这么一会儿工夫又来电话了。你运气不错,他们正收拾东西准备离开,稍等一下,我去叫他过来。"

许悠然总算是松了口气，不由得暗叫了一声运气真好。

电话那头响起了杜方知的声音："有事？"如果不是因为了解他的性格，绝对可以把他这两个字给曲解成不耐烦。许悠然觉得自己是这世上最通情达理的女朋友，悠悠地叹了口气说道："我好像给我爸惹了一个麻烦，大概应该只有你才能够帮忙解决？"

"怎么回事，你先说？"杜方知温和地问道。

许悠然把许爸爸送礼的事情从头到尾给说了一遍。

"事情很严重？"杜方知听完后，丝毫不在意许爸爸把自己送给他的东西转送别人，反而担心起他们惹的麻烦事。

"确实很严重，送礼最讲究的就是诚意，要是这事被对方知道了记恨上了我爸，别说我爸手上的这一份合同，恐怕连家里的卖场都会受到牵连。"

"我能做点什么？"杜方知开门见山地问道，许悠然能够打电话给自己，绝对不是为了诉苦，而是找到了解决方法，需要自己的帮助。

"你能不能在最快的时间内制作一套新的茶具，把那位焦总的名字给编在里面。我爸就可以拿着新茶具登门道歉，或许能够把这件事情给抹过去。"

"好，名字？"杜方知没有半点迟疑，直接开口问道。

"焦仲茴，伯仲的仲，茴香的茴。"许爸爸看到有戏，立马上前回道。

"急着用吗？"杜方知再次开口问道。

"很急很急，你什么时候能做好，我直接开车过去取？"事关许家前程，许爸爸是半点也不客气。"

"今天周一，你周三下午过来就行，还有别的事儿吗？"杜方知定好时间之后，又开口问了一句。

许爸爸连忙说道："没啦，没啦！你先去忙你的吧！"话音一落，许妈妈就走了过来，正准备拿过话筒说话，对面就传来了一句："好，叔叔再见！"

许妈妈看着已经挂断了的电话，一把推开了许爸爸："怎么就没事了，事还多着呢！好歹也是第一次跟咱们家通电话，他这到底是个什么态度？"

"妈，你希望他跟你说什么？这电话是我主动打给他的，他恐怕到现在都还没有反应过来，这个电话是我家里电话。你想要考验他，那也得等他登门拜访的时候啊！现在会不会太着急了些？"

"我也只是随口说说，就把你急成这样，还没嫁出去呢，就胳膊肘往外伸，你是怕我语气不好，得罪了你的如意竹匠，还是怕我直接向他表示，我不赞成你与他之间的交往？"许妈妈说出了许悠然的担忧，许悠然只觉得脸色一白，倒也不敢再继续跟她争论了。许妈妈见她一脸不高兴，叹口气说道："你不要想太多，我没有要阻止你的意思，我只是想跟他说说话，想知道，他心里有没有你？"

"谢谢妈妈关心，我先跟你说说我和方知之间的情况。"许悠然说完，拉着许妈妈去了自己房间，还顺手锁上了门，留下许爸爸在客厅里没好气地骂着："有什么了不起的，不就是谈了个恋爱吗？我还不消听呢！"

母女二人坐在床沿上，许悠然把自己和杜方知的情况从头到尾给许妈妈说了一遍。

许妈妈惊讶地站了起来，看着眼前的女儿，伸着颤抖的手指着她："居然是你主动去撩人家的，哎呀我的天呐，你这死丫头到底是有多恨嫁呀？"

"没办法，遇到这么好的人，肯定得先下手为强了。"许悠然不以为耻反以为荣。

"听你这么说，这孩子还真是不错，怪不得你这么怕我跟他对话，是怕他心思细腻想得太多。不过也是，在那样的环境下长大的人，不管多有本事，在感情这一点上多少都会有些不自信，只要他愿意好好地待你，我保证可以管好你爸，绝不为难他分毫。"

对于有才华的孩子，许妈妈一向都特别喜欢，更何况像杜方知这样,一手字能惊艳大学校长的实在是太少了。何况这孩子确实是命苦,生在了这样的没落家族里,还不得不背起家族的复兴责任,许妈妈是真的心疼。

"就知道,你是最通情达理的,方知遇上我和你,上辈子一定拯救了银河系。"等母女二人聊得差不多了,回到了客厅,许悠然说起了工作的事情,许爸爸有些不耐烦,直接开口说话:"你怎么高兴怎么来,我也懒得管你,我就只想问你,星期三之前,他真的能够做出来?"

许悠然点点头:"方知答应过的事情,就一定可以做到。"

"那就好,你得跟我去一趟宜宾。"

"原来爸是想让我给你带路啊!"许悠然笑着打趣道。

"你也别得意得太早,要是做出来的东西不合格,看我怎么收拾你们俩。"许爸爸故意扮着一副恶狠狠的样子开口说道。

"你放心,方知出品,绝对精良。"对于杜方知的手艺,许悠然是绝对信任。

一家人又闲聊了一会儿,才各自洗漱休息。

接下来的两天时间,许妈妈都陪着许悠然在周边的各大卖场给竹海镇的朋友们扫荡着礼物。因为路途比较遥远,父女二人商量晚上早点休息,凌晨两点出发,尽量在周三上午赶到竹海镇。

许爸爸不是第一次走长途,大概二十几年前,他经常自己开着货车到附近的几个省市进货。正是因为有了这么多年的打拼和努力,现在才会拥有这份稳定的事业。

许悠然坐在副驾上,自从出了市区,上了国道,黢黑的道路上,只有车灯在进行着照明,有的时候十几分钟过去了,都遇不上一辆车。看着面无表情驾驶着车辆的许爸爸,心里不由得在想,要是让自己一个人来走这夜路,自己是绝对不敢的。

父女二人走了两三个小时,找了一个可供临时休息的休息站,歇了歇脚,看着已经大亮了的天色,许悠然主动坐上了驾驶位。

第十五章 野有蔓草表露心迹

有些庆幸,在大学的时候抽空考了驾照,不然这么长的路途,总不能让老许一个人开吧?随着白天的到来,路上的车辆逐渐变多,越往前走,隧道坡道也开始变得多起来。

许悠然倒不着急,等到达宜宾境内,已经是上午十一点了。两人随便找了个地方解决午餐,这才往长宁方向驶去,大约在一点半左右,总算是到达了竹海镇。把车子停在杜方知家巷子口的公路旁,因为带了些东西,许悠然让许爸爸留在原地等她,准备先去叫那两位男士过来帮忙搬东西。

许爸爸看着她一路小跑进了小巷,仔细打量了一下周围的情况,眉头微微皱了皱,显然对于这个看起来比较落后的地方,特别地不满意。

大门开着,陈之问坐在柜台后看书,听到有脚步声传来,一抬起头就对上了许悠然。

吓得连忙往后面喊了声:"方知,你女娃回来了!"

第十六章

技艺通天"泰山"认可

一

"嘘!"许悠然冲着他做了个噤声动作,蹑手蹑脚地往天井方向走去。杜方知显然没有听到陈之问的嚷嚷,此刻正埋头做着手中的事情,许悠然悄无声息地来到他身后,伸出双手将他眼睛蒙住,还没有来得及开口说猜猜我是谁时,就直接被杜方知反手一把揽入了怀中,四目相对之后,许悠然忍不住吃吃地笑了起来。

"回来了?"杜方知眼睛里明显出现了笑意,但又消失得特别迅速,如果不是因为许悠然一直都在盯着他看,根本就发现不了。

"我爸也来了!"许悠然笑着把话说完,杜方知连忙放开她,站直了身子,转身看了一眼外面,并没有发现有其他人在。

"他在巷口的街上,我带了些东西过来,所以想让你和阿问过去帮忙搬一下。"许悠然看着他有些心虚的样子,笑着说道。

杜方知忽然伸手抓住她手腕,小声地问道:"我和你的事,你爸妈知道吗?"

"我跟他们说了。"

"那他们有没有反对?"杜方知忐忑不安地开口问道。

"当然没有,你这么优秀,他们凭什么反对,赶快跟我去搬东西吧!"

"就是,丑媳妇得见公婆,傻女婿也躲不过拜岳丈这一关。"陈之问得意扬扬的声音从外面传了进来,杜方知走到柜台前,面无表情地瞪了陈之问一眼,脸上的迟疑倒也跟着消失不见,两人就这样一前一后跟在许悠然身后,往外面的巷口走去。

远远地就看到公路边上,停着一辆看起来特别气派的小轿车,一个大概50岁左右的中年男人,背靠着车门抽着烟。

见到许悠然他们过来,眼睛就直接落在了杜方知身上,满是挑剔地说了一句:"怎么这么黑?"许悠然听到后,抬头瞪了他一眼,一把挽过杜方知手臂,大大方方地走到了许爸爸面前。开门见山地说道:"爸,这是我男娃杜方知,方知,这是我爸,他一向喜欢挑刺,你就让他挑个够,反正挑到最后,也挑不出什么所以然来。"

"许叔叔好!"杜方知开口问好,那恭敬的态度让许爸爸暂时放弃了继续挑刺。

"许叔叔好!我是方知的师弟,我叫陈之问。"陈之问见没有人给他做介绍只得上前自己来。

许爸爸点了点头,随口夸了句:"你做的竹书很漂亮。"陈之问高兴地连声说了好几个谢谢,许悠然已经打开了车尾厢,把给大家准备的礼品拿了出来,让杜方知和陈之问先搬回店里去。自己手里则捧着台手提电脑,已经迫不及待地想要试试网卡在这里的信号如何。许爸爸关上尾厢的门,跟着他们一起来到了杜家,看着那些陈旧的房子,眉头几乎是拧在了一起。追上自家女儿小声问道:"这么破的地方,你居然也住得下去。"

"老许,你要是继续再这样没有礼貌地挑刺,茶具你到底还想不想要了?"许悠然怕杜方知听到心里面不舒服,连忙出言警告。

"许叔叔说得对,这是以前留下来的老房子,应该有近百年时间了,所以才会破旧。不过许叔叔放心，等我参加完市区那边的比赛回来后，我会把旁边这两间闲置的房子买下来，全部推平之后，建一套新屋。"要是之前，杜方知是绝对不敢说这样的话的，可现在，箐语的分红股份给了他足够的勇气。

杜方知显然听到了许爸爸的抱怨，不但没有多想，反而出乎了意料地规划了起来，那样子和态度，还真像是女婿在老丈人面前做保证。

陈之问把手中的东西放下之后，迅速去厨房沏了一杯茶出来。杜方知给许爸爸搬来了一张竹椅，请他坐下休息，许爸爸此刻哪有心情坐，直接开门见山地说道："那个茶具你做得怎么样了？"

杜方知开口答道："茶具已经做好了，我现在正在编织礼盒，马上就可以收尾了。"许爸爸满意地点了点头，这小子倒真是一个说话算数的人。陈之问见状立马抢着说道："方知接到了您的电话，回来就开始动手编织，直到现在，休息的时间加起来还没有四个小时呢！就怕耽误了您的事。"

许爸爸被他这么一说，顿时觉得心里有些过意不去，开口说道："也不急于一时，该休息还是得休息，那个……我可以先看看茶具吗？"

"当然可以，你跟我来。"杜方知说完后，便带着许爸爸往天井里走去。许悠然抱着电脑跟在他们身后，一起进了天井，杜方知把已经制作好的茶具递给了许爸爸。许爸爸仔细打量着手中的茶具，简直是越看越喜欢，就是有些后悔，这么精致的东西，他当时怎么就鬼使神差地拿去送了人？要知道，那上面可有自己的名字，自己都还没有看到，许爸爸越想越觉得委屈，那可是自己专属的东西啊。一想到名字，立马把茶壶举了起来，借着微弱的灯光，一眼就看到了茶壶的最底端漆彩篾丝交绘而成的焦仲茴三个字，顿时惊讶得张大了嘴巴。

又拿过一旁的小茶杯，几乎每一个茶杯的杯底，都有着一个不仔细看就不会发现的"焦"字。

"你这次编的，不会漏水吧？"外观肯定是过关了，许爸爸此刻又开始关心起质量来。要知道那套茶具之所以能够讨得焦总的欢心，最主要的原因并不是外表的精致，而是它可以直接拿来泡茶。

杜方知立马走进厨房，舀了一瓢水出来，把茶壶和每一个茶杯都倒满，许爸爸就这么静静地看着，过了大概有两三分钟，依然没有一滴水浸出来。质量完全过关，许爸爸又毫不客气地提出了自己的疑问："这东西明明就是竹子编的，为什么不会漏水？"

"那是因为……"杜方知耐心地解释着原因，许爸爸就像是打开了一道新世界的大门，瞬间化身为竹编艺术的小迷弟，开启了十万个为什么模式。许悠然见他们很是聊得来，至少没有自己之前设想的那种剑拔弩张，放心地抱着电脑上了楼，回了自己的房间，插上网卡开始验证网速。运气还算不错，虽然有些卡，但却能够顺利地打开个网页。

许悠然登录邮箱看了一下，发现并没有自己的邮件，又去QQ里给许妈妈留了言，告诉她已经平安到达目的地不要挂念。这才关上电脑下了楼，天井里已经没有了交谈声，许爸爸正聚精会神地看着杜方知给竹盒收边儿。

"爸？"

"你走开一点，我得好好看看，这么精致漂亮的东西到底是怎么做出来的。"

好吧！一路上都在担心，老许会各种挑刺，各种的嫌弃，做梦都没有想到，不过才短短半个小时的工夫，被嫌弃的居然是自个。

许悠然只得去了外面的门市上，陈之问看着摆了一柜台的东西，见她出来后连忙松了口气，开口问道："你怎么带这么多东西过来，这些衣服是给方知买的？"

"也给你准备了两套。"许悠然说完后，从里面抽出了一个袋子，直接塞在了陈之问怀中。陈之问打开袋子，偷偷看了一下上面的尺码，还真是自己的。两套衬衣长裤，还有一套西服，不管是布料还是款式，都是眼下比较时兴的。一下拿了这么多新衣服，陈之问高兴得就差手舞足蹈起来，激动地开口说道："我也有，谢谢嫂子！"

"我还给老板娘带了一条裙子，总是去她家吃饭，每一次她不是打折就是抹零，我都快要不好意思了。还有这套衣服，是给郑良工准备的,你什么时候去箐语,帮我带给她。"许悠然直接把给郑安怡准备的衣服袋子递给了陈之问。

"为什么要我去送?你又不是不知道,我跟郑安怡根本就不对付。"陈之问不满地开口说道。

"你不去送,难道让方知去,你刚刚不是说了,方知为了做这套茶具,这几天都没有好好地休息,你怎么还忍心让他去帮你跑腿?"许悠然又翻出了一小袋零食,一起塞在了陈之问手中:"这可是我们省城最火的女生零食,你也一道给她拿过去,说不定她一高兴了,以后就不开口怼你了!"

"为什么只有女生零食?我们男生就不配吃零食吗?"陈之问瞄了一眼袋子里面那些花花绿绿的零食包装,忍不住开口埋怨了起来。

"因为……省城的男生都不是很喜欢吃零食,所以我就没给你们准备……"所谓的省城男生不喜欢吃零食的结论,是许悠然在自家小弟身上总结出来的。

"……"陈之问还是第一次听到这种理论,也不想跟她争论这个问题,总不能在一个女孩子面前表现出自己是一个爱吃零食的男生吧?只得开口说道:"我明天一早再给她送。"

"好,谢谢!"

"这些盒子里面装的是什么?"陈之问又开始打量着那些大箱小箱包装精美的礼盒,再次升起了好奇之心。

"这是给杜爷爷准备的保健品,对了……杜爷爷呢?"

"去镇上的老年书法协会,教那些没事干的爷爷奶奶写毛笔字去了,可受欢迎了,一天到晚连吃饭都看不到人影。"陈之问无奈地说道。

"杜爷爷是方知的书法老师,他的字受欢迎是最正常不过了。"许悠然把桌上的东西收拾好,分别拎进了杜觉和杜方知的房间。

杜方知编好了竹盒,许爸爸把早就已经擦干净了的茶具,整整齐齐地放到了竹盒里。对杜方知,也是越看越觉得顺眼,再没有了之前那种挑剔的心理。双手捧着刚刚制作而成的礼盒,许爸爸根本就隐藏不了心里的激动,急切地开口问道:"你们这里下午有回省城的车吗?"

杜方知从没出过远门,对车次并不了解,正准备回答说不知道时,许悠然刚从杜觉房间出来,连忙开口回道:"五点半还有一趟,应该明天早上六七点钟左右可以到,你问这个干吗?"

"东西已经做好了,我得赶快赶回去,把我的那套茶具给换回来,免得夜长梦多。"许爸爸直到这一刻,心里都担心着家里放着的那份合同,原本是一个可以让他事业更上一层楼的好东西,这一刻却就像是一个定时炸弹,急需要立刻拆除。

"你不是自己开车过来的吗?干吗还要去问车次?"许悠然疑惑地开口问道。

"我年纪大了,接连开长途车受不了,车子就留在这里给你们用吧!你现在赶快送我去县城,要是没了票又得耽搁一晚上时间。"许爸爸说完,把车钥匙递给了许悠然,许悠然拿着手中钥匙,木然地开口问道:"你把车留在这里,那你回去上班开什么?"

"我就不能再买一辆吗?这辆车都开了五六年了,我早就想换了它,现在正好可以丢给你们用,以后你们出去比赛不也方便一些吗?好啦好啦少说废话,赶快送我去车站。"许爸爸是半点也等不及了,生怕一时半会儿,那焦总就发现了茶具上的秘密。

"我跟悠然一起送你!"杜方知说完,解下系在腰际的围裙,正准备进屋换件衣服。

"不用,你都好几天没有休息了,你先回屋休息,让悠然送我就可以了。"许爸爸看着他眼圈周围严重的淤青,心里升起了一丝心疼。

"没事,咱们离县城车站不是很远,很快就可以回来休息。"杜方知说完,进了房间换了件衬衫,这才跟着他们一起出门,正准备往副驾走去,却被许爸爸一把拉住:"你跟我一起坐后面,咱们爷俩说会话!"

许悠然主动走进了驾驶室,开着车直接往县城方向驶去,大概用了二十几分钟的时间,车子停在了车站门口的停车场上。

第十六章 技艺通天 "泰山"认可

杜方知一下车就对许悠然说道："你先带许叔叔去买票，我出去买点东西很快就过来。"许悠然看了看时间，离发车还有二十几分钟，迅速去了购票窗口，运气不错，还有空位，当场就买了车票和许爸爸一起来到了候车厅。

许爸爸一直双手抱着手中的竹盒，那小心翼翼的样子就像是捧着稀世珍宝一样。

"还要等一会儿才检票，我们先去那边找个位置坐会。"许爸爸跟着她找了一排空着的椅子坐下，许悠然看了看入口处，杜方知还没有回来，连忙开口问道："爸，你觉得方知如何？"

"挺好的孩子，之前我还嫌弃人家是个竹匠，现在看来我才是真正的大老粗，倒是白白便宜了你这丫头。"

许悠然听他这么一说，知道他已经认可了杜方知，高兴得伸手抱住了许爸爸的胳膊："我的眼光可是随你，怎么都不会看错人的。"

"虽然我也特别看好这孩子，但还是不得不提醒你，在没结婚之前，千万别去做那些出格的事。其实这话应该让你妈说，现在你妈不在这里，就只能让我代劳了。"

"爸你就放心吧！像方知这样的人，是做不出出格的事儿来的。"

"我当然放心他的为人，我不放心的是你，你这丫头一浑起来，根本就分不清楚天高地厚。"

"……"好吧！许爸爸显然已经看穿了事实，早就被这两套茶具给彻底收买了，许悠然表面上看起来委屈巴拉的，心里别提有多高兴了，也就不再跟他争辩，只是静静地看着他手中竹盒上的编织纹路。

"我把车给你留了下来，不管以后你们能不能顺利晋级省赛，都要多找时间回来看看我和你妈。我们没有什么过多的要求，也不需要你们特别有出息，家里这些年挣的钱，省着点花也够你们用一辈子了，只盼你和你弟弟能够过得安稳无忧就行。"

"谢谢老许，老许对我最好了。"许悠然说的是真心话，爸爸虽然有的时候比较浑，但绝对算得上是个好父亲。

这么多年以来，从来没有干涉过自己和弟弟生活上面的任何事情，包括大学志愿，甚至后面的工作，费了老力地帮忙张罗，结果许悠然一句不去了，他也从头到尾没有责备一句。原本对杜方知竹匠的身份特别地不认可，可是经过了这一次，显然已经从心里完全接受了。

"你知道就好，少在这里煽情，不管未来你们能走多远，你都要一直记住，我和你妈永远是你最坚强的后盾。"口里说着不让女儿煽情，自己却煽起情来，许爸爸说到这里，心里却升起了一种说不清道不明的不舍。

"许叔叔，我买了一些特产，你带回去让阿姨尝尝，这个小袋子里面装的是黄粑和炒米糖，都是我们这里最有特色的小吃，你带着在车上吃。"杜方知拎着两个大袋子走到了他们面前，许悠然才发现，原来他没有跟着进站，是出去买东西了。

许爸爸看着面前的两大袋东西，家里有卖场，什么东西都有，可这小子从头到尾没说过一句好听的话，却有着这么一份心，让人根本就不知道该怎么拒绝。

"好，东西我全部带着，你们要是有空，也要常回省城来玩，你阿姨还想好好看看你呢！"许爸爸的主动邀请，也在表明自己的态度，杜方知原本压在心里的那一些不安，在这一刻彻底消失无踪，连忙开口说道："等市赛结束，我会带上爷爷一起过去拜访叔叔阿姨。"

话里面还有另一层意思，不用说出来大家都听得明白。就在许爸爸还想要继续煽情一下的时候，车站广播响起了提醒他检票上车的声音。许悠然和杜方知把他送到了检票口，看着他检了票，顺利上了车，这才离开了车站，来到了停车场。

"饿了吧！我们吃点东西再回去。"

"好。"

也算是见了家人，过了明面，杜方知再没有了之前的担心和纠结，整个人看起来有些疲倦，心情却明显地好了不少。

二

两人从停车场出去,在车站附近随便找了一家看起来比较干净的小店,解决了晚餐。

此时此刻天色已经逐渐变得暗了下来,街道两旁琳琅满目的彩灯开始闪烁着灿烂夺目的光彩,小县城的夜景安静之中又带着几分秀美。不知道听谁说过,晚上的碧玉溪特别地美,两岸的灯火映在溪流里,咚咚的流水就像是一个个动人的音符,足可以撩动那些偶然经过那里的人的心弦;细如发丝的杨柳树下,常常可以听到情人之间的细语,是一个特别好的幽会之地。

许悠然早就想要去看看了,可是看着已经接连好几天没有好好休息的杜方知,只得放弃了夜游长宁的打算,拉着他上车回家。

车子沿着淯江河缓缓地向前走,杜方知看着窗外一闪而过的树影和房子,忽然开口说道:"等参加完了市里的比赛,我就把我隔壁的那几间空房买下来,再把家里的房子推掉,起一栋小楼。"

"不用那么麻烦,现在的房子住得也不错。"许悠然当然知道,许爸爸走进杜家的那一句话,已经被杜方知给听到了心上。

"原本我就有这样的想法,还想着重新劈出一个宽敞明亮的书房来,只是因为缺钱的原因才没有动工。现在有了苏师叔给的那笔钱,倒是完全够用了,等咱们起房子的时候,再铺一条能够通车的路进来,专门留一些空间圈个院子,可以种点花草,也可以直接坐在院子里干活。你要是觉得在镇上环境不好,等到天气热的时候,咱们还可以搬到山上师傅家去住些日子。夏天的时候，那里可凉快啦！你一定会特别地喜欢。那条小溪里的鱼可多了，我以前和阿问不知道抓了多少，竹林里还有竹鼠山鸡，运气好的时候还能抓到一窝小兔子。"

杜方知轻轻地闭着眼睛，脑子里不断地勾画出一幅幅和谐安宁的画面，许悠然倒是听得向往极了。就在快要沉浸在他所勾绘的画面里时，许悠然立马惊醒了过来开口问道："那你要是拿到了晋级省赛的资格呢？"

"你喜欢看我比赛，那我就加油，一举拿下参加国赛的资格，要是能够参加国赛，咱们不妨也去闯一闯旧金山，战一把巴拿马。"杜方知睁开眼睛，特别坚定地开口说道："只有不断地参加比赛，不断地取得好成绩，才能够吸引更多的人注意。让更多的人去了解竹工艺文化，知道万岭箐的存在，才会有更多的人对这个行业感兴趣，去主动学习和探索将竹工艺发扬光大起来。"

"好，我会一直陪着你，不管是比赛，还是归隐田园，我都会一直在你身边，谁让我喜欢上了这座万岭箐呢，更喜欢上了万岭箐里的人，特别是杜良工。"许悠然含笑说道。

"悠然之深情厚意，方知甚觉荣幸，此生定当努力不懈，绝不负悠然分毫厘米。"

"……"

两个人相处了这么长时间，杜方知从来都没有说过这种表露心思的话，许悠然直接望着他发起了愣。

这一发愣，根本就没有注意到前方路况出现了变化，方向盘没有了人控制，在忽然出现的转弯道上，直接撞向一旁的山壁。杜方知迅速地扑了过去，一使力将方向盘扳正，许悠然这才反应过来，连忙踩了刹车。车子就这样横着停在了公路中间，好在公路上没有其他车辆出入。许悠然惊魂未定地抱着方向盘，不过只是一瞬间的失神，就差一点赴了个生死之约。

"你没事吧？"杜方知看着她苍白的脸色，忍不住关切地将她从头到尾打量了一遍。

"我没事，对不起，我不该在开车的时候分神！"许悠然惊魂方定，便开口道歉，后方响起了催促的喇叭声，透过副驾窗户，才发现不知道什么时候后面停了一辆小货车，司机有些不耐烦地按着喇叭，催促他们让路。许悠然稳定心神，把车往后面倒了倒，扳正了车头，靠右边缓缓前行，主动给后方的小货车让起路来。

"是我不该在这个时候乱说话，你不要想太多，我相信你的技术，咱们先回家！"发现车子的速度明显比之前慢了不少，许悠然此刻正高度紧张地盯着路面。杜方知连忙开口宽慰，心里则在想，看来自己得去找人问问，去哪里办个驾照，不能以后一出门都让她一个女孩子开车吧！

车子开不进小巷，就只能停在小巷外面的公路旁，回到家中，杜觉早就漱洗完回房休息了。

陈之问还坐在柜台前看书，他最近看的书，加起来都快要超过以前读书时候看的书了，有的时候自己都忍不住自嘲，当初读书的时候要是有现在一半的认真努力，学习成绩怎么可能搞不上去。

"回来了，老爷子说他明天要去一个书法比赛现场当评委，早早就回房休息了，你们也早点休息吧，锅里留的有热水。"陈之问头也不抬地说道，生怕这两人打断自己看书。

许悠然跟着杜方知来到了天井里，杜方知打了热水出来，两人洗漱了之后，互相催促着对方早点休息。一个为了做茶具，已经忙了整整三天，一个从大半夜往这边赶，五六百公里的路程，到现在都还没有好好休息。纵然此刻心里有好多好多的话想要跟他说，许悠然还是特别规矩地上了楼，累了一整天，几乎一沾上枕头就睡了过去。实在太过疲劳了，这一觉就直接睡到了九点过，刚走到天井正准备去洗漱，就看到杜方知又坐在那里忙碌了起来。

"先去洗漱，锅里面温的有小笼包，你先将就吃点，一会儿咱们一起去市场买菜。"

"好。"许悠然应了一声，迅洗漱完后，吃了早餐，才发现没看到陈之问，杜方知淡淡地说道："你不是让他去箐语给郑安怡送东西吗?"许悠然这才想了起来,拿出给老板娘准备的裙子,先去了一趟饭店,两人才不急不慌地去了菜市场。买了一些时令蔬菜、一只杀好的鸡、一条刚从清江打捞起来的新鲜鲤鱼。刚回到家门口,就看到了陈之问和郑安怡。

"你们俩怎么才回来,我们都在这里等大半天了。"陈之问满是抱怨说道。

"我们出去才一个小时,你哪里来的大半天等,我不是给了你一把钥匙吗?你是不会开门了?"杜方知毫不客气地怼了他几句。

"我这不是想着家里有人,没带吗。"在陈之问的抱怨声中,杜方知打开了门上的锁。

"许悠然,谢谢你的衣服和零食,我非常喜欢。"一直没有说话的郑安怡,总算是找到了自己说话的机会,当即就表示着自己的感谢。

"不用客气,前几日我不也总是麻烦你吗?"许悠然自来熟地拉着她手,牵着她一起进了屋,陈之问非常主动地去沏了茶,杜方知正准备进屋,陈之问却一把抓住了他:"先等等,郑师妹还要跟我们说事呢!"

"什么事?"杜方知很少看到陈之问这么认真的时候,跟着坐在了他旁边,抬眸望着郑安怡等着她开口说话。

"市赛的规则出来了,我正准备出门来找你们,就遇上了陈师兄,我就想着,等你们都到齐了再一起说。"

"都是些什么规则?"陈之问一路上不知道问了多少次,郑安怡硬是没有给他透露半点口风。

"规则其实很简单,明年省赛主题是竹编画,所以今年市赛,选送的重点将会是这一方面比较强的匠人。"郑安怡有些担心地望着杜方知和陈之问,这两人的编织技巧和雕刻技巧,绝对算得上是匠人之中的翘楚。可是竹编画不但讲究编织手法技巧,还要讲究绘画基础,要是没有一定的基础,别说去编了,就算是给他一支笔,他也不一定能够画出来。

许悠然知道，杜方知非常地厉害，会做不少东西，但却从来没有看他编过画，也不知道他到底会不会，眼睛里写满了担忧。

"我来的时候，师傅还专门交代过，要是你们不擅长这一块儿，咱们还可以等明年，毕竟每一年的主题都不一样，明年有可能是大型竹雕的组团参赛，你们的赢面会非常大。"郑安怡见他们俩人迟迟没有开口回话，以为他们遇到了困难，连忙开口劝慰起来。

"有没有更细致一点的消息，比如说会不会出现分类，山水、人物、动物，又或者建筑，有没有一个特定的主题？"杜方知显然没有把她的劝解当一回事，而是更加细致地问起了问题的关键。

"你倒是很厉害，比赛现场确实分了四个板块，正好是你说的这四种，由参赛选手自选制作，然后成品交由组委会统一评分。"郑安怡笑着说完，又继续问道："不知杜师兄比较擅长哪一种？"

"我倒是喜欢山水，但是很显然，在竹画这一方面，一直都是仕女图比较得人心，要是能够把仕女图做好，胜算的几率可能会稍微高一点。"

"那我就做仕女图，方知，你赶快给我画几幅底稿，我先练练手，把它给记到脑子里，不然到了比赛现场，要我现场作绘，我肯定是做不出来的。"陈之问知道自己的短板，立马开口请求，恨不得现在就开始动手练习。

"你准备做什么？"杜方知没有理会陈之问，而是开口问起了郑安怡。

"我……之前有做过画屏，也算是有一点基础，我在来的路上仔细想了一下，准备试着去做大观楼的影画，毕竟它是我们市里的地标建筑，应该能够引起组委会的共鸣。所谓共鸣，就是自己做出来的作品，能够合评委的眼缘，这样才能拿到高分。"

"你这个想法不错，我准备做山水画，只剩下一个星期的时间不到了，咱们接下来还是多花点时间练一下手上功夫，争取能够在市赛上顺利晋级。"杜方知说完之后，又偏过头望着许悠然说道："楼上第2个书架第6排第7格,有一本仕女图拓本,第5排第4格,有一本古早建筑丛书,你去把它拿下来,给他们看看。"

许悠然听话地上了二楼,果然在他说的位置上找到了那两本书。心里不由得再一次佩服起杜方知来!这人的脑子到底是怎么长的,这么多的书,他不会都记得位置吧!

拿着这两本书,来到了楼下柜台处,把仕女图递给了陈之问,剩下的建筑丛书当然是给郑安怡的。两人如获至宝地翻开书籍,当场就如痴如狂地读了起来,直接把许悠然当成了空气。许悠然倒也不恼,怕别人来打扰他们,还十分体贴地把店门给掩上,看着杜方知回了天井干活,这才转身去了厨房。

午饭刚用完,郑安怡就急着回去练功,这本书给了她一些新的思路,让她恨不得能够立刻回家进行实际操作,几乎是放下饭碗就起身告别。

陈之问也拿了纸笔直接在柜台前坐着写写画画,看起来也找到了状态,杜方知刚带着许悠然去了书房。之前杜爷爷放在门口的躺椅还在,许悠然挑了本有关竹工艺起源和历史发展书籍,静静地坐在躺椅上翻看,虽说这些书之前都已经看过了,但因为时间比较短的缘故看得并不是很仔细,现在重复再看,又发现了很多之前自己没有发现的细节。杜方知坐在屋里的书桌前,笔墨纸砚早就已经铺排好了,正在专心作画。

三人虽然住在同一个屋檐下,但都互不打扰,许悠然每到饭点就主动下楼做饭,吃完饭后又各做各的事儿。

陈之问把整本仕女图全部研究了一个透彻,已经上山寻了几棵好的竹子,开始练习手上功夫。虽说他主要学习的是雕刻技术,编制技巧跟杜方知比起来肯定是有所不及的,但和其他的那一些普通的竹匠一比,底子也算是不错的啦。接下来的时间里,看书的看书,绘图的绘图,练技术的练技术,杜觉更是每天早上一大早就不见人影,要到晚上六七点钟才回来。

转眼就到了市区比赛,因为许爸爸留了车的原因,三人也就不急着去县城车站了,直接准备好工具材料,一路出了长宁界。

第十六章 技艺通天 "泰山" 认可

车子到了陈塘关，就看到了郑安怡的车停在路边，许悠然驱车过去冲着她打了个招呼，才知道郑安怡是故意在那里等他们的，怕他们找不到比赛现场。有郑安怡在前面带路，许悠然确实省了不少心，穿过了市中心，路过了大观楼，沿着长江地标广场往前面走，不大一会儿工夫，车子直接进入了流杯池公园。

这次的比赛地点，就在流杯池畔，因为是宁桥直接晋级的，他们不用专门过来报名，只需要拿着之前的晋级入场券，就可以顺利地进入赛区。

车子停在了停车场，几人一起下了车，带上工具和材料远远地就看到了进入赛场的路标和指示牌。

此刻的公园热闹非凡，人来人往，大多数参赛选手，背上都背着个大背篓，手里还拎着一个偌大的工具箱。那长枪短炮的样子就像是要上战场一样，入场分出了两条通道，一条是参赛选手专用通道，一条是观众专用通道。

因为公园的空间比较大，倒是没有限制观众的数量，此刻两条通道都排着长长的队伍，有序地进行着入场登记。已经有不少参赛选手进入了赛区，按照登记处领取的号牌，找到了属于自己的比赛区域。

许悠然也有份参赛入场券，但这次是单独赛，没办法继续浑水充数，只能去观众席看热闹了。

看了一眼前方人山人海的观众席，大概是因为来的时间比较晚的原因，靠前一点的座位除了那三排特定的嘉宾席，几乎全部被人给占了。

第十七章

市赛现场争锋不断

一

许悠然正在苦恼，要是坐的位置离赛场太远，该怎么好的时候，郑安怡轻轻地拍了拍她肩膀，指了指前面三排空着的位置说道："第二排往左边数第三个位置，是我专门给你留的。"

"那可是嘉宾席。"许悠然知道，像那样的位置，大多数都是有头有面有身份的人才能坐的。

"箐语虽然有参赛选手，但也有被邀嘉宾的资格，我专门给你留了个位置，你只有坐在那里，才能够看清楚我们在赛场上的表现。"郑安怡简单地做了一下解释，就带着另外几名箐语的参赛选手去了参赛通道排队等候入场。杜方知冲着她微微点了点头，正准备带着陈之问去排队。陈之问却看到了满脸纠结的许悠然，开口说道："让你坐你就坐，咱们现在也算是箐语的股东了，箐语虽说只是一个县城企业，可在这整个行业里面那也是只实打实的领头羊。这么多年来，为西南半壁的竹工艺事业做了不小贡献，作为未来的杜良工夫人，你放心大胆坐上去，不用有任何心理包袱。"

"我觉得你说这话,真的是该死的有道理,你们参加比赛,我来当嘉宾,要是可以投票的话,我是该把票投给你呢?还是投给方知?"许悠然忍不住笑着问道。

"当然是得投给我了,人家方知一直都是靠实力,我一直都靠侥幸,所以你一定要弄清楚,锦上添花无所谓,雪中送炭才更有价值。"陈之问又开始满嘴跑火车,杜方知一把拖着他往参赛通道的方向走去。

许悠然目送着他们走进了参赛通道,在即将进入赛场的位置,有主办方的工作人员坐在那里做登记发参赛证。参赛表一式两分,填写上姓名籍贯身份证号码,如果有公司的,还得把公司名称填上。陈之问的手停在了公司名称那一项,偏过头看着杜方知在上面写下了箐语两个字,才跟着把箐语的名字填了上去,有组织的感觉就是比单打独斗要好。

轮到参赛选项的时候,陈之问直接勾选了人物那一栏,稍微迟疑了一下,看着杜方知勾了山水后,两人这才一起进入了赛场。因为两人是一起签到的,参赛号码也挨在一起,比赛的区域也是划分在一起的。

许悠然看着他们顺利进入了赛场,这才往观众席的通道走去,找到了郑安怡给她说的位置,发现那位置上,确实写的有箐语两个字。挨着箐语的位置,居然是宁桥,许悠然才刚一坐下,就听到了有人在给她打招呼。

"Hello,许家妹子,今天不上场去滥竽充数啦?"许悠然偏过头,发现刘阿朵不知是有意还是无意正好坐在了自己旁边。

"刘总你好!"礼貌地打了声招呼,并不想跟她有过多的牵扯。

刘阿朵却不愿意就此放过她:"你们还是选择了箐语,是我宁桥不配呀!"看着她面前桌子上摆放的箐语名牌,刘阿朵语气里面透着浓浓的酸味,眼睛已经移向了赛场,寻找着杜方知的身影。在位于西北角方向,那个皮肤黝黑的男子正在整理着背篓里的工具和材料。哪怕是在人群之中,也能第一眼看到他挺拔的身姿,刘阿朵忍不住贪恋地多看了两眼,这人真的是越看越舍不得移开目光。

市赛是由政府举办的,不像宁桥公司一样,可以给大家提前准备材料,都是先把比赛的主题发送下去,由参赛者自己筹备。

"刘总说笑了!方知和阿问没有看不上宁桥的意思,他们的师傅原本就是箐语的创始人之一,只是他们拜师的时候,并不知晓这回事。还是苏先生主动告知,又进行了股权转让,这才不得不成为箐语的一分子。"

"股权转让,苏词好大的手笔。"刘阿朵更觉得心酸了,从第一次看到杜方知,她就想要把他给留在自己身边,并不只是因为他的技术好,而是起了私心。为此,她还专门去求了自己的父亲,准备给杜方知开最高的良工待遇,可谁知道对头家以师承为名,以股权相诱,绝对是自己做不到的。

等到主办方宣布比赛开始的时候,赛场上还有不少的空位,应该是和许悠然一样,拿下了参赛的入场券,却因为这个选题不是自己所擅长的,只能放弃参加。

主持人慷慨激昂的声音在全场响了起来,随着主办方的负责人一声高喊比赛开始。现场的所有参赛人员,全神贯注地投入了比赛之中。

许悠然的眼睛一直都没有离开过杜方知和陈之问他们那个方向,看着他们熟练地开头,手指如同拨动琴弦一样和篾丝交缠在了一起,眼睛里全是温柔的笑意。有些人,只有到了赛场上,你才能真正感觉到他的英气和霸气,就算是平时不着调的陈之问,在这一刻,也像是一颗耀眼的新星,散发着夺目的光芒。

"许姐姐,我这里有炒米糖、竹叶黄粑,还买了一些卤豆干、鸡脚、瓜果花生,你要不要尝尝?"左手边,一个看起来只有十六七岁的小女孩,捧着一大堆零食放在了许悠然面前的桌上。

"你是?"许悠然非常确定没有见过眼前的姑娘,忽然的一声许姐姐让她觉得特别地诧异。

"我叫苏叶,苏词是我爷爷,来之前,安怡表姐交代过让我好好照顾你,就是箐语的郑安怡,她妈妈是我姑姑,亲的哦!"小姑娘先表明自己身份，然后再把和郑安怡之间的关系给点了出来化解许悠然的戒心。许悠然也是这一刻才知道，原来郑安怡的师傅，居然是她外公。

"邓四家的苕丝糖，你这小丫头片子倒是很会吃啊，给我也来一点！"许悠然正准备开口言谢，刘阿朵的手就伸了过来，直接拿了一封还没开封的炒米糖，熟练地拆开包装，当场吃了起来。

苏叶也不生气，笑着说道："刘姐姐喜欢吃，早知道我就多带点过来了，许姐姐，你也吃啊！要是不够，我再让人给我们送。"

许悠然看着她一副老大人的口气，想到今天是星期四，忍不住开口问道："你不用读书吗？"

"读啊！每年市赛，爷爷都会强迫我从学校请假过来现场观摩，说是在赛场上能够学到很多东西。这么多年以来，东西有没有学到我不知道，比赛倒是白白看了十好几场，没意思极了！"

苏叶忍不住开口抱怨起来，显然对这一行并不怎么上心，过来观看比赛，也只是为了完成自家爷爷所规定的任务而已。

"赛场上，会出现很多惊艳的作品，并不是我们在市场或者展览馆能够看到的。能够有幸看着这些作品的制作过程，是能学到很多东西的。"许悠然笑着开口说道。

苏叶摇了摇头："反正我不怎么'感冒'，与其把我禁在这嘉宾席上，还不如放我去四处走走。这里可是流杯池公园，当年的大文豪黄庭坚还在这里举办过曲水流杯的诗会呢！那边的中心公园位置，还有好多大书法家的拓本碑文，一会儿比赛结束了，我带你去看。"

"好啊！"许悠然算是看明白了,这小丫头压根儿就不喜欢竹工艺，出现在这里完全是被逼无奈。

二

　　两人一边闲聊一边吃着零食，时间倒是过得极快，刘阿朵偶尔也会插上一两句，但大多数时候她眼睛都没空。作为宁桥的负责人，她必须要慧眼识才，为公司招揽更多手艺高超的匠人。而菁语的观赛嘉宾代表苏叶，显然就是过来看热闹的。

　　两家公司，一家注重商业人才规模化，一家则只想着让后人去了解去喜欢这个行业。

　　比赛正在激烈进行着，赛场上，有不少人已经做好了打底工作，离许悠然比较近的位置，可以若隐若现地看到竹画上面的图案正在逐渐成形。隔着赛场正对面的位置，就是本次比赛的评委席了。

　　评委席上有好几位面熟的评委，其中就有之前见过的偖大师，还有竹丝扇的创始人龚大师，以及宁桥的何大师、菁语的苏先生。这四位本就是老一辈里知名的大家，出现在评委席上最正常不过了，还有五六位评委，因是生面孔，许悠然看不出他们来历，陈之问又不在身边，总不能去向刘阿朵打听吧？

　　"许姐姐，你认识那些评委吗？"苏叶注意到了她此刻正望着评委席发呆，伸手戳了戳她手臂，小声问道。

　　"认识几个，但是右边坐着的那四个，我就没见过了！"许悠然随口回答。

　　"那我给你说一下，坐在最右边的那位，是来自青州的林大师，他最擅长的就是国画，十年前曾经亲手编制过一幅中华历纪帝王全图，一举拿下了百花文艺竹工艺画第一名。坐在他旁边的那位,是来自梁平的方大师,祖传的花鸟图到了他这一代,已经延伸出了三十八种现代编法,甚至听说,他已经在研究电脑编图方式进行竹画创作,可以称得上是新技艺的创始人和传承者。往左方向第三位,姓黄,你别看她是个女的,年纪看起来也不大,她可是省竹编工艺业务处的科长,也是新瓷胎编织技艺的主要推广人。她虽然不会制作东西,可她博学多才,而且过目不忘,一眼就能看出一个作品的好坏和全套制作流程,就像是《天龙八部》里的王语嫣,不会武功,但却是这世上教武功最好的老师。"苏叶说到这里,喜欢和崇拜的眼神直接停留在了黄大师身上,片刻过后才继续开口说道:"坐在她旁边的那位……我就没见过了,反正听说是从省城回来的专家,还是省赛上早就已经预定了的评委。今年咱们主办方,也算是下了血本,一心想要输送几个有潜质的匠人,去省赛上搏个好成绩回来。"

从小在箐语长大的女孩,就算她不关心这些比赛,知道的消息也会比许悠然多得多。这大概就是苏先生要她过来观看比赛的原因,不要求她能够提刀到赛场上去厮杀搏斗,但作为箐语的人,这个行业的底蕴是必须具备的。

"你懂得可真多,看来苏先生做得对,多出来看看比赛也是很有好处的。"许悠然温和地说道,手里已经被苏叶硬塞了一个桃子过来。回过头看了一下身后的观众席,围观的观众其实并不多,甚至还没有宁桥举办时热闹。

现场很安静,所有人都将目光停在了比赛赛场上,可以从中看出,大多数都是来给参赛选手助威加油的。

"我爷爷要是听到你这句话,一定会很高兴的,在他的心里,只要提不动劈篾刀,就不配当苏家的后人。可惜,我跟我哥都不是学艺的苗子,好在有安怡表姐这个意外,不然老头子还不知道该怎样伤心呢?"

"这话又是从何说起?"绝对有故事,许悠然忍不住打听起来。

"听我妈说,我大哥五六岁的时候,我爷爷就在山上砍了一根竹子扔在他面前,要我大哥把竹子片出来。拿刀都拿着费力的大哥,怎么可能片得了竹子，可爷爷才不管他哭闹，一直逼着他片，后来柴刀掉在脚上，把大拇指指甲都给砸出了血。爷爷半点都不心疼，反而还伤心地喊大哥废物。"

听她这么一说，许悠然不由得想起杜方知小时候，杜爷爷也是这样折磨他的。不过方知运气特别好，有杜妈妈这么好的妈妈帮他解围，只是不知道这一位苏大哥，后面怎么了。

"爷爷对我大哥特别不满意，到了我五六岁的时候，又开始故伎重施，说是要试一下我们的天分，不管将来他收多少的徒弟，其中有一个必须是苏家人。我比我哥更不如，柴刀都举不起来，就在我爷爷绝望不已时，安怡表姐来了，爷爷病急乱投医，把柴刀递给了安怡表姐。可把我爸妈给急死了，生怕那刀砸到了表姐，正准备帮她解围，她居然拿起竹子，一刀就给劈成了两半。那动作，比很多成年人都要干净利落，那个时候，安怡表姐才十岁。发现了这惊人天赋后，爷爷如获至宝，从此以后就开始对安怡表姐进行了各种各样的特训。天赋这个东西，真的特别重要，我爸妈以为我和我大哥年龄小，拿不起刀，所以才劈不开竹。可后来我大哥到了十岁，甚至到了十五岁，也学了一些简单的编织技巧，可都比不上安怡表姐。我大哥用三五天时间编出一个筲箕得意扬扬的时候，安怡表姐已经可以用一天时间编一个双面效果的台屏出来了。我就更不用说了，到现在都还没有学会劈丝，爷爷早就把我和大哥给放弃了，好在大哥争气，顺利考上了大学。"

看来这个世界上，同款的爷爷可真多，许悠然看着朝气蓬勃的苏叶，又看了一眼赛场上正在埋头奋战的郑安怡，也不知道她们两个，到底算是幸运呢？又或者是不幸？

"她是真心喜欢做竹编，还是被你爷爷逼着去学的？"

"我觉得嘛，安怡表姐是真心喜欢的，如果不是真心喜欢做这个，她又怎么可能学得又快又好！"苏叶笑着说道，只要稍微注意一下她的脸庞，就能清晰地看到她眼睛里闪烁的感激。

刘阿朵一直全神贯注地盯着赛场上看，可旁边两人聊天的内容却听得清清楚楚，只见她收回视线，跳过许悠然笑盈盈地望着苏叶说道:"据我所知,苏先生立了遗嘱,以后将箐语交给郑安怡,就连你家大哥都没份呢!"

许悠然眉头微微地皱了皱,刘阿朵这是在挑拨?她担心地望着苏叶,苏叶却出乎意料地说道:"刘家姐姐肯定是道听途说,我爷爷确实立了份遗嘱,我还在上面留了见证人签名,将来他的股份会分成两份,一份给我大哥,一份给我表姐,大哥明年就能毕业,已经说好了回公司负责运营,就像刘姐姐你一样,只需要做好管理工作就可以了。刘姐姐你可要小心啦!我大哥在大学学的就是经济管理,说不定要不了多长时间,咱们箐语就会把宁桥给远远地甩在身后了。公司还有安怡表姐,安怡表姐负责技术攻关,自然会带领着整个箐语做出更多更好的作品来。再加上现在有之问哥哥和方知哥哥加入,箐语往后只会越来越好。说到这里!我就不得不提我爷爷了,你别看我爷爷和何大师针锋相对了大半辈子。其实我爷爷他,有的时候也挺为宁桥着急的,众所周知刘姐姐你聪明能干有本事,可你却半点都没有学到何大师的本领。关于技术这块,全靠重金出去挖人,宁桥家大业大,但要是没有自己的技术匠人,做起来应该也挺艰难的吧?"

这本来就是两个对头之间的争斗,苏叶作为小辈本来不应该说这些话,可刘阿朵挑拨在前,那也怪不得苏叶口不留情。小姑娘年纪虽轻,一席话却让许悠然刮目相看,这种打蛇打七寸的感觉,只能用一个字来形容……爽。

宁桥再怎么辉煌了得,现在不也是靠何大师撑着吗?可何大师的年龄也不小了,一旦有一天有个什么,难不成真的要靠外面招聘进来的那些工匠撑着?那么何氏一族的传承,是直接传给外人,还是就这样断了?不管怎么样,对何大师和刘阿朵来说,都不是好事。

刘阿朵也有些意外,没有想到她会说出这样的话来,眼睛里明显出现了不悦。脸上还是带着笑容,继续温和无害地说道:"宁桥有的是优秀匠人,不管怎么样,我也是唯一的继承人。可是箐语就不一样了,不管以后做得多好多大,只要有你大哥和你表姐在,都不会有你一份。"

许悠然没想到这样的话会从刘阿朵口中说出来,可见苏叶之前真的是把她给气到了。她有些担心地看了一眼苏叶，苏叶却浑不在意地说道："刘姐姐这话错了，从来都是付出和收获成正比，对箐语我没有付出过，收获自然也轮不到我。而且我很感激我表姐，如果不是因为她得天独厚的天赋和努力上进的品质。恐怕现在提刀上场的就是我了，有人为我扛起了本该是我应尽的责任，我的那一份她悉数拿走本就是应该的。而且以我大哥和表姐他们的为人，他们要是能够吃肉，是绝对不会只让我喝汤的。"苏叶非常自信地说完，还调皮地冲着许悠然眨了眨眼睛。

"时代不同啦！刘姐姐，我们不能总活在长辈的余荫之下，也可以去选择做点自己喜欢做的事。"苏叶稚嫩的脸上写满了自信，显然对自己的未来早就已经有了规划。

"我现在做的就是我喜欢做的事。"刘阿朵几乎是咬牙切齿说完这句话的。

"是的呢！刘姐姐做得这么好，这么认真，肯定是发自内心地喜欢，刘姐姐吃瓜子，五香味的可好吃了！"苏叶笑着捧了一捧瓜子放在她面前的桌子上，让人根本就看不出来，就在前一刻，这两人还针锋相对了一场。

许悠然静静地看着赛场上的杜方知，他手中已经编出了一块儿大概半米长左右的画卷，因为距离比较远的原因，看不清楚上面到底是什么内容。不过对于杜方知的作品，许悠然早就已经不是盲目的信任，而是有理有据的信任，根本就没有身后那些观赛者的紧张感。

"许姐姐，听安怡表姐说，你在跟方知哥哥处对象？"小丫头一脸八卦地开口问道，许悠然不得不将视线收了回来，静静地望着她，微微地点了点头。

"哎……我当时还在想，我家方知哥哥这么优秀，到底什么样的小仙女能够配得上他？要是他女朋友长得太丑，又或者脾气不好，我就去挖她墙脚，把方知哥哥给抢回来，留着我长大了嫁。"小丫头唉声叹气地说道。

"那你现在，对你家方知哥哥的对象还满意乎？"

"当然满意啦!第一眼看到你的时候,我就知道,方知哥哥终归不会是我的啦!要怪就怪缘分,让我们这么晚认识,让你给捷足先登了。不过还好是你,要是换成别人,我还不知道得难过成什么样子。"

"别人?"许悠然听出了一点话外之音,忍不住开口问道。

"你是不知道,方知哥哥到公司做事的那些天,刘姐姐每天都有去我们公司报到。一口一个要请教技术,公司里那么多良工匠人,她一个都不去问,就一直黏着方知哥哥。"

"还有这种事?"许悠然偏过头看了一眼刘阿朵,刘阿朵心虚地盯着赛场,很显然苏叶说的是事实。早就知道刘阿朵对杜方知有意思,却没想到她会跑去箐语。

"许姐姐你放心,方知哥哥可忙了,才没时间去搭理不相干的人,后面还是我安怡表姐看不下去了,提出要教她嘞,她才推说公司有事给跑了。方知哥哥在公司里从来不跟女生说话,就连跟安怡表姐说话,都至少保持了一两米的距离。有的时候,我想跟他说说话,他除了嗯以外,就都没有真正地搭理过我。"小丫头说在这里,那一脸的小委屈直接把许悠然给逗乐了。

"他对你这么不好,你干吗还要叫他哥哥?"

"他长得好看啊!许姐姐你没有注意到?方知哥哥这样的人,看第一眼你不会觉得怎么样,但只要多看一眼,就会让人移不开眼睛。而且我觉得,我们整个学校所有的男生加起来,都找不出像方知哥哥这么有型有才又有本事的男生了。"小丫头一脸花痴,很显然是一颜控,可为什么会被肤色偏黑的杜方知给迷住,这大概就叫做魅不可挡吧。

"按照辈分论,你不应该叫他哥哥,你应该叫他叔叔,因为他叫你爷爷叫师叔呢!"许悠然忽然想到这一点,忍不住开口打趣道。

"那可不行,我要是叫他叔叔,那岂不是得叫你婶婶了,我还是觉得叫你许姐姐比较好?"苏叶说得高兴,忽然发现了有道不善的目光正盯着自己,抬眼望去,正是前面评委席上端坐的苏大师。苏叶冲着他笑了笑,还古灵精怪地冲着他吐了吐舌头。

苏先生有些无奈地收回目光，专心致志地打量着赛场上的情况。

开赛之前主持人就已经讲述过了比赛规则，比赛时间为四个小时，九点正式开始，到一点结束。完成作品的人可以提前离开赛场，只需要把自己的参赛作品以及参赛表一起交到评委席旁边的工作人员手上。等比赛结束后，所有的参赛人员退场，评委这边会根据作品进行打分，最后得分会贴在作品上，下午四点的时候，在公园的展厅里进行展示。

本次参赛选手统计总人数为三百六十七人，也就是说，这几百人里，只有前二十名参赛选手，才能进入下一轮的省赛。

随着时间一分一秒的流逝，离比赛结束只剩二十分钟了，杜方知完成了手上的作品，抬头对着正看着他的许悠然点了点头。

"方知哥哥！"苏叶激动地站了起来，冲着他挥了挥手，杜方知却像是没有看到她一样，蹲在地上，整理着地上的工具。

许悠然看了一眼挨着他不远的陈之问，也完成了手上作品，眼睛正盯着评委席方向，显然是在等比赛结束。等结赛时间只剩下十分钟时，主持人上台开始鼓励完成作品的参赛选手们提前上交作品。随着主持人的鼓励声，参赛选手们开始陆陆续续地收拾东西，往评委席方向走去，一幅幅大小不一、形状各异的竹画，就这样出现在了评委席前方的工作台上。

陈之问看着杜方知在收拾东西，也跟着一起收拾了起来，默默跟在他身后，把手中的作品交了上去，跟着其他的参赛选手依次离开了赛场。许悠然见状，站了起来正准备离开观众席，苏叶连忙喊了声等等我，收拾起那些还没有吃完的零食。还把自己制造出来的垃圾专门用个袋子装好，才跟着许悠然退出了观众席。

刘阿朵站起来准备跟着离开，她身旁的一名工作人员小声地提醒着她："刘总，咱们公司的参赛成员还没有离场呢！"

刘阿朵只得又坐了下来，焦急地等待着宁桥的参赛人员离开赛场。刚从观众席走了出来，杜方知和陈之问就已经站在了出口处等着他们。

"方知哥哥，你编的是什么东西？"苏叶非常自来熟地开口问道。

"万岭箐!"杜方知虽然回了她话,眼睛却一直盯着许悠然看。

"感觉怎么样?"

"还行,我看了一下周围参赛选手的水平,应该能够顺利进入省赛。"这话如果是从别人口中说出来,就会给人一种狂妄自大的感觉,可是从杜方知口中说出来,就是这么正常。

"阿问呢?"许悠然又问起了陈之问,如果是雕刻比赛,丝毫不用担心他的技术,可编织这块,显然,陈之问稍显弱势。

"我嘛……成绩上肯定是没有要求的啦,只盼着能够顺利晋级,跟方知一起去参加省赛就行。"陈之问乐呵呵地说道,之前他是半点把握也没有,可杜方知给他的那本仕女图,经过了他这段日子的反复研究,陈之问完全可以用受益匪浅这四个字来形容自己这段时间里的进步。

"时间不早了,咱们先把东西放下,出去找点吃的,肚子填饱要紧。"许悠然开口说完,带着他们走到了停车的位置,把随身携带的那些工具,全部给放进到了尾厢。几人刚准备离开流杯池公园,就听到了郑安怡的声音:"杜师兄,师傅在外面的沿江楼给我们订好了饭菜,让我过来带你们过去。"

"安怡表姐,爷爷怎么没跟着一起过来?"苏叶小声问道,心里是不希望跟爷爷一起用餐的,如果坐在一起吃饭,老爷子肯定会问东问西,让她说赛场上面的情况。

今天这场比赛,她几乎把大半的精力全部花在了怼刘阿朵身上,从开场到结束,连比赛规则都没弄清楚,哪里敢去面对那一尊泰斗。

"评委老师们待在原地用餐,吃完饭后会对每一幅作品进行评分,再由专业的计分人员进行统计,这样才能保证四点之前,我们要的结果能够全部出来。"郑安怡表面上在回答苏叶的话,实际上是在向杜方知他们解释苏先生不能一起同行的真正原因。

听说长辈不用跟着,别说是苏叶了,杜方知心里也变得轻松了不少。

箐语这次过来参赛的只有三人,依然是由郑安怡带队,另外的两名成员都是上次在宁桥赛场上许悠然见过的。郑安和也没来，许悠然已经从苏叶口中得知，郑安和是郑安怡的堂姐，不太擅长编织竹画，就没来充数。还顺便得到了不少小道消息，比如刘阿朵虽然姓刘，却是何大师的独生女儿，何大师四十几岁才得了这么一个女儿，自然是宝贵得不得了。只是听信了风水先生的话，让刘阿朵从母姓，说是随父姓的话养不大。对于宁桥的小八卦，苏叶知道得不少，从赛场出来的路上，就像竹筒倒豆子一样跟许悠然说了好多。

一行人来到了饭店，因为是提前预订的，刚进入房间坐下，就有服务员过来上菜。最开心的莫过于苏叶了，一路上说话最多的就是她。

吃完午饭，又回到了流杯池公园。流杯池公园最著名的景点就是曲水流觞，此刻已经有不少人聚集在那里，自行组织起了飞花令局。

杜方知不喜欢人多的地方，带着他们看了一会儿热闹，便找了一个比较僻静的凉亭，坐着休息聊天。

距离成绩发放的时间只剩下二三十分钟时，一行人才往公园临时开办的展览区走去，展览区的大门是关上的，但外面已经守候着无数前来等结果的参赛选手和围观观众。

一行人刚走到人群之中，就听到了各种各样的议论之声："听主办方的人说，咱们今天的赛场上出现了好几幅佳作，连黄大师都赞不绝口，其中有幅作品还具备了百花赛金奖水准。"

"这么厉害，我们好像有好几年都没有在百花赛上拿到过奖项了，难不成真的是江山代有才人出？今年出了厉害的人物了。"

"什么样的作品，能够得到黄大师的青睐，那往后还不得一飞冲天呀！"一些云里雾里不切实际的话，但却丝毫不影响说的人和听者的兴致。

许悠然再次对那位黄大师产生了浓厚的兴趣，忍不住低声地问起郑安怡来："那位黄大师当真这么厉害？"

郑安怡点了点头："八年前，她在咱们省内挑选的六件作品去香港参加一场小型的国际展，六件作品全部获奖而归，其中有一件穿丝交织竹席还拿到了第一名,成了奢侈生活用品展厅里了一员。从那时起,大家都知道黄大师的眼睛有毒,只要是她看中的作品,就绝对能够卖出天价,供不应求。说她是整个竹工艺制品的风向标,定价标也不为过,只要是被她夸过的作品,最后都被人疯抢而空。"

郑安怡显然比苏叶知道了解的更多,许悠然静静地听着她对黄大师的介绍,对黄大师更加地佩服起来了,这才是真正的竹文化艺术推广大师,也更加明确了自己往后的发展方向。

杜方知并不喜欢挤在人多的地方,见一时半会也不会开门,带着许悠然往旁边比较僻静的地方走去。

郑安怡和苏叶他们也跟着过去,几个人就这样静静地站在边缘地带,听着前方人群里的讨论之声。

第十八章
佳绩频出未来可期

一

　　大概过了二十分钟左右，紧闭的大门终于被打开了，主办方的工作人员手里拿着一张长长的红纸出现在了大门口。和他一起出来的，还有本次大赛的主持人，主持人手中拿着话筒，微微一笑开口说道："就知道大家等不及了，这不，晋级名单一统计出来，我就立马赶着过来给大家报喜了。"

　　"那是前二十名的名单？"不知道谁高喊了一声，所有的人眼睛都盯着那张红纸，想要看清楚上面有没有自己的名字，可红纸是对折起来的，根本就看不清楚上面的字。

　　"大家不要着急，晋级名单现在就在这里，在公布名单之前，主办方还有一些话要给大家说，还请大家保持安静。"

　　主持人的声音一落，原本嘈杂的现场瞬间变得安静得起来，所有人都翘首以盼，等着成绩出炉。

　　"我们手上的这张榜单，正是本次大赛晋级省赛的前二十名选手名单。成绩是由八位评委依次打分，再由专业的计分人员进行统计，整个评分现场,是由四名公证员全场监督的。在我宣布完成绩后,大家可以进入我身后的展厅,观赏今天所有的参赛作品,每个参赛作品下面,都有他们所获得的分数,以及作品制作人的名字。若是对本次成绩有所质疑的,可以直接去二楼主办方专门准备好的接待厅咨询。

"在宣布名单之前,我还得提前说一句,所有被我念到名字的参赛选手,请你们迅速上二楼右边的会议厅,登记你们接下来参加省赛的资格证明。"

"知道了知道了,快点公布吧!"见主持人说得差不多了,有围观群众终于忍不住大声催促了起来,他这一催促,又有更多的人附和着他声音进行着催促。

"可以,请大家保持安静,现在由我来给大家宣布顺利晋级省赛资格的二十名参赛选手名字。"主持人说完后,站在她旁边的工作人员才缓缓地打开手中的红纸。只见她看了一眼上面的名单,脸上带着招牌式的微笑,开始一个一个地念起名字来。

"恭喜来自夕佳山的参赛选手李东,一幅南山寿仙翁获得本次比赛的第二十名,顺利晋级今年省赛。"热烈的掌声响了起来,在这一刻,所有人都是激动不已,还剩十九个名额,他们并不吝啬。

"谢谢大家,谢谢大家!"一个身材微胖的年轻人,冲着周围的围观群众纷纷抱拳言谢。

"恭喜来自兴文的参赛选手陆大虎,一幅山居秋暝获得本次比赛第十九名,顺利晋级省赛。"同样热烈的掌声响了起来,那位陆大虎却没有从人群中走出来,主持人继续念着下面的名单。

随着名次一个个减少,围观群众的掌声也变得越来越小了,大家伙儿在这一刻才觉得异常的紧张。因为越往后面,成绩就越好,在成绩没有完全出来之前,没有人敢保证自己能够顺利晋级。

名次念到了第十三名的时候,陈之问急着就像是上了热锅的蚂蚁,他之前给自己做个估计,觉得自己的成绩并不会太好,运气好的话,应该在十七八名左右,只要能够顺利晋级,其他的都不重要。很显然,估算出现了失误,竹编本来就不是自己擅长的,竹画之前也没有专门研究过,如果十五名到二十名都没有自己的名字,那么很显然,接下来就再难出现自己的名字了,陈之问心情在这一刻跌到了谷底。

"你也不用太在意,你本来就不擅长编画,以后还有很多雕刻赛,到时候再大展身手也不迟。"郑安怡原本是想要安慰,可这话一说出来,倒像是在帮陈之问找借口。

"恭喜来自箐语的江安参赛选手陈之问,以一幅嫦娥奔月图拿到了本次比赛的第十一名,顺利晋级省赛。"主持人的声音在这一刻响了起来,陈之问却压根就没有注意到,依然闷闷不乐地埋着头。

苏叶重重地推了他一把,高声喊道:"阿问哥哥,你拿到了第十一名,你实在是太厉害了!"

掌声稀稀落落地响了起来,陈之问此刻脑袋还是懵的,却下意识地对着大家鞠躬道谢。直到主持人念到了第八名,来自长宁箐竹的参赛选手,以一幅市区地标景观大观楼建筑原型图顺利晋级,陈之问这才回过神来,非常确切自己拿到了参加省赛的晋级资格。

主持人还在继续念着晋级名单,原本保持着云淡风轻的杜方知,这一刻也跟着紧张了起来。许悠然伸手轻轻地握住他的手掌,可以明显地感觉到他掌心全是汗液。

随着前五名的陆续出炉,此刻整个晋级名单就只有第一名还没有念了,主持人有意做了一下停顿。而围观的观众们,早就没了之前的热情高涨,那些没有念到自己名字的,在这一刻也不再抱希望了。

但还是想要看看,今年拿到第一名的会是谁?又做出了一件如何惊艳的作品来?更想着能够早点进入展厅,细细打量了一下那些晋级作品,和自己的作品到底有什么区别。有极少数对自己技术特别自信的匠人,因为没有顺利晋级,恨不得能够立刻找出原因。当然,也有不少的人在心里希望着,最后出炉的第一名就是自己。

"咱们川西南的竹工艺,拥有着得天独厚的地理环境,坐拥着一百二十平方公里的竹海,上百座遍布长宁江安两个县城的箐竹山岭。

我们有着取之不尽、用之不竭的原材料，我们有着上千年的工艺技术传承，我们有着天时地利造就的最佳环境。可是在我们源源不断地索取材料的同时，不知道大家对这万岭箐竹山又抱着什么样的感情？"主持人的声音里充满着感性，不急不缓地叙述着对竹山的深情厚意。

现场原本还有些骚动，可这几句话听在耳里，居然奇迹般地变得安静起来。

"以竹为生，因竹而生，在每一个竹匠的心里，竹早就变成了他们生活之中不可或缺的一部分了。对于赐予他们生存力量的，对于让他们能够出现在这个赛场上面的，对于生活之中息息相关而没办法离开的，平时或许已经习以自然，可只要有人稍微提醒一下，谁又没有一颗对大自然的敬畏之心呢？箐竹之语，长宁箐语，之前我一直以为那只是一个公司的名字，可直到今天，我才真正明白，他们或许是这个世上最懂竹子的地方了。今年的箐语，来参加这场比赛的总共有五名选手，就有三名顺利晋级省赛。"

"厉害了，这晋级率简直是过了一大半。"

"可刚才的名单里，明明只有两名箐语的参赛成员顺利晋级呀？"

人群里再次响起了窃窃私语，特别是那些一直关注箐语的人，纷纷提出了心里的疑问。此刻箐语小组里面，也同样是面面相觑满脸疑问，苏叶皱着眉头说道："我觉得我没有记错，十一名阿问哥哥，第八名表姐安怡，那么第三位成员又是谁？"

许悠然下意识看了一眼杜方知，第一名直到现在都还没有公布，从主持人的语气里不难推断出，第一名也是出自箐语。

同样回过神来的，还有郑安怡，但在主持人还没有公布名单之前，谁也不敢掉以轻心。哪怕心里已经有七八成把握了，他们却默契地没有开口讨论半句，所有人几乎都聚精会神地等着，第一名名单出炉。

"接下来，我要宣布的就是本次比赛的第一名，大家是不是特别地激动紧张？其实我也很紧张。刚刚从评委团那边过来，几位评委都在讨论第一名的作品，那是一幅山水巨著，一幅饱含着对万岭箐的感谢和赞美的绝妙画境，一幅代表着我们川西南欣欣向荣竹山的画卷！这一幅竹画的名字，就叫万岭箐。"

随着主持人的声音一落，杜方知抓许悠然的手，力道微微放松了不少，来自箐语，作品又是万岭箐，那么这个第一名，是绝对跑不掉的了。

"在这么短的时间里，能够编织出这么好的作品，参赛者还是第一次参加市赛，对咱们整个行业来说，完全可以说得上是一颗正在上升的新星，是我们整个行业向前进步的希望。黄大师还说，那样的作品就算是拿到百花赛去，也绝对能够捧个好成绩回来。那么现在就由我来正式宣布，获得本次比赛第一名的，是来自箐语的参赛选手，来自万岭箐中的杜方知！"

主持人做了一大堆铺垫，为的就是结果宣布出来的这一刻。

当排山倒海的掌声响了起来时，现场那些没有顺利晋级的参赛选手们，心里只有一个想法，就是赶快进入展厅，去看看这个第一名的作品是否真如主持人口中所说的那么好。

"现在有请刚刚念到了名字的二十名参赛选手，跟着主办方的工作人员从侧面进入二楼，进行省赛晋级登记。"工作人员把手中的红绢挂在了大门口，站在了人群正中间，高声喊道："请获得晋级资格的二十名参赛选手，随我一起去二楼做登记工作。"

那些刚刚有被念到名字的，纷纷站了出来跟着那位工作人员往左侧边的楼梯间走去。

"你们先去展厅转转，我们去做好登记就过来找你们！"郑安怡说完，和杜方知陈之问随着晋级人员的脚步跟着工作人员离开，主持人这才开口说道："欢迎大家进入展厅欣赏本次的参赛作品。"

话音一落，便往旁边让出了一条路来，原本早就蠢蠢欲动的围观群众们，争先恐后地往展厅里走去。

二

许悠然默默地排在了最后面,和她一起的还有苏叶,以及箐语那两名没有晋级的参赛选手。

因为没有晋级的原因,两名参赛选手的脸色并不好看,可当对上许悠然的眼睛时,脸上又不得不扯出一丝笑容来。

苏叶哪里不知他们心里难受,一只手搭在一人肩上,笑着说道:"你们也不用难过,像这样的比赛本来晋级就比较难,反正咱们还年轻,大不了明年再来。"

"小叶子说得对,我们没有晋级并不代表我们的技术不好,而是今日比赛的主题不是我们所擅长的。等到明年的新主题出来,说不定正好就是我们擅长的,到时候咱们再来大杀四方也不迟。而且今年的箐语,成绩已经是非常地好了,我刚刚仔细地听了一下晋级名单,宁桥好像只有一名良工晋级呢!"

许悠然的话音刚落,身后就响起了刘阿朵的声音:"恭喜箐语此次比赛取得如此优异的成绩。"

"刘总好,你还没进去啊?"苏叶笑嘻嘻地开头问道,一脸的得意扬扬。

"现在就进去,要一起吗?"刘阿朵心里不知道有多讨厌这小丫头,可在许悠然面前,她又不得不保持自己的风范。

"刘总先请,我等人少一些的时候再进去。"许悠然看了一眼入口处排着的长龙,笑了笑开口回道。

"那我和许小姐一起等会。"刘阿朵早就急着想要进展厅看看，可不知道为什么，一看到许悠然，她便想要多驻足片刻。

也不知道是羡慕还是嫉妒，终归想要在她面前秀一下自己的优越感。哪怕脸上带着笑容，心里却觉得特别地可悲，身边也不乏追求者，为何就偏偏看上了那位油盐不进的。苏叶之前把话给挑明了，可这位姓许的涵养是真正地好，又或者，人家根本就没把自己当成情敌对手。各种各样的想法，不断地在刘阿朵脑子里来回跳跃，心里越难受，脸上的笑容就越灿烂，仿佛只有这样，才让别人注意不到自己的悲伤。

人流并没有持续多久，大概过了十几分钟，入口处开始变得稀稀拉拉起来。

苏叶笑着对两位箐语的匠人说道："咱们分开行动，你们去看你们的，许姐姐这里有我陪着就好，一会儿等安怡表姐下来，咱们再在门口会合。"话一说完，一手拖着许悠然在刘阿朵还没有反应过来的情况下一溜烟进了展厅，从走进大厅的那一刻起，就仿佛置身在了一片画海之中。

各种各样大小不一的竹画，就这样整整齐齐地排列悬挂在眼前。

"哪吒闹海……这里居然还有女娲补天，许姐姐你快看，昭君出塞……"因为进门的位置就是人物竹画挂图，苏叶对这些熟悉的典故，可以说得上是张口就来。许悠然慢慢地欣赏着竹画，沉浸在了这些匠人的技巧里，不愧是市区赛，这里的作品每一个看起来都那么的出彩。就像是在参观一个巨型的画展，又比画展生动有趣多了，因为这些竹画，并不是用笔墨勾勒出来的，而是用一根根细篾编织而成。

"怎么没有看到阿问的嫦娥奔月图呢？"对于陈之问的本事，雕刻这一方面许悠然是毋庸置疑的，可对于编织特别是竹画这一块，许悠然看到了这么多佳作，就特别想要知道一举拿下十一名的陈之问作品到底是什么样子？

"阿问哥哥的作品，在正东南方向的小展厅里，所有晋级了二十名的，全部都放在那里集体展出。"

苏叶说完，伸手指了指东南方向，许悠然抬头一看，几乎全是人头，可见那一块现在有多受大家的欢迎。

"我们先四处看看，等那边人少一点了再过去！"两人又来到了建筑区，大多数选择的都是古建筑，雕梁画栋十里长亭，八角吊楼玲珑宝塔，应有尽有，看得人眼花缭乱。

也就是在这一刻，许悠然才真正体会到了匠人的不容易，原本以为只要手巧就足够了，但是像这样的赛场，这些这么精致的作品都没办法顺利晋级，那么对心灵的要求肯定也不低。

走过了建筑区，又来到了动物区，各种各样的小动物琳琅满目，飞鸟鱼虫，更是比比皆是，特别是十二生肖，在这里的重复率更高，稍不注意还以为是在参加十二生肖画展一样。

活灵活现的小动物们，就这样跃然眼前，有技艺高超一些的竹画，仿佛还能看到它们跳动的身影。两人又来到了山水区域，几乎能够叫得上号的名山大川在这里都能找到，而且还发现了不少重复的作品，泰山不老松许悠然都已经看到至少有三幅。把四周全部都给转了一遍，两人才不急不缓地来到了前二十名的特展区。

远远就看到了，挂在高台正中间位置上的那幅万岭箐。碧波荡漾的万岭竹海，就在这浩瀚的烟波之中若隐若现，仿佛是那人间的仙境，清脆干净得没有一丝尘埃。

"万岭箐，方知哥哥居然把真的把万岭箐给编出来了。许姐姐，这画里的景象是真实存在的，早上在太阳还没有出来之前，只要站在仙寓洞的悬崖峭壁上，入眼的就是方知哥哥竹画里的这一幅情景。简直一模一样，如同是被照相机给复制下来的一样。"苏叶激动不已地开口说道，之前她有问过杜方知参加比赛的作品是什么。

听到万岭箐三个字的时候她并没有多想，因为她不觉得，谁能够真正把万座山岭给变成一幅画。可现在，事实就在眼前，那画面就是自己曾经亲眼目睹过的画面，也是每一个人走到仙寓洞就能看到的画卷。苏叶的震撼，来自于她曾经亲眼见过这样的景象。许悠然的震撼，则是来自于万座山岭同时出现在自己眼前的浩瀚。

"怪不得人家能拿第一名,只要到过仙寓洞的人都知道,这幅万岭箐,绝对名副其实。"

　　"之前确实有些不服气,今年的第一名,我心服口服了。"

　　"我怎么就没有想过,把我们本地的人文景观给做成画。"

　　"现在知道我们为什么输了吧!我们眼睛里面看到的全是那些世人皆知的东西。却谁也没有想过要做一些属于我们地方特色的作品,这样才能让更多人了解我们的家乡,了解我们是一个竹乡,了解我们是一个竹工艺之乡。咱们先不说这幅万岭箐做得有多好,就他的立意就是我们可望而不可及的。"

　　"你们别只盯着万岭箐看呀!也过来看看这一幅大观楼,这可是我们市里的地标性建筑,也能代表我们市精神面貌文化起源的东西。都是箐语出品,看来箐语这家公司对人文特别地重视,不如咱们约个时间,一起去看看……"

　　"好啊!这段时间有不少公司准备跟我签工作协议,还好我没有早早定下来,等去箐语看过后,要是不错的话,以后就在他家供职得了。"

　　"我也是这么想的,之前还接到了宁桥的邀请,待遇都不错,可我觉得要学到东西,还是应该选择箐语!"

　　听着那些匠人你一句我一句地进行着讨论,许悠然低头望着苏叶,小声问道:"这几个不会是你们安排的托吧?"

　　"许姐姐,你实在是太小看我们了,我们公司最大的托,不就是它吗?"苏叶指着那幅万岭箐,乐陶陶地说道。

　　"好吧!你这句话说得有道理。"两人没有继续留在原地听那些匠人为着前程未来梦想的现场讨论,而是走到了那幅大观楼旁边,仔细地观察起来。过来的路上经过大观楼,许悠然虽然看得不细致但也瞄了一眼,再看看这竹画上面的大观楼,完全可以说是一模一样的,可见这段日子郑安怡没少费心思。总算是找到了陈之问的嫦娥奔月图,粗一看并不打眼,特别是看到了那么多的佳作之后,这一幅嫦娥奔月图不管是从颜色还是从造型设计都显得有些欠缺。

这个问题许悠然能够看出来，在场的那些竹匠自然也能看出来。

"凭什么，他能够拿到十一名，而我却被排除到了晋级之外？"有位同样做了嫦娥奔月的匠人，站在陈之问的竹画前，眼睛里全是质疑。

他的质疑立马就引来了不少匠人的附和："看起来确实有些普通，怎么会拿到这么好的成绩？"

"这也是箐语的吧，看来箐语的后台有些硬拉。"前一刻向往着箐语的匠人们，这一刻又开始发泄起心中的不满情绪，你一句我一句，把箐语给贬了个一文不值。

许悠然看了一下站在自己身旁的苏叶，这丫头还真沉得住气，居然事不关己双手抱胸，站在一旁看热闹。许悠然想要向前解释几句，却有些底气不足，论精，陈之问的这幅画只能说得上是平常；论美，自己之前看过的那两幅嫦娥奔月图，无论是从形态还是篇幅去看，都要比陈之问的这一幅更加具备观赏性。

"我不服，我们去找主办方申诉！"有了一人带头，其他人也跟着喊了起来。

"哪里不服，说出来我听听？"温和又响亮的声音在人群中响了起来。就在大家回头的时候，黄大师温和地站在阶梯前，脸上让人看不出喜怒。现场的参赛选手们，哪怕是不认识她的人，也知道她是这次比赛的评委。大家主动给她让了一条路出来，只见她不急不缓地走到之前说要申诉的那名匠人面前。

温和地说道："你是觉得，这个十一名来得不够公正，又或者是觉得，你的作品比这一幅要好？"

"我……"原本振振有词的人，口口声声要去找主办方申诉，可当评委站在自己面前的时候，温温和和的两句话，居然直接堵得他说不出话来。他虽然说不出话来，不代表旁边旁观的人里面没有胆子大的。

只见一个看起来应该有三十好几的中年男人，从人群里挤了出来，来到了黄大师面前开口说道："在这整个展厅里，总共有三幅嫦娥奔月图，从精致、流畅、意境这几个方面来看，这一幅都不是最好的。"

"不错，作为一个优秀的匠人，不但要心灵手巧，还得具备独特的眼光，分辨优劣的本领。你非常优秀，今日这里的每一幅作品，我都有仔细欣赏过，不只嫦娥奔月图，还有很多很多其他的作品，都要比这一幅图精美不少。但我也不妨告诉你们，就这幅嫦娥奔月图，在场所有的评委里，我给的分数是最高的。"黄大师这是当场承认，这个十一名的来历有问题。

别说是那些参加比赛的匠人了，就连许悠然都觉得一头雾水，哪里有评委，当众承认自己投分选出来的作品不好的？

"为何？"有人开口询问，黄大师这才不急不缓地继续说道："因为这幅作品里面，采用了十三种已经失传了几百年的编织手法。其中还有种手法，是我在出土的文物上看到过的，距今已经有三千多年的历史了。就冲着这失传的手法，这一幅竹画拿到这个名次可以说得上是当仁不让。"黄大师的话，让不少的匠人都陷入了沉思，更有人一双眼睛死死地盯着这一幅嫦娥奔月图，想要从中找出黄大师口中所说的论据。

可也有不少比较清醒的人，纷纷开口嚷了起来："就算是失传的手法，可它编织出来的效果，并不如其他作品精致，如果仅是因为它的手法比较罕见，就给他这么高的成绩，对我们这些参赛者来说并不公平。"

"是吗？那我就让你们看看什么是公平。"黄大师说完后，直接冲着那幅图走了过去，伸手把图给取了下来，换了一面，又重新挂了上去。

"双面编？"不知道是谁喊了出来，所有人的眼睛都落在了画上。同样是一幅嫦娥奔月图，却和之前看到的那一面完全不一样，之前的嫦娥脚踏祥云怀抱玉兔凌空而立。而这一边的嫦娥，则是腕带飞扬，低头浅笑地站在月宫之畔。同样都是嫦娥奔月，这一面明显比刚刚大家看到的那一面更加精致、美观、大气。

"明明是双面编，为何两边呈现的图案会不一样？"有人问出了所有人心里的疑问，黄大师看着大家眼里的惊愕，不急不缓地开口说道:"大家是不是觉得很神奇?你们知道为什么会这么神奇吗?就是因为它采用的是,战国时期楚国流行的正反交丝编法,这种编织手法,随着楚国的灭亡而彻底失传。这就是我们老祖宗的技艺,这些你们看不上眼的老手艺,只需要做一些轻微的调整,做出来的东西就足以震撼世人。"黄大师说到这里,眼睛里全是向往的光芒。

许悠然这才知道,为什么主办方会把看起来比较平凡的那一面先挂出来,供大家观赏,原来就是为了在这一刻向大家科普技术传承的重要性。怪不得陈之问拿到那本书时,就像是开启了一个宝藏一样,原来那是真正的宝藏。

"黄大师,我们可以学习这种编织手法吗?"能够做出这么神奇的东西,此时此刻,几乎在场的所有匠人,都希望能够学会这门绝技。见有人开口提问,整个现场瞬间安静了下来,一个个睁着大大的眼睛等着黄大师回答。

黄大师微微一笑,开口说道:"本着有教无类、传承至大的理念,我本人觉得,再怎么精湛的技艺,再怎么传奇的技法,只有让更多的人去学会,才不会断了传承。可这个,却不是我能做主的,做出这个作品的良工名叫陈之问,他是属于篝语公司旗下的,各位要是想学习,得问问篝语同意否。"黄大师说这话的时候,眼睛一直盯着许悠然。

"篝语的负责人呢!苏大师去哪里了?"人群里,有不少人在寻找篝语的身影,而黄大师的眼睛却一直都没有离开许悠然。就在大家找得不亦乐乎的时候,黄大师走到了许悠然面前。

"二位小姑娘,如果之前我没有看错,你们嘉宾席上面的铭牌写的正是篝语?"

"黄大师好!"许悠然和苏叶同时开口打起了招呼,心里则在暗暗惊讶,嘉宾席和评委席中间至少有两百多米的距离,这位黄大师的视力简直神了。当着这么多人的面,两人也不能开口却否认这个事实,只得点头应是。

"篝语的负责人?"黄大师的话音一出口,周围正在寻找篝语负责人的围观群众,立马自发地将许悠然和苏叶给围到了中间。

"二位小姐，我们想要学那一种技法可以吗？"之前问黄大师的问题，这一刻就这样摆在了许悠然和苏叶面前。苏叶摇了摇头连忙说道："我们就是来看热闹的，技术性的东西我们俩都做不了主，各位这么热情好学，不如稍等一下，等我家哥哥姐姐回来再说好吗？"

"你们可是坐在嘉宾席上的箐语代表，就应该为箐语做主，刚刚黄大师已经说了，有教无类。二位莫不是想将技术藏起来，故意找借口？"刘阿朵的声音在人群中响了起来，自然引起了一大波的附和。

"是啊，我可记得箐语之前的宣传语，以技术传承为己任，为天下的竹工艺创作者提供自由创作平台。我们不过是想要学一下这门技艺，你们就有如此多的推脱，难不成那些宣传语，就只是口头话？"苏叶狠狠地瞪了她一眼，终归只是一个十六七岁的小姑娘，第一次遇到这样的事，根本就不知道该怎么处理。许悠然知道，刘阿朵就是唯恐天下不乱，可自己又不是箐语的人，而且也知道，这种失传的技法真正的来历。看着一双双紧盯着自己的眼睛，许悠然只得开口说道："我确实做不了箐语的主，但……"

"但她可以做我杜方知的主。"杜方知不知道什么时候已经来到了她身边，冲着她微微地笑了笑。

"第一名来了！"杜方知这三个字，早在晋级名单宣布的那一刻，就已经印在了每一个在场之人的脑海里了。只是往那里一站，就立马掀起了一阵讨论热潮，几乎所有人的目光都停留在了第一名身上，想要看看人家到底是怎么做出这样的巨著来的。就在大家伙的议论声中，陈之问也跟着不嫌热闹地吼了一嗓子："我陈之问的主，我家嫂子也可以做！"

陈之问可是刚刚黄大师口中，那一个运用十几种失传技巧编制出嫦娥奔月图的作者，他的这一声吼，还真是好巧不巧分担了不少杜方知的热点。

就在所有人的眼睛都停留在他身上的时候，郑安怡的声音也跟着响了起来："箐语的主，许悠然是可以做的！"郑安怡说这句话，倒不是为了凑热闹，而是为了打脸刘阿朵之前的故意为难。刘阿朵又何尝听不明白，笑着说道："我竟不知，这位许小姐什么时候也在箐语供职了？"

"与你何干？"郑安怡对刘阿朵，原本就不对付，更不想跟她有过多的牵扯，直接毫不留情地怼了过去。虽然有不少人在吃宁桥和箐语的瓜，可也同样有人发现了现场的奇迹。

"箐语顺利晋级的三位良工，全到了！"不知道是谁吼了一声，围观群众的眼睛里，有羡慕的，有嫉妒的，更有不少的人在偷偷地打量着他们的样子，想要从他们身上给自己找一些优势出来。

可是这一番打量，却再次让他们觉得心塞，论年龄，这三位完全可以说得上是在场最年轻的。

论颜值，不看并不觉得有什么，仔细一打量，还真是一群俊男美女。

论出身，都是箐语的，更是很多人都不能比拟的。虽然每个人的心里想法都不一样，但在这一刻，有不少的匠人心里更加牵挂的则是他们到底愿不愿意把黄大师口中失传了的技术给分享出来。

"既然许小姐可以做主，那我们还是回到之前的问题，我们想要学这个编织手法，请问许小姐同意否？"之前那位追着要学习的人，直到现在也没有忘记自己的目的，再次开口询问起来。

许悠然看了一眼站在旁边浅笑悠然的黄大师，微微一笑开口说道："既然我能够做主，那我就勉为其难做一回主。刚刚黄大师已经说了，技术传承是有教无类的，大家都愿意学习，那肯定是再好不过的事儿了，那咱们就约一个时间，专门在箐语开办一场正反交插丝编的技术交流会，希望大家可以踊跃参加。"

"我们都可以去吗？"

"只要愿意学习的都可以。"

"可我们是别的公司的，箐语也愿意教？"

"不是说了有教无类吗？"许悠然看了一眼杜方知，从他眼中看到了认可，带着几分俏皮的语气，对着正向她提问的人开口回道。

"那咱们约个时间,不知三位小师傅什么时候有空?"虽然他们是想要跟陈之问学这门技艺,可另外两名的名次得分明显比陈之问要好很多,更恨不得能够从他们手上学点东西。

"时间怎么说?"许悠然低声问道,杜方知淡淡回道:"你来定吧!"

"那就三天后,也就是本周星期日,欢迎大家到长宁箐语,一起研究探讨竹编技艺。"

许悠然说完后,又看了一下杜方知他们脸上的疲倦,连忙开口说道:"时间也不早了,我们回家还有一段路程,就先告辞了!"

"再见……"此起彼伏的告别声在整个展厅里响了起来,杜方知早就不愿意待在这人群中了,见可以走了,执起许悠然手率先往大厅外面走去。刚刚走到门口的时候,就碰到了黄大师,"几位请留步,有件事需要跟你们商议一下?"

"黄大师请讲!"这一刻,三位参赛者显然已经筋疲力尽了,总不能让苏叶来做交流代表吧!许悠然只得主动上前应答。

"江浙在七月份,有个竹工艺百花精品展会,我想把你们的作品推送过去,不知道你们的意见?"黄大师望着眼前的几名年轻人,能够在这个年纪做出这么好的作品来,假以时日,一定会有更高的成就。

"比赛的作品不是交给主办方全权处理吗?"这其实是一条不平等的条例,只要你来参加比赛,不管你的作品是优秀的还是糟糕的,处置权都变成了主办方的。也就是说,你的参赛作品,从比赛结束的那一刻就跟你没多大的关系了。因为主办方所给予你的,是你在其他地方拿不到的,就比如这场比赛,你拿到的将是参加省赛的资格。可如果不参加市赛,你就永远没有机会进入省赛的赛场。

"话虽如此说,可你们才是作品的作者,我虽拿去参展不是商用,但于情于理都得跟你们商量一下。我年轻的时候在万岭箐里小住了一段时间,我也希望所有的人都能知道这世上还有这么一处人间仙境。更想告诉世人,竹海不只江浙好,我们四川的也不差。"黄大师的声音里一直透着温柔,可偏偏说这话的时候,又带着坚定的气势。

"我同意。"杜方知是第一个开口同意的,陈之问自然也跟着,郑安怡想了想也点了点头:"我也希望有更多人知道,古楼不只有岳阳楼,我们的大观楼也不差。"

双方交换了联系方式,黄大师送他们出门后才开口说道:"往后多联系,期待你们能够在省赛上出彩。"

"黄大师再见!"众人纷纷跟黄大师告别,到了停车场并看到了箐语那两名参赛选手,也不知道在那里等了他们多久。

苏叶舍不得许悠然他们,磨磨蹭蹭了好一会儿,郑安怡才不得不让她上了许悠然的车。好在她所就读的中学,就在回去的路上,还是和之前一样,郑安怡开车在前面带路,许悠然开车在后面跟着,直到把苏叶送到了学校门口,这才出了城区进了国道。

"省赛的事怎么样了?"许悠然忍不住问了出来。

"就是去填了一个表,领了一份关于省赛的规则资料,还有就是参加省赛的资格证书。关于比赛时间和规则,会提前一个月通知参赛选手。"陈之问开口答道,许悠然点了点头表示知道,因为对路面不熟悉,她必须全神贯注,所以一路上都很少说话。

过了一个多小时,在天色已经完全黑下来的时候,终于到达了长宁县城。郑安怡带着他们去了一家饭店,吃完晚饭,又商量了一下三日后的技术交流会,这才分别回家。等回到竹海镇已是晚上九点过了,简单地做了一下漱洗,许悠然催促着那两位劳苦功高的参赛者早点回房休息。

许悠然回到了楼上,打开电脑,连上QQ,QQ里已经有了好几条许妈妈发过来的消息。说的无非是,许爸爸拿着新做的茶具,不但有惊无险地从焦总那里换回了他原来的茶具,甚至还意外得到了焦总的认可,短短一个星期的时间里,就已经被焦总请去喝过三次茶了。此喝茶可非彼喝茶,完全是交流茶艺和竹工艺的,许爸爸凭着从杜方知那里得到的些许技术上的专业术语,居然和焦总交上了朋友。

许悠然把留言全部看完,立马把杜方知参加市赛顺利晋级省赛的消息给发送了过去。发完之后正准备关闭电脑，对话框里跳出了许妈妈的回应："不错，听说能够参加省赛的都是从千挑万选里出来的，看来我这未来女婿，还真是有几分本事。"

"这么晚了你居然在线？"许悠然忽略了她话里的打趣，发了一句问话过去，许妈妈迅速地回了她一句："是你爸让我在这里守着，等你回消息，他说有好多关于竹编方面的问题，要向你家小竹匠请教呢！这么多年了，我还是第一次见你爸对工作以外的事情如此感兴趣呢！你先等一下，你爸在客厅，我去叫他进来。"

"别！"许悠然立马打了个别字发了过去，确定许妈妈没有去叫人，这才继续敲击着键盘："方知今天刚参加完比赛才进屋休息，老许那边有什么问题，明天晚上八点，我让他来陪爸聊天！"

"好吧！小丫头居然也有知道心疼人的时候，果然是女大不中留啊！留来留去留成仇。"许悠然早就习惯了许妈妈偶尔出现的非正常聊天方式，直接置之不理。许妈妈继续敲了一行字发送过来："你也跑了一天，早点休息，对啦，省赛什么时候开始？"

"要等明年去了……"

"还要等那么久啊？对了……你那小竹匠有空吗？能不能多给我做几把扇子？我准备拿来送人。"看着许妈妈发送过来的消息，许悠然眉头微微地皱了皱。连忙敲了一行字发送回去："竹丝扇是竹扇里的瑰宝，在市场上都是极难买到的，它对编织材料要求极严，必须要提前一年做准备才行。方知是因为我的原因，才会不嫌麻烦去做这把扇子……"

许悠然的第二句话还没有敲完，许妈妈就直接回了她一句："怪不得，我的那些小姐妹看到这扇子个个都想要呢！既然麻烦，那咱们就不做啦，你也早点休息，拜拜！"许妈妈发送完消息后，都没有等许悠然回再见，迅速下线关闭电脑，回房休息。

许悠然也准备关闭电脑，忽然脑子灵机一动，想到这两个月，突然火起来的网页推广，沉思了一会儿，决定专门做一个推广竹编制品的网页试试。许悠然不急不缓地进行着注册，还给自己取了一个自认为非常不错的网名：悠然知竹语。又敲了一个有关竹工艺来历的小文章发了上去，检查一遍确定没有问题，她才关上电脑，躺在床上思索着自己未来要走的路。

推广宣传，说起来容易做起来难啊！因为对这一方面的知识储存量实在不够，接下来的时间里，许悠然把大部分的时间都用在书房里，如饥似渴地阅读着所有关于竹工艺方面的书籍。

陈之问得到了这次比赛的好处，读书读得比之前更加发奋努力了，而且读到精彩的地方，都学会了抄录。

杜方知看起来倒是比较悠闲，毕竟书房里的书，至少有百分之八十都是他已经读完了的。因为省赛的内容也是竹画，杜方知每天都会抽出两个小时的时间来练习书画，不管是临摹也好，写生也好，他画出来的东西，早就不输于那些知名画家了。更多的时候，杜方知是留在天井里，练起各种各样的竹画技艺，台屏、画扇、门帘，甚至还有竹席。也正是从那天开始，杜方知每做出一个成品，许悠然都会找一个光线比较好的地方，用照相机记录下来，在网页上面进行展示介绍。

每天晚上八点，准时用 QQ 和许爸爸连线聊天，大多数都是许爸爸问、杜方知答，有时候也会出现好几分钟的冷场，许爸爸都已经习以为常了。他在焦总那里尝到了甜头，原来获得别人认可的方法，就是培养起和他相同的兴趣，只要有了共同的话题，再远的距离都不是问题。

三

　　杜家竹艺馆的货架上已经没有货物了，杜方知和陈之问这段时间做出来的作品，直接上了箐语门店的精品柜台。因为顺利晋级了省赛的原因，两人作品的价格也跟着水涨船高，引起了业内人士的争相购买。甚至还有不少竹工艺界的前辈，因为黄大师之前的话，让他们看到了这两个年轻人作品未来的收藏价值。箐语安排了人每隔三天到杜家来取一次货，杜方知举办完那次约定好交流会后，也会抽空去箐语给那些刚入门的学徒们讲些比较基础的编织技巧，一时间，杜良工三个字变成了安宁二县竹工业匠人的代名词。

　　许悠然除了看书，偶尔会在附近几个县城的竹工艺展览馆去进行实地考察和参观，因为有了许爸爸留下的车，期间还去了两趟重庆。

　　杜方知忙得就像是个陀螺，除了要去箐语讲学，还要拿出一大半的时间练习，为省赛做准备。同时还得筹建新房，非常感谢苏先生的慷慨赠股，杜方知为了一劳永逸，直接花重金把周围几间破旧的房子全部给买了下来。准备建造两层楼的小院，联系好了施工队，租下附近的一间比较大的空房，把家里的东西都搬了过去。等到旧屋全部拆除干净后，杜方知的图纸也做出来，采用大量的竹木结构，建造一个两层楼的青瓦白墙小院，大门正好对着外面的主街道，还专门设计了两个车库。

　　期间，许悠然也提供了不少意见，给古色古香的小院子增添了不少流行的时尚感。图纸一确定下来，就立马进行地基施工，因为工钱给得足，修建的速度也很快，不过才一个多月时间，就建起了主体。

许悠然经过了这几个月的学习和了解，已经变成了一个对竹工艺品博闻强记的小专家。不管是什么样的作品，只要拿到她的手上，她都能以最快的时间分辨出作品材料的来源、作品编织的手法、作品的地域区别分化和品相价值。她的那个推广网页，每天都有好几千的浏览记录，甚至有不少人在下面进行留言点评，且大多数都是竹工艺制品的爱好者。许悠然乐此不疲地科普着这方面的知识，偶尔会把杜方知陈之问他们的作品照片传到推个网页上去，吸引粉丝们进行评论。时间一长，居然有粉丝直接在评论区询问价格，不远千里专门跑到竹海镇来进行购买。无意间给篝语拉来了不少的小订单，让郑安怡第一次体验到了网上宣传的好处和快捷。

篝语原本就拥有着自己的网页推广，可一直都没怎么管理，许悠然这边的小许成就让郑安怡嗅到了商机，她实在没时间去做这些文案图片宣传，大多数都是转载许悠然的文章。很多许悠然的粉丝，在看到她们频繁的互动后，也同样对篝语进行了关注，甚至有人开始在评论区提出下单请求。

郑安怡不得不在百忙之中抽出时间来完成网络出现的第一张订单，将作品打包进行邮寄，收款同样使用的是邮寄方式。随着第一单的成功，郑安怡专门给自己申请了一个QQ号，推广页面也多了不少篝语的作品，QQ进行着交易协商，对于那些小件单件的竹工艺品，全部都是按照邮寄的方式进行发货。如有大批量或者大作品，则是提前下单，由买方上门提货。时间一长，郑安怡便忙不过来了，不得不招了一名熟悉电脑办公程序的助手，这才腾出手来练习竹画。

转眼便到了年关，杜家的新房早已竣工，就等着搬迁入住了。

黄大师也在这个时候带来了好消息，说他们之前在市赛的作品，因为一些原因没有来得及送到江浙展出，后来联系了一家国际展会，把他们三人的作品投送了过去。

成绩非常的不错，三人都有获奖，陈之问的嫦娥奔月图拿到了最佳传承技艺奖，郑安怡的大观楼拿到了最佳古建筑编织奖。杜方知的万岭箐一举拿下了国际竹工艺展览大赛竹国写实类金奖，这个国际展览会的主办方是法国，一个对工艺要求最为严苛的地方。他们的赛事含金量在某种程度上并不输巴拿马万国展，只需要在接下来的省赛取得好成绩，就能在往后的国赛上扬名立万。黄大师还专门来了趟竹海镇，教授许悠然许多做竹工艺顾问的知识和方法，也为他们几人未来的发展规划指明了方向。

腊月二十三日，省赛的比赛时间总算是定了下来，杜方知带着杜觉、许悠然、陈之问、郑安怡一起驱车前往省城。

此行目的有提亲、有结婚，当然也有参赛。就是不知道他是准备在结婚的同时顺便参个赛？还是在参赛的同时顺便结个婚？

当婚事提上了日程，未来的规划里，"杜陈郑"铁三角真正的战场也即将到来……